SV

Louis Begley
Zeig dich, Mörder

Roman

Aus dem amerikanischen Englisch von
Christa Krüger

Suhrkamp Verlag

Die amerikanische Originalausgabe erschien 2015
unter dem Titel *Killer, Come Hither* bei Nan A. Talese / Doubleday,
a division of Random House, Inc., New York.

Erste Auflage 2015

Satz: Greiner & Reichel, Köln
Druck: CPI – Ebner & Spiegel, Ulm
Printed in Germany
ISBN 978-3-518-42466-7

Zeig dich, Mörder

Für Anka, dieser Aufbruch

I

Dies ist eine wahre Geschichte. Die Namen bestimmter Personen habe ich geändert, um die Betroffenen zu schützen. Sonst habe ich nichts verborgen. Mit meinem Gewissen bin ich im Reinen. Was ich getan habe, würde ich ohne jedes Zögern wieder tun. Manche werden meinen, ich hätte mich an die Regeln halten sollen – auf das Strafrecht vertrauen und hinnehmen, dass der Mörder Strafmilderung gegen Schuldbekenntnis aushandelt. Sei's drum. Ich verachte Feiglinge und scheinheilige Weicheier und ihre selbstgefällige Naivität.

Mein Name ist Jack Dana. Ich bin ehemaliger Offizier der Marineinfanterie und war Zugführer der Force Recon. Ich bin auch Autor von drei erfolgreichen Büchern. Das erste schrieb ich im Militärkrankenhaus Walter Reed, wo man mich operierte, um die Schäden an meinem Beckenknochen in Ordnung zu bringen, die mir die Kugeln eines Taliban-Heckenschützen bei Delaram (einem üblen Ort in der afghanischen Provinz Helmand) zugefügt hatten, knapp eine Minute bevor mein Team ihn erschoss. Es klingt vielleicht seltsam, dass jemand wie ich – der die härtesten Kampfschulen des Marinekorps mit Auszeichnung absolviert hat, Schulen, in denen man lernt, Feinde abzuknallen, die das Pech haben, in Schussweite zu sein, oder ihnen, wenn sie nah genug sind, ein Messer zwischen die Rippen zu jagen –, dass so einer anfängt, Romane zu schreiben. Jedes Ding hat seine Zeit; so ist es eben. Was ich gelernt hatte, wendete ich bei Einsätzen im Irak und in Afghanistan an, und im Häuserkampf während des zweiten Gefechts um Falludscha merkte ich, wie leicht es ist, einen Mann umzubringen. Man drückt langsam auf den Abzugshahn; die Patrone findet ihr Ziel, und der Mann sackt zusammen und kippt um. Noch einfacher: Man wirft eine Rucksackladung Sprengstoff durch ein Fenster, und das Haus stürzt ein. Ich hätte auch einfach weiter damit gemacht, aber nach den Reparaturen, auf die meine Chirurgen so stolz waren, war ich zwar wieder in exzellenter Verfassung, doch für einen Offizier der Marineinfanterie war sie nicht mehr exzellent genug. Was soll's. Bücherschreiben war gewissermaßen eine Rückkehr in das Leben, das ich mir für mich vorgestellt hatte, bevor wir am 11. September 2001 angegriffen wurden.

Ich bin das einzige Kind eines Philosophieprofessors an der Harvard University und einer Flötistin, die in einem Bostoner Kammerorchester spielte, und aufgewachsen bin ich in einem komfortablen Schindelhaus an einer Nebenstraße der Brattle Street in Cambridge, Massachusetts. Nach dem Ende meiner Schulzeit in einem Internat in New Hampshire, das auch mein Vater und sein einziger, etwas jüngerer Bruder besucht hatten, ging ich nach Yale. Warum Yale statt Harvard, der Alma Mater meines Vaters und meines Onkels? Ich wollte nicht im langen Schatten meines Vaters stehen. Aus dem gleichen Grund hütete ich mich vor der Philosophie und studierte stattdessen griechische und römische

Alte Geschichte, da auch ich eine akademische Karriere anstrebte. Dass ich aus Cambridge weggegangen war, sollte ich jedoch bald bitter bereuen. Im Frühling meines ersten Collegejahres wurde meine schöne und begabte Mutter krank. Weihnachten desselben Jahres war sie tot, Opfer eines grausam aggressiven Ovarialkarzinoms. Mein Vater war grenzenlos verzweifelt. Ich fuhr an den Wochenenden zu ihm, so oft ich konnte, aber meistens mühte ich mich vergeblich, ihm aus der Depression herauszuhelfen. Er hatte sich nie ganz von den Wunden und anderen Traumata erholt, die er im Vietnamkrieg erlitten hatte. Im Winter meines letzten Collegejahres traf ihn ein schwerer Schlaganfall. Vom Genick abwärts gelähmt, glitt er nach und nach in ein Wachkoma, und Onkel Harry konnte die Klinik schließlich unter Einsatz seiner gesamten ruhigen Autorität und juristischen Kompetenz dazu bewegen, das Patiententestament meines Vaters und meine Wünsche zu respektieren und die lebenserhaltenden Apparate abzuschalten. Wir begruben ihn neben meiner Mutter im Mount Auburn Cemetery.

Meine Mutter war ein Einzelkind. Onkel Harry, jetzt mein einziger noch lebender Verwandter, hatte nie geheiratet und sah in mir den Sohn, den er sich gewünscht hätte. Damit niemand voreilige Schlüsse zieht oder den Verleumdungen glaubt, die über ihn verbreitet wurden, stelle ich hier klar, dass er alles andere als offen oder im Verborgenen schwul war. Aber er hatte kein Glück in der Liebe, ließ sich mit verheirateten Frauen ein, die sich am Ende nicht dazu durchringen konnten, ihre gehörnten Ehemänner aufzugeben, und einmal mit einer Frau, die ihre Karriere wichtiger fand als ihn. Sie war eine berühmte Ballerina, die ihm von Anfang an erklärt hatte, mit einer Ehe werde ihre Kunst wohl nicht vereinbar sein. Allmählich lebten sie sich auseinander. Seine letzte große Liebe war eine viel jüngere peruanische Rechtsanwältin, eine Schönheit mit rabenschwarzem Haar, die stolz auf ihre Inkavorfahren war. Sie lernten sich in Lima kennen, wo sie ihm als peruanische Unterbevollmächtigte bei seinen Verhandlungen über eine Investition seines Mandanten Abner Brown in eine Kupfermine assistierte. Dieser verschlossene und exzentrische texanische Milliardär war der amerikanischen Öffentlichkeit damals noch nicht als Inbegriff rechtsextremer Politik bekannt. Harry hatte erst kurze Zeit für Brown gearbeitet, weil ein zufriedener Mandant ihn empfohlen hatte. Harry war ein Mann von untadeligen Manieren und unbeugsamen Prinzipien. Geschäftliches mit einer privaten Romanze zu vermischen war für ihn tabu, und er war überzeugt, dass sein Werben um Olga erst während der Barbecue Party begann, die Brown auf seiner Ranch in der Umgebung von Houston gab, um den erfolgreichen Abschluss der peruanischen Transaktion zu feiern, die, wie er in einem Toast auf Harry sagte, sein Vermögen lässig um fünfhundert Millionen Dollar vermehrt habe. Über den Tisch gezogen habe Harry diese bürokratischen peruanischen Affen, erklärte er schadenfroh und hämisch lachend. Zum Glück war keiner der verhöhnten Affen zugegen. Olga war die einzige Peruanerin auf Browns Fest. Harry entschuldigte sich bei ihr für dessen abscheuliche Tirade und stellte dabei zu seiner Verwunderung und Freude fest, dass sie gar nicht daran gedacht hatte, zornig auf ihn zu sein, und dass ihr klar war, warum er so sorgsam vermieden hatte, persönliche Gefühle in das Arbeitsverhältnis einfließen zu lassen. Dass er um sie werben würde, hatte sie erwartet, und sie ließ es gern geschehen. Es dauerte nicht lange, bis sie beschlossen zu heiraten, sobald Olga ihre Arbeit an schwebenden Verfahren abgeschlossen oder anderen Anwälten in ihrer Kanzlei übertragen hätte. Sie planten, im September 1992 in Lima Hochzeit zu feiern. Das Schicksal verfolgte andere Pläne. Olga war eine von mehr als zwanzig Personen, die im Juli des gleichen Jahres Opfer eines Bombenattentats auf der Tarata-Straße wurden, das die Aufständischen des »Leuchtenden Pfades« verübten. Anschließend lähmten eine Woche lang schwere Anschläge die Stadt Lima. Abimael Guzmán, der Führer der Bewegung »Leuchtender Pfad«, wurde zwei Monate später gefasst, und damit war den Aufständischen der Wind aus den Segeln genommen, aber für meinen Onkel war das kein Trost. Er betrachtete sich als Witwer und trauerte sein Leben lang um seine verlorene Inka.

Seit ich im Internat war, durfte ich in den Weihnachts- und Frühlingsferien allein zu Harry fahren, und auf diese Besuche freute ich mich das ganze Schuljahr. Er arbeitete in Manhattan als Sozius der mächtigen Kanzlei Jones & Whetstone. Seine Wohnung in der Fifth Avenue war nur wenige Schritte vom Metropolitan Museum entfernt. Auf seine nachdrückliche Empfehlung erkundete ich die Galerien des Museums, manchmal in Begleitung eines jungen Kurators. Harry kannte alle Welt, und solche Dinge zu arrangieren war offenbar leicht für ihn. Abends – und immer, wenn er mittags Zeit hatte – lud er mich in seinen Club ein oder in eines der französischen Restaurants, in denen er am liebsten aß. An anderen Abenden gingen wir in die Oper, ins Theater oder Ballett, und ich kann ohne Übertreibung sagen, dass Harry meinen Kunst- und Musikgeschmack formte. Manchmal besuchte ich ihn auch gemeinsam mit meinen Eltern. Gewöhnlich im Sommer, wenn sie und Harry Urlaub machten. Dann verbrachten wir ein langes Wochenende in seinem Haus auf Long Island in dem Viertel Sag Harbors, das verschont geblieben war, als 1845 eine Feuersbrunst den alten Teil dieser einst bedeutenden Hafenstadt weitgehend zerstört hatte. Sein Haus war ein Bau aus dem frühen 19. Jahrhundert, ein Labyrinth von kleinen Zimmern, viele davon seltsam geschnitten, samt einer Scheune, die in ein Studio mit hoher Decke und eigenem Bad umgebaut worden war. Das Studio war offiziell Harrys Arbeitszimmer, aber als ich ihn endlich allein in Sag Harbor besuchen durfte, sagte er, ich solle es als mein Schlafzimmer und meinen eigenen Bereich betrachten. Nach dem ersten Sommer schlief ich aber kaum mehr dort. Ich war lieber im Gästezimmer gegenüber von Harrys Schlafzimmer und merkte, dass er seinen Mittagsschlaf gern auf dem Sofa im Studio hielt. Obwohl sein Haus so komfortabel und sein Segelboot, die Bucht und die Strände so reizvoll waren, dauerten unsere Familienbesuche in Sag Harbor immer nur kurz, und das lag an der Spannung, die zwischen ihm und meinem Vater herrschte. Oberflächlich betrachtet, war ihre Beziehung so herzlich, wie es sich für zwei Brüder mit nur drei Jahren Altersunterschied gehört, und keiner von beiden erwähnte je, was zwischen ihnen stand. Aber es war da: eine schwarze Sturmwolke an einem strahlenden Sommerhimmel. Die Erklärung dafür gab mir meine Mutter, als sie wusste, dass sie bald sterben würde. Sie stand Harry besonders nahe, und sie wollte, dass ich ihn und meinen Vater besser verstünde. Die Kluft – es war eine Kluft, nicht eine offene Auseinandersetzung – hatte sich aufgetan, als Harry nicht zum Militärdienst im Vietnamkrieg antrat. Er hatte den Gestellungsbefehl abgewartet und wurde bei der Musterung als 4F, dienstuntauglich, klassifiziert; warum, verriet er uns nie. Da er ein hervorragender, begeisterter und unermüdlicher Schwimmer und Tennisspieler war, konnte sein Gesundheitszustand kein Grund für die Ablehnung sein. Hatte der psychiatrische Teil der Untersuchung eine Psychose ans Licht gebracht, die bisher nicht bemerkt worden war? Oder war es so gewesen, wie mein Vater und mein Großvater vermuteten, aber nie laut sagten, hatte Harry den Arzt – fälschlich, davon waren sie überzeugt – glauben lassen, er sei schwul? Es hätte nichts geändert. Da er keinen unüberwindlichen Einwand gegen den Krieg geäußert hatte, kamen sein Bruder und sein Vater, die beide im Kampf ihren Mann gestanden hatten, zu dem für sie unerträglichen Schluss, dass Harry sich vor dem Kriegsdienst gedrückt hatte, dass er ein Feigling war. Meiner Mutter war das nicht wichtig. Für sie zählte nur die Überzeugung, dass Harry ein goldenes Herz hatte und sich zuverlässig um mich kümmern würde.

Ich kann mir gar nicht vorstellen, was in dem furchtbaren Frühling, als mein Vater im Sterben lag, ohne Harry aus mir geworden wäre. Weil er mir immer und selbstverständlich half, blieb ich emotional einigermaßen im Gleichgewicht, schloss mein letztes Jahr am College mit Bestnoten ab und erhielt ein Stipendium der Universität Yale für das Balliol College in Oxford. Harry nahm mir auch alle Aufgaben ab, die mit dem Räumen und Verkaufen meines Elternhauses und dem Nachlass meines Vaters verbunden waren, so dass ich mich wieder auf mein Studium konzentrieren konnte. Das Ergebnis übertraf meine Hoffnungen weit. Kurz vor Ostern lud man mich ein, Junior Fellow in der Harvard Society of Fellows zu werden. Das war eine akademische Ehrung, die zugleich praktischen Nutzen hatte. Ich würde für die folgenden drei akademischen Jahre ein Stipendium erhalten, das mir erlaubte, meine Studien unabhängig von einem Doktorandenprogramm fortzusetzen und ohne mich sofort um eine Dozentenstelle bemühen zu müssen. Ich würde mir meinen eigenen Weg suchen können. Harry war der Verwalter eines kleinen Treuhandfonds, den mein Vater mir in seinem Testament vermacht hatte. Ich schrieb ihm von der Society of Fellows und fragte ihn, ob ich mir wohl vier bis sechs Wochen Sommerferien in Italien leisten könne. Mit einem Gast, einer jungen Engländerin, die ich in Oxford kennengelernt hätte und hoffentlich dazu bringen würde, ihr Studium an der Universität Harvard fortzusetzen. Harry rief mich an. Nachdem er mir ausführlich gratuliert hatte, sagte er: Geld ist kein Problem, aber die Hitze während der Hundstage. Sei kein Geizkragen, sieh zu, dass du mit der jungen Dame dann am Strand bist oder an einem Pool.

Gleich nach dem Labor Day flog ich von Rom nach Boston und fing an, mein neues Leben in Cambridge zu organisieren, meine reizende Felicity hatte versprochen, in ihren Winterferien zu mir zu kommen. Ich dachte mir, wir könnten Harry überraschen und Weihnachten mit ihm verbringen, um dann anschließend in Alta, wenn möglich im Pulverschnee, Ski zu fahren. Zu meiner Freude war die kleine Wohnung in der Craigie Street, die mir die Universität empfohlen hatte, genau das, was ich mir gewünscht hatte. Ich unterschrieb den Mietvertrag, ließ mir ein paar Möbel meiner Eltern aus dem Speicher schicken und Strom, Telefon und Internet anschließen. Am 10. September nahm ich dann den Zubringer nach La Guardia, zog sofort weiter zu Harrys Büro und kam am Nachmittag an, um ihm zum Geburtstag zu gratulieren. Dass ich mich dazu aufschwang, war eine bessere Entscheidung als vermutet. Seine Sekretärin hatte ihm ein Geschenk gebracht – Manschettenknöpfe, die er mir zeigte –, und mittags war er mit ein paar jüngeren Partnern, mit denen er zusammenarbeitete, in ein Sushi-Restaurant gegangen, aber für den Abend hatte er keine Pläne.

Das war meine Entscheidung, erklärte er mir. Simon Lathrop, an der Law School im selben Jahrgang wie ich und mein bester Freund in der Kanzlei, wollte zusammen mit seiner Frau ein kleines Dinner für mich geben, aber dem fühlte ich mich nicht gewachsen. Genau an diesem Wochenende vor neun Jahren hätten Olga und ich geheiratet. Den Abend mit vier oder fünf offensichtlich glücklichen Paaren verbringen – das konnte ich einfach nicht. Auch wenn ich einige davon wirklich gern habe. Deshalb feiere ich meinen Geburtstag sonst meistens, indem ich wegfahre. Aber diese und die nächste Woche sitze ich in der Stadt fest. Ich muss gestehen, ich hatte auch noch einen anderen besonderen Grund, die Einladung nicht anzunehmen. Insgeheim habe ich gehofft, du würdest kommen.

Mein Geschenk für Harry war, dass ich ihn zum Dinner ausführte. Allerdings war Montag, deshalb hatte sein französisches Lieblingsrestaurant geschlossen, und ich meinte, einen Ersatz, der seinen Erwartungen an ein gutes Essen entspreche, suche er am besten selbst aus.

Ich kenne ein italienisches Restaurant, das mir sehr gefällt, sagte er; sie kochen nach Rezepten aus der Gegend von Triest. Wenn du die italienische Küche nicht ganz und gar leid bist, lass uns dorthin gehen.

Wir trafen uns im Restaurant und widmeten uns dem Dinner mit der Hingabe, die ihm zukam, tranken eine Flasche alten Barolo dazu und saßen nach dem Mahl noch eine Weile bei einem sortenreinen Grappa zusammen. Als wir aufbrachen, war es nach elf Uhr. Um wieder einen klaren Kopf zu bekommen, was in meinem Fall nicht ganz gelang, gingen wir die gut zwanzig Häuserblocks bis zu Harrys Wohnung zu Fuß. Mein leichter Rausch machte mich irgendwann so mutig, dass ich ihn fragte, ob er wirklich entschlossen sei, bis zum Ende seines Lebens allein zu bleiben. Ob es sein könne, dass seine Liebe zu Olga ihm jede neue Bindung unmöglich mache? Er schwieg lange, und ich fürchtete, ihn verstimmt zu haben. Seine Antwort beruhigte mich.

So einfach ist es nicht, erklärte er mir. Olga hätte nicht gewollt, dass ich einsam bin. Aber es ist, als hätte sich eine Mauer aus Eis um mich geschlossen, und es fällt mir immer schwerer, sie zu durchbrechen. Es klingt merkwürdig und paradox, aber dass ich meine Arbeit so befriedigend finde – tiefe Beziehungen zu Leuten in der Firma habe, besonders zu jüngeren Partnern und Mitarbeitern, und meine Mandanten mag –, hat meine Isolation nur noch verstärkt. Mein Iglu ist sehr behaglich. Und vergiss nicht, mein wunderbarer Plato ist ja auch noch da.

Da musste ich schmunzeln und meine Freude verbergen. Plato war das Burmakätzchen, ein Kater, der letztes Jahr, als ich ihn Harry kurz vor meiner Abreise nach England zum Geburtstag schenkte, so klein gewesen war, dass er fast in meine ziemlich große Hand gepasst hatte. Es war damals Liebe auf den ersten Blick gewesen und hatte sich inzwischen noch vertieft. Briefe und E-Mails hielten mich über Platos Großtaten auf dem Laufenden – in der New Yorker Wohnung trieben sie ein ausgeklügeltes Spiel mit Murmeln, Harry rollte sie Plato entgegen, und der schlug sie mit seiner Pfote zurück; sobald der kleine Kater in Sag Harbor frei im Garten herumlaufen durfte, bewährte er sich als beachtlicher Jäger und Schrecken der Mäuse und Streifenhörnchen –, und seit Harry gelernt hatte, Fotos per E-Mail zu senden, ließ er stolz wie ein frischgebackener Vater Bilder von Plato zirkulieren. Ich hatte an jenem Nachmittag nur ein paar Stunden mit Plato verbracht, aber da ich mit Katzen aufgewachsen bin, bezauberten mich die Intelligenz und die eleganten Manieren des kleinen Kerls schon in dieser kurzen Zeit von Neuem.

Als wir zu Hause ankamen, wünschten wir uns gleich gute Nacht. Harry sagte mir, er müsse am Morgen zeitig im Büro sein und werde vor acht Uhr aufbrechen. Er erwarte nicht, dass ich dann schon wach sei oder mit ihm frühstücke. Er fügte hinzu: An deiner Stelle würde ich mich richtig ausschlafen. Ich bin zum Lunch mit einem Mandanten verabredet, also bist du den Tag über auf dich gestellt, die Ballett- und Opernsaison hat noch nicht angefangen, aber heute Abend bin ich an der Reihe, dich zum Essen auszuführen. In mein französisches Restaurant, wenn es dir recht ist.

Das war mir sehr recht, aber als am nächsten Morgen vier entführte Flugzeuge in den Nord- und den Südturm des World Trade Centers rasten, die Westseite des Pentagons rammten und auf einem Feld in der Nähe von Shanksville, Pennsylvania, zu Bruch gingen, wurden dadurch alle Pläne, triviale wie gewichtige, zunichtegemacht und das Gefüge der darauf folgenden Tage, Monate und Jahre unumkehrbar verwandelt. Ich hatte Harrys Rat befolgt, war spät aufgestanden und trank gerade meine erste Tasse Kaffee, da klingelte das Telefon. Es war Harry, der sagte, ich solle den Fernseher anschalten. Ein paar Stunden später rief er wieder an, um mitzuteilen, dass sein Büro schließe. Er werde zu Fuß durch die Fifth Avenue nach Hause gehen. Wir verabredeten, dass ich ihm den halben Weg entgegenkommen würde.

Am nächsten Tag, Mittwoch, hatte ich abreisen wollen, aber im ganzen Land waren die Flüge annulliert, und die Züge fuhren nicht. Ich blieb in Harrys Wohnung, hing wie gebannt vor dem Fernseher. Am Abend hatte sich die Überzeugung verfestigt, dass Osama bin Laden verantwortlich für die Anschläge sei, ein Name, den ich noch nie gehört hatte; er sitze in einem Versteck irgendwo in Afghanistan und habe von dort aus die Planung und Ausführung gelenkt. Es gab Berichte über Explosionen in Kabul, aber das Pentagon dementierte die Gerüchte, wir hätten die Stadt angegriffen. Harry und ich gingen zum Dinner in sein französisches Restaurant. Wir nahmen das verschobene festliche Mahl ein, tranken zu viel und hatten beide das Gefühl, bei einem Leichenschmaus zu sein. Als ich die Explosionen erwähnte, meinte Harry, selbst wenn es stimme, dass wir noch nicht gegen bin Laden vorgegangen seien, würden wir es jedenfalls demnächst tun.

Du hast doch Bush gehört: alle ohne Unterschied dingfest machen und bestrafen, die Terroristen wie diejenigen, die sie unterstützen und ihnen Unterschlupf gewähren. Was für eine Ansage! Gott weiß, was dem Land blüht. Hör mal, sagte er dann nach einer Pause, eigentlich musst du doch nicht Himmel und Hölle in Bewegung setzen, um morgen oder irgendwann in dieser Woche wieder in Cambridge zu sein, du unterrichtest nicht, und du versäumst auch kein Pflichtseminar. Warum bleibst du nicht hier, bis sich die Lage beruhigt? Dich bei mir zu haben ist ein solcher Glücksfall für mich. Er ergibt sich vielleicht nie wieder. Ich möchte das Gute im Schlechten sehen.

Ich nahm sein Angebot dankbar an.

Die ganze Woche lang wurde unerbittlich und immer energischer die Trommel für den Krieg gerührt. Colin Powell warnte die anderen Staaten: Ihr seid entweder für uns oder gegen uns. Die NATO berief sich auf die Vertragsklausel über die Beistandspflicht im Fall eines Angriffs und schuf damit die Basis für eine Intervention. Ein paar Tage später versprach Präsident Bush, er werde die Welt zum Sieg führen, und erklärte, dass Staaten, die den Terrorismus unterstützen, »beendet« würden. Ich las zwanghaft Zeitung und fand einen Kommentar von Tony Lewis, einem Leitartikler der *New York Times*, der unverblümt aussprach, wie unerfahren der Präsident in Fragen der Kriegsführung und der Staatskunst sei und wie groß die Gefahr, dass ein Vergeltungsschlag der USA unbeabsichtigte Folgen habe, vergleichbar den Auswirkungen unserer Waffenhilfe für die Mudschaheddin 1979 und zu Beginn der achtziger Jahre in ihrem Kampf gegen die Sowjetunion. Als wir damals aufwachten, mussten wir feststellen, dass wir dieses Land an antiwestliche Extremisten ausgeliefert hatten. Aber Lewis war ein einsamer Rufer in der Wüste. Am 14. September verabschiedete der Kongress eine Resolution, die den Präsidenten ermächtigte, nicht nur Nationen, Organisationen und Personen anzugreifen, die im Verdacht standen, an den Terroranschlägen vom elften September beteiligt zu sein oder beteiligte Personen und Organisationen zu beherbergen, sondern auch zukünftige Terroranschläge solcher Nationen, Organisationen oder Personen zu verhindern. Das Abgeordnetenhaus stimmte mit 420:1 für die Ermächtigung, der Senat mit 98:0. Der Boden war bereitet: Eine landesweite Umfrage am folgenden Montag ergab eine überwältigende öffentliche Unterstützung für einen Militäreinsatz.

Harry arbeitete an diesem ersten Wochenende nach dem elften September im Büro. Das Wetter war sehr schön, deshalb teilte ich meine Zeit zwischen dem Central Park und dem Metropolitan Museum. In Wirklichkeit grübelte ich, ganz gleich, wo ich war, grübelte über den bevorstehenden Krieg, über das Thema meiner Arbeit – eine revisionistische Studie zum Sizilienfeldzug der Athener, ich hatte es selbst gewählt –, die in Cambridge auf mich wartete und dringend fertig werden sollte, über meine Familiengeschichte und mein moralisches Dilemma. Als mein Vater so alt war wie ich jetzt, hatte der Vietnamkrieg Fahrt aufgenommen. Die Wehrpflicht galt. Wenn der Gestellungsbefehl von der Einberufungsbehörde eintraf, musste man sich zum Militärdienst melden, es sei denn, man hatte sich einen Aufschub gesichert oder das Problem durch Beitritt zur National Guard umgangen oder war wie Harry für dienstuntauglich befunden worden. Mein Vater wartete nicht auf seine Einberufung. Er dachte gar nicht daran, einen Aufschub zur Fortsetzung seines Studiums zu beantragen – die Zulassung zur Harvard Graduate School hatte er bereits, und der Aufschub wäre ihm selbstverständlich genehmigt worden –, sondern bewarb sich nach seinem Collegeexamen um eine Ausbildung zum Offizier der Marineinfanterie und wurde angenommen. Als Zugführer und am Ende als Kompaniechef kämpfte er in einigen der erbittertsten Gefechte des Vietnamkrieges, unter anderem in der Schlacht um Khe Sanh. Für Tapferkeit in dieser Schlacht wurde ihm das Navy Cross verliehen; vorher war er schon mit dem Silver Star ausgezeichnet worden. Er war nicht besonders erpicht auf den Einsatz in Vietnam gewesen; zwar liebte er Frankreich, aber er verurteilte die französische Kolonialpolitik und hielt es für einen Fehler, dass die US versuchen wollten, den Scherbenhaufen wegzuräumen, den die Franzosen hinterließen, als sie Indochina aufgeben mussten. Er ging zur Marineinfanterie, weil er meinte, wenn sein Land Krieg führe, habe er die Pflicht zu dienen. Bewusst oder unbewusst nahm er sich meinen Großvater, seinen Vater, zum Vorbild, der sich – ebenfalls als Freiwilliger – mit Patton durch Europa gekämpft hatte und zweimal mit dem Silver Star ausgezeichnet worden war, außerdem mit dem Distinguished Service Cross und der französischen Croix de Guerre. Die Abschaffung der Wehrpflicht und Umwandlung des US-Militärs in ein rein freiwilliges Berufsheer hatte meinen Vater bestürzt. Er sah die Pflicht zum Dienst mit der Waffe als einen wesentlichen Bestandteil der Staatsbürgerpflichten und meinte – für einen Philosophen überraschend –, sie müsse unbedingt, im Geist der Loyalität gegenüber dem eigenen Land, ohne Rücksicht auf Recht oder Unrecht, erfüllt werden.

Ich fragte mich, was diese tapferen Männer, Kämpfer ohne eine Spur Kriegslust, von meinem Argument halten würden, dieser neue Krieg sei anders, Wehrpflicht und die moralische Verpflichtung zum Dienst mit der Waffe gebe es nicht mehr, deshalb könne man ihn denen überlassen, die keine große Zukunft vor sich sehen, die dem Sirenengesang der Anwerber lauschen und einrücken, und den Dummköpfen an den Militärakademien, die zu ihrer Führung angestellt sind. Würden meine Vorfahren beifällig nicken und sagen: Die Zeiten ändern sich, und ich solle zwar dem Ruf zu den Waffen folgen, wenn er denn käme, aber in der Zwischenzeit sei es meine weniger ruhmträchtige, aber genauso wichtige Pflicht, die Bedingungen meines Harvard-Stipendiums zu achten und meine Forschungen weiterzuführen. Nicht ganz unwahrscheinlich, dass sie so reagiert hätten. Mein Großvater und mein Vater, beide vernünftige Männer, beide gegen unbesonnene Kriegsabenteuer im Ausland, hätten mir gut diesen oder einen ähnlichen Rat geben können. Aber mir war nicht wohl dabei, und ich fragte mich, welches Unbehagen sie wohl nachträglich empfunden hätten. Wie wahrscheinlich es war, dass sie gedacht hätten, kein Wunder, dass ich für Harry wie ein Sohn war.

Harry war am Samstagabend mit Mandanten unterwegs, aber am Sonntag kam er gegen sieben Uhr – das war für ihn eher früh – nach Hause und kündigte an, wenn er ein Bad genommen und sich umgezogen habe, werde er uns Pasta zum Dinner kochen. Spaghetti *aglio e olio*, ein Gericht, das Harry gern zubereitete und mir oft in Sag Harbor serviert hatte. Aber zuerst würden wir etwas trinken. Bei einem Gin Martini seiner besonderen Machart erzählte er mir von einem Treffen mit Abner Brown und dessen Vize. Seine Arbeit für Abner nehme in einem Ausmaß zu, das ihm schmeichle und der Kanzlei natürlich hochwillkommen sei. Der Multikonzern, dessen Alleineigentümer Abner war – abgesehen von einigen wenigen Joint-Venture-Partnerunternehmen –, und Abner als Einzelperson seien sehr wichtige Mandanten geworden. Er fürchte sogar, dass das Gewicht der Brown'schen Angelegenheiten im Mischgeschäft der Kanzlei überhandnehme und dass seine Partner die ständig zunehmende Expansion des Multikonzerns und sogar die Art seiner Beziehung zu Abner allzu optimistisch betrachteten.

Verlass dich nie auf die Gunst von Königen oder exorbitant reichen Männern, sagte er kopfschüttelnd. Sie sind herzlos und launisch.

Jedenfalls sei es zwar schmeichelhaft, dass Abner ihn mehr und mehr in Anspruch nahm und nicht nur als seinen hauptsächlichen externen Rechtsberater, sondern auch als engen Freund betrachtete, aber auf Rosen gebettet fühle er sich nicht gerade. Harry hatte gleich zu Anfang, als Abner ihm angeboten hatte, er solle seine Interessen und die des Konglomerats insgesamt vertreten, deutlich gesagt, er sei zwar nicht in der Politik aktiv, aber eingeschriebenes Mitglied der demokratischen Partei und habe in seinem ganzen Leben nur zwei Republikaner gewählt, Nelson Rockefeller und John Lindsay.

Wie du dir vielleicht vorstellen kannst, zuckte Abner nicht mit der Wimper. Bedenkt man, dass er noch weiter rechts steht als die John Birch Society und der Hunne Attila, ist das nicht nur ein Beweis für gute Manieren. Ich glaube, es zeigt auch, dass er entweder intelligent genug ist, sich nicht nur mit wahren Glaubensgenossen zu umgeben – mein Gott, wie hasse ich den Ausdruck –, oder eher, dass er die Ansichten eines Menschen, der ihnen so wenig wie ich mit Geld Nachdruck verleihen kann, vollkommen unwichtig findet.

Aber dieses Unbehagen sei nicht alles, sagte er. Der Umfang von Abners verzwickten Geschäften sei so groß, dass er, Harry, fürchte, von einer Lawine von Problemen mitgerissen zu werden, da er nicht mehr genug Zeit und Abstand habe, um die Grundlagen und alle Verzweigungen des Konglomerats zu überblicken. Er müsse seine Arbeitsgruppe verstärken, habe aber noch nicht herausgefunden, welches Gemenge aus Befähigungen und Persönlichkeiten er brauche. Diese Probleme setzten ihm zu, und eine Lösung zeichne sich nirgendwo ab.

Onkel Harry, unterbrach ich ihn, das ist eine faszinierende und schwierige Situation. Sie interessiert mich wirklich, aber ich muss jetzt dringend etwas mit dir besprechen. Würdest du es mir nachsehen, wenn ich das Thema wechsle?

Natürlich, antwortete er. Nur zu.

Übers Wochenende habe ich mich zu einer Entscheidung durchgerungen, von der du wohl nichts halten wirst. Vielleicht denkst du, ich sei total durchgeknallt, sagte ich. Die Sache ist folgende. Wir sehen beide einen Krieg kommen, und ich meine, Leute wie ich sollten nicht sagen: Überlass das Kämpfen den anderen, den Kerlen, die nicht nach Harvard, Yale oder Princeton gehen, den Jungen, die froh sind, wenn sie die High School schaffen, die Soldat werden, weil ihnen andere Türen verschlossen sind und weil sie schicke Fernsehwerbespots über die militärische Ausbildung gesehen haben. So einfach ist es nicht. Ich will mit dabei sein. Und wenn du es mir nicht ausredest, werde ich tun, was Vater getan hat: in die Marine Officer Candidate School gehen, die Ausbildung zum Offizier der Marineinfanterie machen und dann weitersehen.

Das ist ja wirklich eine Neuigkeit, erwiderte er. Da brauchen wir noch eine Runde Martinis. Moment, komme gleich wieder.

Der Moment dauerte verdächtig lange, fünf Minuten mindestens, aber schließlich tauchte Harry mit dem Shaker auf, füllte unsere Gläser und sagte sehr feierlich: Trinken wir auf das, was du vorhast. Du bist verrückt, aber das war dein Vater auch. Und dein Großvater. Ich dagegen … eine Variante der Geschichte kennst du wahrscheinlich. Ich galt als unfähig für den Dienst in Vietnam, unfähig, mich mit Ruhm zu bedecken wie dein Vater. Na ja, er kam zurück … Ich bitte dich nur um eines: Lass dich nicht umbringen und sieh zu, dass du heil und ganz wiederkommst. Möglichst in besserem Zustand als dein Vater. Ich hab nur noch dich auf der Welt.

Plato tat so, als sei er ein Löwe, und lag hingegossen auf dem Couchtisch, eine Angewohnheit, die Harry wohl nicht nur duldete. Er forderte ihn offenbar sogar dazu auf. In diesem Moment hob der kleine Burmakater fragend den Kopf.

Ja, sicher, sagte Harry lachend, ich hab dich, und Gott sei Dank habe ich auch Plato, der vernünftig ist und nicht in den Krieg zieht. Er wird auf seinen alten Kumpel Harry aufpassen. Scherz beiseite, pass gut auf dich auf und schreib einen wohlüberlegten Brief an die Society of Fellows. Das sage ich als Anwalt. Du möchtest ja vielleicht freundlich wiederaufgenommen werden, wenn du zurückkommst.

II

Als ich aus dem Militärkrankenhaus Walter Reed entlassen wurde, wollte ich nur eines: unbedingt mein Buch schreiben. Ich erzählte, wie es im Krieg gewesen war und was er mit meinen Männern und mir gemacht hatte. Die ganze Welt sollte es wissen. Am liebsten hätte ich die Geschichte von allen Dächern geschrien. 2001 hatte Harry versichert, ich sei alles, was er noch auf der Welt habe. Jetzt, sieben Jahre später, konnte ich das Gleiche von ihm sagen: Er war das einzige Bindeglied, das mich noch mit der Menschheit verband. Felicity gab mich schneller auf, als ich für möglich gehalten hätte. Während ich durch Musa Qala zog, verließ sie mich und heiratete einen Archäologen, einen Kollegen. Ich sah es auf Facebook. Sie hatten eine kleine Tochter. Fotos des Kindes schickte sie, als wäre es mir nicht scheißegal. Später erfuhr ich über Facebook, dass sie wieder schwanger war und auf einen Sohn hoffte. Wollte sie einen Krieger großziehen? Meine Freunde aus der Schule und dem College waren inzwischen Anwälte oder Investmentbanker. Ich hatte keine Lust, auch nur einen von ihnen zu sehen. Blieb nur noch Scott Prentice. Wir waren Schulkameraden gewesen, später gingen wir beide nach Yale, und dort traten wir beide in dieselbe Studentenverbindung ein. Ich merkte ziemlich bald, dass er scharfsinniger war als alle anderen Menschen, die ich kannte oder mit einiger Wahrscheinlichkeit je kennenlernen würde, dabei so zurückhaltend und bescheiden, dass die meisten Leute nicht ahnten, mit welch rasanter Geschwindigkeit sein Verstand arbeitete. Außerdem war er sehr sportlich, und wir waren in der Schule beide im Lacrosse Team. In unserer Schule galt er als ein Fechtwunder, und er blieb während der ganzen Schul- und Collegezeit beim Säbelfechten. Im College trennten sich unsere akademischen Wege, und ich sah ihn viel seltener. Scott war ein passionierter Mathematiker. Ich versank in meinen Geschichtsseminaren und in Griechisch und Latein. In den Sommerferien mogelte ich mich auf Exkursionen zu archäologischen Ausgrabungsstätten. Zum letzten Mal saßen wir kurz vor dem Examen bei einem Skull-and-Bones-Dinner nebeneinander und gingen nach dem Essen auf sein Zimmer, um weiter miteinander zu reden. Ich gab penetrant mit meinen Plänen für Balliol an. Scott gab zu, dass er nicht wisse, wie es mit ihm weitergehen solle. Die Graduate School winkte, vielleicht das MIT, vielleicht Stanford, aber zu einer Entscheidung konnte er sich noch nicht aufraffen. Sein Vater, ein Karrierediplomat und bekannter Arabist, hatte zuletzt als Sektionschef der CIA in Beirut gearbeitet und wurde dort im April 1983 Opfer des Bombenanschlags auf unsere Botschaft. Als es geschah, waren Scott und seine Mutter auf einem Heimatbesuch in New York. Seine Mutter heiratete sehr schnell wieder, und an seinen Vater erinnerte er sich kaum. Als wir unser letztes Bier tranken, graute der Morgen, und beim Abschied sagte er mir, er sei wirklich hin- und hergerissen. Seine

Leidenschaft galt der Mathematik. Die Vorstellung, im Auftrag der Regierung zu arbeiten, fand er anziehend und abstoßend zugleich. Er versprach zu schreiben und mich, wenn irgend möglich, in England zu besuchen. Ich hörte allerdings nichts mehr von ihm, und der Brief, den ich an die einzige mir bekannte Adresse schickte, die seiner Mutter in New York, blieb ohne Antwort. Ich überlegte, sie anzurufen, ließ es dann aber. Sie war zum zweiten Mal Witwe geworden, ich hatte ihr nicht kondoliert, und das war mir peinlich.

Als Scott und ich uns in Kandahar über den Weg liefen, kurz vor dem Abmarsch meines Trupps nach Delaram, war ich sehr überrascht und hoch erfreut. Er trug Offiziersuniform mit dem goldenen Eichblatt des Majorsranges. Ich hatte es gerade zum Hauptmann gebracht. War er unmittelbar nach dem College an die Offiziersschule gegangen, obwohl wir uns damals noch nicht im Krieg befanden? Selbst die Vorwarnung, der Sprengstoffanschlag auf die USS Cole, kam erst im Herbst 2000. Das sei nicht der Grund gewesen, sagte Scott, aber wir hatten nur Zeit für eine Tasse Kaffee im PX des Stützpunkts und konnten nicht ausführlicher darüber reden. Ich erfuhr nur, dass er die Uniform zur Tarnung trug und dass seine eigentlichen Arbeitgeber die Leute von der Special Activities Division in Langley waren. Als er mich im Walter Reed besuchte – er kam mindestens einmal pro Woche –, erzählte er mir von seinem plötzlichen Entschluss zu dieser Arbeit und deutete an, worin sie bestand. Er war ins Hauptquartier zurückbeordert worden. Wir unterhielten uns über das, was wir erlebt hatten, und über unsere Pläne für die Zukunft, und dabei wurde mir wieder klar, dass er mein engster Freund war – der Bruder, den ich nie gehabt hatte. Ihm ging es genauso, daran habe ich keinen Zweifel.

Harry lud mich ein, zu ihm zu ziehen, sobald ich aus dem Krankenhaus entlassen würde. Ich nahm sein Angebot ohne Zögern an, weil ich in seiner Nähe sein wollte und, um ehrlich zu sein, ein wenig auch deshalb, weil ich nicht wusste, wohin sonst mit mir. Er tat alles, um mir das Arbeiten angenehm zu machen, stellte in dem Gästezimmer, das mein Studio sein sollte, einen großen Schreibtisch, zusätzliche Bücherregale und Aktenschränke auf. Schlafen sollte ich in dem kleineren Gästezimmer. Immer wenn Harry keine Verpflichtungen hatte, aßen wir abends zusammen, und nach einer Weile merkte ich, dass er sich bemühte, die meisten Abende Zeit für mich zu haben. Wir aßen immer spät. Dadurch konnte ich tagsüber lange und ohne Unterbrechung an meinem Manuskript arbeiten, bis auf kurze Pausen für ein Sandwich zum Lunch, Laufrunden im Park, Gewichteheben und gelegentlich Boxen in einem Fitnessstudio an der Third Avenue, in dem Harry mich angemeldet hatte. Klimmzüge machte ich zu Hause, weil Harry, der offenbar an alles dachte, mir im Bad ein Reck hatte anbringen lassen. Zwei Ziele wollte ich unbedingt erreichen: so weit wie irgend möglich wieder in Form kommen und mein Buch schreiben. Zu anderen Zwecken verließ ich die Wohnung tagsüber nur selten. Wann immer ich einen Vorstoß wagte, schlich ich sehr bald wieder zurück, angewidert vom Luxus in den Schaufenstern und der Parade der Prinzessinnen auf der Madison Avenue – überschlanken hochgewachsenen Mädchen, die alles im Großformat vorführten: Haare, Busen, Sonnenbrillen, Schultertaschen und Mobilphone – und krank vor Mitleid, Mitleid wie ein neugeborenes Kind auf Sturmwind reitend, mit den Soldaten, die immer noch in den mir allzu bekannten Höllenlöchern feststeckten, mit den Veteranen, die in ein Land heimkehrten, dem sie scheißegal waren, mit allen, denen man übel mitgespielt hatte. Auch mit mir selbst, obwohl ich wusste, dass es in meinem Fall anders war, dass ich wieder gesunden würde und mich nie den Demütigungen und der Verzweiflung stellen müsse, denen die anderen ausgesetzt waren.

An einem Freitag, der so verregnet war, dass Harry entschieden hatte, nicht nach Sag Harbor zu fahren, gab ich ihm den gesamten ersten Entwurf meines Buches. Ich bin sehr gespannt, sagte er und begann gleich nach dem Dinner mit dem Lesen. Er las das ganze Wochenende, praktisch pausenlos. Er saß in seiner Bibliothek, die Tür stand wie immer offen. Ich konnte mich nicht beherrschen, erfand Vorwände, von Zeit zu Zeit vorbeizugehen und nachzusehen, ob er immer noch las. Ich glaube, er war so vertieft, dass er mich nicht bemerkte. Am Samstagabend aßen wir zusammen, verloren aber beide kein Wort über das Buch. Ich dachte, das sei eine Verzögerungstaktik Harrys, er rede so weitschweifig über Abner Brown und dessen neue Investitionen in Peru, Argentinien, Chile und Pakistan, weil ich ihn enttäuscht hatte und er noch nicht wusste, wie er mir dies schonend beibringen sollte. Als wir endlich den Nachtisch verzehrt hatten, schlief ich am Tisch ein. Am Sonntagnachmittag ging ich vor lauter Verzweiflung zu einem ausgiebigen Training ins Fitnessstudio. Als ich zurückkam, fand ich in der Diele eine Notiz: Harry bat mich, kurz zu ihm in die Bibliothek zu kommen.

Ich habe dein Buch durchgelesen, sagte er. Einzelne Teile mehr als zwei Mal. Ich wünschte, deine Eltern wären noch am Leben. Sie wären sehr stolz auf dich, aber nicht mehr als ich.

Ich kannte niemanden aus der New Yorker literarischen Welt, keine Autoren, keine Agenten und keine Verleger. Harry führte mich zu Jane Bird, einer jungen Agentin, die mich als Klienten annahm und inzwischen eine Freundin ist. Den Kontakt zu ihr hatte Harry über einen Kulturredakteur der *Times* hergestellt, dessen Frau Partnerin in seiner Kanzlei war. Der erste Verleger, dem Jane das Buch anbot, kaufte es und entschied, es schon ein halbes Jahr danach, im kommenden Oktober, zu veröffentlichen. Ein paar Wochen später konnte Jane eine Option auf die Rechte zur Verfilmung so gewinnbringend an ein Studio verkaufen, dass es mir die Sprache verschlug. Kaum zu fassen, ich wurde lanciert. Als ich versuchte, Harry zu danken, konnte er gar nicht mehr aufhören zu lachen. Alles, was er für mich und mein Buch tue, geschehe zu Ehren der Familie, verkündete er. In eher nüchternem Ton erzählte er mir dann, im Oktober werde er eine große Party geben, um mich und mein Buch zu feiern. Zeit, dass du Leute kennenlernst, auf die es ankommt, sagte er. Er redete auch über den

Sommer. Er wolle an den Wochenenden so oft wie möglich in Sag Harbor sein – das ist gut für meinen Freund Plato, meinte er –, außerdem den ganzen August dort verbringen und erst nach dem Labor Day in die Stadt zurückfahren. Er hoffe, dass ich oft zu ihm nach Sag Harbor käme – so oft ich Lust hätte. Aber dann fuhr ich im August gar nicht. Die Fahnenkorrekturen und alles, was damit zusammenhing, konnte ich leichter in New York erledigen, auch schrieb ich schon an meinem zweiten Buch und hatte das dringende Bedürfnis, allein zu sein. Trotzdem sagte ich zu, als Harry mich ausdrücklich zum Labor Day einlud. Die Arbeit am neuen Buch machte Fortschritte, alles, was mit dem alten – so nannte ich es jetzt – zu tun hatte, war erledigt; ich hatte das Gefühl, es würde mir guttun, mal wieder im Meer zu schwimmen.

Harry sagte, er freue sich sehr. In den Hamptons gibt es Leute, die du kennenlernen musst, meinte er. Einige von ihnen werden auf deiner Buchparty sein. Der Labor Day wird eine Generalprobe für die Premiere im Oktober.

Am Freitag des verabredeten Wochenendes kam ich morgens in Sag Harbor an. Das Haus war so schön, wie ich es in Erinnerung hatte, und in fabelhaftem Zustand. Das ist Marys Verdienst, sagte Harry, stellte mich einer zierlichen, hübschen jungen Frau vor und erläuterte, dass sie aus Irland eingewandert sei, geheiratet habe, mit ihrem Ehemann zusammen eine Tierhandlung in Wainscott an der Route 27 betreibe und ihre Zeit zwischen dem Geschäft und der Versorgung und Pflege Harrys – ihre Worte – teile.

Und ich schaue zu, wie Ihr Onkel Harry mit Plato spielt, fiel sie ein. Die zwei sind wirklich sehenswert.

Wir aßen schnell ein Sandwich im Garten und fuhren dann an die Gibson Lane in Sagaponack, Harrys Lieblingsstrand. Auch dieser Strand war genau so, wie ich ihn in Erinnerung hatte, strahlend weiß und endlos lang unter einem Himmel von derart intensivem Blau, dass man es kaum aushalten konnte. Obwohl mit jenem Tag eines der betriebsamsten Wochenenden des Sommers anbrach und das Wetter herrlich war, mussten wir vom Eingang, an dem Harry geparkt hatte, nur hundert Meter nach Osten laufen, um ganz allein zu sein. Harry legte die Strandtasche ab, wir zogen die Hemden aus und stürzten uns in die Wellen. Er war ein großartiger Schwimmer, und von ihm hatte ich bei meinen ersten Besuchen gelernt, wie man mit den gewaltigen Brechern spielt, ohne sich in Gefahr zu bringen. Wieder und wieder erklärte er mir: Der Trick ist, wachsam, aber entspannt zu sein, wachsam, aber entspannt. Sie wollen dich nicht umwerfen. Sie sind nur eben unendlich viel stärker. Du musst sie überlisten oder dich von der Strömung tragen lassen. An diesem Nachmittag und den drei folgenden Tagen trieben wir zusammen Bodysurfing. Dann schwamm ich allein nach Osten bis zum Peters-Pond-Strand und zurück. Früher war Harry mit mir gekommen. Diesmal hielt er sich zurück. Ich werde kurzatmig, sagte er. Abgesehen davon sei er in guter Verfassung und bester Stimmung. Ich solle mich einfach auf den Weg machen und so lange im Wasser bleiben, wie ich wolle. Er habe nichts dagegen, auf mich zu warten. Oder vielleicht werde er auch am Strand ein Stück in meiner Richtung gehen, um mich nicht zu verpassen.

Als wir wieder im Haus waren, sagte Harry, er habe keine Pläne, am Samstag oder Sonntag auszugehen oder Leute einzuladen. Er sei den Wochenend-Wahn der Hamptons leid und freue sich darauf, seine neuen Pasta-Rezepte auszuprobieren. Das war mir ganz recht. In Gedanken war ich fast ständig bei meinem neuen Buch und froh, mich damit und mit Plato beschäftigen zu können, wenn wir nicht am Strand oder bei Tisch waren. Damit er Plato in den Garten lassen konnte, ohne fürchten zu müssen, dass er auf die Straße laufen und unter ein Auto geraten würde, hatte Harry das ganze Grundstück hinter dem Haus, Wiese samt Garten, mit einem knapp zwei Meter hohen Staketenzaun gesichert, den selbst dieser sehr unternehmungslustige Burmakater nicht einmal im Traum überklettern konnte, so wenig wie das marodierende Wild. Der Zaun hatte nur eine Öffnung, eine Tür zum Nachbargarten. Harry erklärte mir, dass dieser Garten und das Haus, das dazugehörte, sowie sein eigenes Haus irgendwann im neunzehnten Jahrhundert Eigentum zweier Schwestern gewesen sei und dass die Tradition den Erhalt der Verbindungstür verlange.

Das gefällt mir, sagte er. Das Nachbarhaus gehört einer lieben Freundin, der wunderbaren Sasha Evans, und die Tür ist Plato-sicher, wie du siehst. In Sashas Garten geht er nur auf Einladung.

Bisher hatte ich Harrys Behauptung, sein kleiner Kater aus der Fifth Avenue würde in Sag Harbor ankommen, sich kurz mit etwas Trockenfutter und einem

Schluck Wasser stärken, dann die Ärmel hochkrempeln und auf der Stelle mit dem Metzeln beginnen, für leicht übertrieben gehalten. Aber jetzt sah ich, dass sie vollkommen zutraf. Auf dem ganzen Grundstück gab es keine Maus mehr, allerdings war es vorläufig noch von Streifenhörnchen besiedelt. Plato konnte schneller denken und rennen als sie; das hatten die Katzen meiner Eltern immer vergeblich versucht, obwohl sie durchaus keine Schwächlinge waren. Trotz Harrys erklärter Absicht hatten wir am Sonntag einen Dinnergast, nämlich Sasha, seine Nachbarin. Kurz bevor sie kam, erzählte mir Harry, sie sei eine gute Landschaftsmalerin, in Boston geboren und aufgewachsen, seit einigen Jahren Witwe mit einer in Oregon wohnenden Tochter. Sie habe angerufen und ihn spontan zum Abendessen eingeladen, sie sei allein und trübsinnig. Natürlich habe er seinem besseren Ich nachgegeben und sie stattdessen zu uns zum Dinner gebeten. Als ich mir die Dame genau angesehen und der Unterhaltung der beiden gelauscht hatte, zuerst bei einem Drink und später bei Harrys Gnocchi, sagte ich mir immer wieder, die beiden sind wie geschaffen füreinander. Sie sind Menschen vom gleichen Schlag, sie sind im gleichen Alter, sie könnten es gut haben miteinander. Warum gibt Harry sich nicht einen Ruck? Mir fiel nur ein möglicher Grund ein. Wenn es an sexueller Anziehungskraft fehlte – und ich konnte nicht einen Hauch davon wahrnehmen –, würden Harry oder Sasha dann eine Ehe oder Beziehung wagen, die schiefgehen konnte? Oder auch nur eine Geste der Annäherung versuchen und in Kauf nehmen, dass sie in Peinlichkeit und

Enttäuschung endete? Unwahrscheinlich. Sie ließen lieber alles beim Alten, blieben die besten Nachbarn und Freunde und hüteten sich, diese entspannte und wohltuende Beziehung in irgendeiner Weise zu gefährden.

Das Wetter am Wochenende des Labor Day blieb herrlich, der Himmel klar und die Luftfeuchtigkeit gering, und die Buchparty fand auf dem Rasen hinter Harrys Haus statt. Ich hatte mir immer vorgestellt, für die Schriftsteller, Verleger, Literaturagenten und Journalisten von der Upper West Side, die zu allen Jahreszeiten in »L. L. Bean«-Freizeitkleidung auftraten, sei Sag Harbor der Ferienort der Wahl in den Hamptons. Tatsächlich fanden sich viele von ihnen auf der Party ein, dazu eine noch größere Zahl älterer prototypischer WASPs, meiner – irrigen – Meinung nach sämtlich Investmentbanker mit ihren zweiten oder dritten Ehefrauen, gespenstisch dürren, in weiße, gelbe oder lindgrüne Seide gehüllten Damen, sie selbst einst stattliche, jetzt gebrechliche Männer in weißem Leinen oder weißer Baumwolle, die Harry vermutlich in mir noch unbekannten Ortsteilen von Sag Harbor oder in East Hampton, Bridgehampton und Southampton aufgetan hatte. Die beiden Gruppen vermengten sich lautstark und in schönster Harmonie. Auf Harrys Anweisung hielt ich mich an seiner Seite, bis der Garten randvoll mit Gästen war und Harry mir sagte, nun müsse ich mich ins Getümmel stürzen. Das verstand ich als Erlaubnis, schnurstracks auf Sasha zuzusteuern. Sie nahm mich bei der Hand und dirigierte mich zu zwei freien Stühlen, wir ließen uns nieder und blieben sitzen, bis Harry kam, mich, von einem Ohr zum andern schmunzelnd, tadelte, dass ich die unwiderstehlichste Frau auf der ganzen Party mit Beschlag belegt hätte, und ankündigte, dass wir drei in einer halben Stunde zum Dinner im American Hotel erwartet würden. Er habe gehofft, dass seine Mitarbeiterin Kerry Black mitkommen und für das Gleichgewicht am Tisch sorgen würde, aber sie habe gerade angerufen, dass sie im Büro festsitze und versuche, eine Frist einzuhalten. Zu schade, sagte er, vor allem, weil ich ihr diese Frist gesetzt habe!

Harrys offizielle Party für mein Buch fand am Tag der Veröffentlichung, dem zweiten Mittwoch im Oktober, in seinem Club statt. Meine einzigen persönlichen Gäste – richtige Menschen seien sie, sagte ich zu Harry – waren Scott Prentice und mein Fitness-Trainer Wolf aus dem Studio an der Third Avenue. Meine Agentin Jane und mein Verleger hatten die Gäste vorgeschlagen, die von Berufs wegen auf die Liste gehörten. Als ich ihnen der Reihe nach die Hand geschüttelt hatte, konnte ich wahrheitsgemäß behaupten, in der Klasse der New Yorker, die gewöhnlich auf einer schicken Literaturparty mit allem Drum und Dran, französischem Champagner und den besten Horsd'œuvres, zu finden waren, sei nicht einer, den ich nicht begrüßt hätte – so zahlreich und so handverlesen waren diese Leute. Die anderen waren natürlich Harrys alte Freunde, auch einige aus seiner Kanzlei, darunter Simon Lathrop und seine Frau. Ich möchte mit dir prahlen, als wärst du mein Sohn, sagte Harry. Und tatsächlich merkte ich in der Unterhaltung mit dem einen oder anderen dieser eindrucksvollen Anwälte und ihren Gattinnen, dass sie eine Menge von meinen Großtaten am College und im Marinecorps wussten. Mein Onkel Harry hatte mit mir angegeben!

Eine Handvoll jüngere Anwälte aus der Kanzlei Jones & Whetstone waren auch da, darunter eine sportlich aussehende junge Frau, fast so groß wie ich, mit einem feinen blassen Gesicht, Augen von eher grüner als blauer Farbe und einem schweren Chignon aus lockigem schwarzem Haar; zu ihr fühlte ich mich sofort hingezogen. Wie sich herausstellte, war sie Harrys Schützling Kerry. Ich erzählte ihr, wie sehr Harry bedauert habe, dass sie die Einladung nach Sag Harbor am Labor Day absagen musste, und wie neugierig er mich auf sie gemacht habe.

Ich wollte dich auch unbedingt kennenlernen!, erwiderte sie. Meistens rede ich mit Harry über Mandantenkram und all die Dinge, die ich noch am selben Tag für ihn abarbeiten oder überarbeiten soll. Aber wenn wir einmal etwas Luft haben, dann redet er über dich.

Das muss ja langweilig sein, sagte ich.

Sie schüttelte den Kopf so heftig, dass ihr Chignon ins Rutschen kam. Sie hob die Hände, um ihn wieder festzustecken, und gab mir so die Gelegenheit, ihre Arme zu bewundern, die straff und sexy waren.

Nein, ich bin froh darüber, denn es tut ihm sehr gut, von deinen Abenteuern und Erfolgen zu erzählen. Du weißt es vielleicht nicht, aber er ist furchtbar angespannt und arbeitet zu hart, sagte sie. Die Gewissheit, dass du außer Gefahr bist und dass du ein Buch geschrieben hast, von dem er so viel hält, ist das reinste Lebenselixier für ihn.

Ich glaube, du hast ihn gern, sagte ich.

Das ist eine Untertreibung!

Mit diesen Worten schüttelte sie mir die Hand und sagte, sie müsse wieder an die Arbeit – für wen wohl?

Ich erzählte Harry, dass ich mich kurz mit Kerry unterhalten und mir gewünscht hatte, sie wäre nicht so eilig wieder ins Büro gegangen. Er nickte und sagte, jemanden wie sie gebe es kein zweites Mal – sie sei einfach die klügste und gewissenhafteste Mitarbeiterin, die er je gehabt habe. Bald, vielleicht im nächsten Jahr, stehe die Entscheidung über ihre Partnerschaft an, und er werde sich mit aller Kraft für sie einsetzen. Sie ist wirklich ein seltener Glücksfall fügte er hinzu, eine erstklassige Prozessanwältin, durchschaut die verzwicktesten Unternehmensstrukturen und hat dazu noch einen angeborenen Geschäftssinn. Sie weiß, worauf es ankommt! Sie kam direkt von der Law School – übrigens Harvard – zu uns, verfolgte dann als Assistentin des Bundesanwalts für den Southern District drei Jahre lang Wirtschaftsverbrecher aller Art und trat nach diesem Zwischenspiel zum Glück wieder bei uns ein.

Führst du jetzt auch Prozesse für Abner?, fragte ich.

Die Kanzlei, erwiderte er. Ich mache es nicht selbst, aber ich habe die Oberaufsicht über alles, was wir für ihn tun, und dass ich Kerry in der Prozess- wie in der Unternehmenssparte an meiner Seite habe, ist ein Himmelsgeschenk. Man kann sagen, sie ist meine Stabschefin.

Harrys Fürsorge für mich nahm kein Ende. Als Jane die Option auf die Verfilmung meines Buches verkauft hatte, sagte ich, so gern ich bei ihm sei, müsse ich wohl doch langsam richtig erwachsen werden und mir eine eigene Wohnung suchen. Er widersprach mir keineswegs, sondern sagte, ich hätte recht. Zufällig sei die Tochter eines seiner Partner eine Spitzenmaklerin. Ich solle mich nur in ihre Hände begeben. Ich folgte seinem Rat, und sie fand sehr bald in einer Nebenstraße der Park Avenue, ein paar Querstraßen nördlich von Harry, eine kleine Wohnung für mich, die in Größe und Schnitt genau meinen Bedürfnissen entsprach. Harry bedauerte nur, dass das Mietshaus keinen Pförtner hatte. Bloß zwei verschlossene Türen, an denen man klingeln und warten musste, bis der Summer betätigt wurde.

Keine gute Idee, sagte er. Gefährlich ist die Stadt jetzt nicht, aber man möchte sich nicht wegen solcher Dinge oder irgendwelcher Lieferungen beunruhigen. Besonders, wenn man auf Reisen ist.

Harry, ich kann mit Waffen umgehen! Mit mir und meiner .45er legt sich kein Straßenräuber an, wenn ihm sein Leben lieb ist, erwiderte ich.

Mich störe nur, dass die kleine Wohnung absurd teuer sei, erklärte ich Harry und fragte, ob ich wirklich so viel Geld ausgeben solle.

Hör mal, Jack, dies ist die Upper East Side. Die Preise sind ein Wahnsinn. Aber du bist jetzt ein reicher Mann, und so wie es aussieht, wirst du noch reicher.

Ich sagte nichts mehr. Die Verfilmung des ersten Buches war schon in Arbeit, und das Geld für die Rechte auf meinem Konto. Dass ich je so viel Geld haben würde, wie diese Zahlung zusätzlich zur Summe für die Option mir eintrug, hätte ich mir nicht träumen lassen.

Als ich in den nächsten anderthalb Jahren das neue Buch abschloss, überarbeitete und mit meinem Lektor durchging, sah ich Harry nicht mehr so häufig. Aber mindestens einmal pro Woche aßen wir abends miteinander und manchmal, wenn er übers Wochenende in der Stadt blieb, gingen wir zusammen ins Kino. An einigen Wochenenden besuchte ich ihn in Sag Harbor. Nicht nur meine Arbeit kostete mich Zeit. Ich hatte mich mit einer ungebundenen jungen Engländerin eingelassen, die in meinem Verlag arbeitete. Im Bett und auch sonst erinnerte sie mich an Felicity. Das lag an ihrer Art zu reden und sich anzuziehen und, ehrlich gesagt, auch an einer gewissen Nachlässigkeit bei der Körperpflege. Mir lag immerhin so viel an ihr, dass ich sie dem einigermaßen skeptischen Harry vorstellte, aber nicht genug, um sie bei mir einziehen zu lassen. Unser anfängliches Arrangement, in einer billigen Kneipe zusammen zu essen und anschließend in meiner Wohnung miteinander zu schlafen, war mir ganz recht. Ich sah voraus, dass sie mich bei der Arbeit stören und dass ich sie schwer wieder loswerden würde, falls unsere Romanze langweilig wurde. Ich fand es vernünftiger, dass sie ihre eigene Wohnung im East Village behielt, von der aus sie bequem mit der U-Bahn zum Verlag am Union Square fahren konnte und die zudem in der Nähe der Haltstelle der Linien 4 und 6 an der Eighty-Sixth Street lag. Das nahm sie mir übel, weil sie offenbar nicht verstand, dass ich meine Arbeitssphäre und mein neues Buch schützen musste. Kurz bevor ich das Manuskript einreichte, trennten wir uns ohne übermäßige Bitterkeit.

Wieder zeigte ich Harry mein neues Buch, noch unsicherer als beim ersten, weil darin ein Echo meiner Jahre im Internat und im College nachhallte und deshalb unvermeidlich Anspielungen auf meine Eltern mitschwangen, die er nicht überhören konnte. Und wieder las er zu meiner großen Freude mit so viel Verständnis, wie ich mir nur wünschen mochte. Auch meinem Verleger gefiel das Manuskript, und er entschied sich wieder, wie beim ersten Buch, es schleunigst herauszubringen. Dieses Mal gab der Verlag die Buchparty, und darauf konnte ich mir in der heutigen Zeit der schrumpfenden Mittel für alles außer Mummy-Porn-Bestsellern wohl etwas einbilden. Die Liste der versammelten Literaten war noch eindrucksvoller als bei meiner ersten Buchpremiere, aber nur wenige Anwaltskollegen Harrys erschienen. Vielleicht hatte mein Verleger Harry nahegelegt, diesen Teil der Liste auszudünnen. Kerry Black war natürlich da, ebenso Scott Prentice und mein Trainer Wolf. Harry hatte verstanden, dass der Verleger mit dieser Party das Engagement des Hauses für mein Buch signalisierte, und sich damit abgefunden, dass nicht er der Gastgeber war, sagte er. Er bestand jedoch darauf, anschließend ein kleines Dinner zu geben. Seine Gäste waren mein Lektor, dazu meine Agentin, Harrys Nachbarin, die schöne Sasha, und natürlich Scott und Kerry. Kerry war Partnerin geworden, und zur Feier dieses Ereignisses hatte Harry ebenfalls ein Dinner gegeben, zu dem ich auch eingeladen gewesen war. Diesmal begleitete ich Kerry nach dem Essen zu ihrer Wohnung.

Sie wohnte in der Fifty-Seventh Street im letzten Block vor dem East River. Wie ich gehofft hatte, lud sie mich noch ein, auf einen Drink mit hinaufzukommen. Die Ähnlichkeit mit meiner Wohnung war amüsant: die gleiche Alarmanlage, die Harry so ärgerlich unzureichend fand, penible Ordnung – vermutlich ein Dauerzustand, da sie keinen Grund hatte, Besuch zu erwarten – und überall Bücher. Ich erzählte ihr, dass ich mich bereiterklärt hatte, in den kommenden Wochen ein paar Lesungen und Interviews zu geben, und anschließend, sobald diese Pflichten abgehakt waren, in Südamerika herumreisen wollte, einen Teil der Zeit mit Scott, den sie gerade kennengelernt habe. Wenn möglich, wollten wir bis zur Spitze Feuerlands kommen, meist zu Fuß und mit dem Fahrrad. Scott kümmere sich um die Einzelheiten.

Von der Reise träume ich, sagte sie.

Komm doch mit, schlug ich vor. Wir würden uns freuen, und wir sind ziemlich erfahrene Camper. Du brauchtest keinen Finger zu rühren.

Das würde ich sofort machen, antwortete sie, aber es geht aus zwei Gründen nicht: Harry, der mich an seiner Seite braucht, und die Arbeit, die ich für ihn erledigen muss. Keine Chance, dass ich vor dem nächsten Sommer Urlaub machen kann, und selbst dann darf ich mir kaum mehr als eine, höchstens zwei Wochen freinehmen.

Dann fragte sie, wie lange ich in Südamerika bliebe.

Drei Monate, vielleicht eine Woche mehr oder weniger.

Ah ja, sagte sie. Harry wird froh sein, wenn du wieder da bist. Bitte versteh mich nicht falsch, aber du und Plato – sie lachte – ja, Plato auch, ihr könnt ihm so gut die Last von den Schultern nehmen oder den Stein vom Herzen, und ich hoffe, dass du zwischen deinen Pflichten als Autor noch einige Zeit für ihn findest. Das würde ihn so glücklich machen!

Ich dankte ihr und fasste zwei Entschlüsse. Zum einen wollte ich vor dem Aufbruch nach Belize, der geplanten ersten Station meiner Reise, so viel Zeit wie möglich mit Harry verbringen. Zum andern wollte ich mich nach meiner Rückkehr sehr oft mit Kerry treffen.

Ich hielt mich an meinen ersten Entschluss und auch an den zweiten – allerdings unter Umständen, die ich nicht hatte vorhersehen können.

III

Nach unserer Feuerlanderkundung flogen Scott und ich von Ushuaia mit einer TMA-Maschine nach São Paulo. Von dort reiste er weiter nach D. C., und ich flog nach Cuiabá. Ich wurde am Flughafen von einem Angestellten der tief in der Mato-Grosso-Savanne gelegenen riesigen Rinderfarm Pedra Negra abgeholt, der mich in einem makellos sauberen weißen Range Rover zur Fazenda fuhr. Der abwesende Eigentümer der Farm, der niederländische Industrielle Dirk van der Sluyten, ein Mandant und Freund Harrys, hatte Pedra Negra in den achtziger Jahren mit Harrys Hilfe gekauft, als der Patriarch einer alten brasilianischen Carioca-Familie, der die halbe Innenstadt von Rio Janeiro gehörte, das Anwesen abstoßen wollte, nachdem es an diesem Ort eine – wie Harry es nannte – melodramatische Verwicklung gegeben hatte. Harry war vor dem Vertragsabschluss nur einmal über Nacht auf der Fazenda gewesen, und seitdem hatte der Niederländer ihn ständig und vergeblich eingeladen, wiederzukommen und sich dort wie zu Hause zu fühlen. Dazu hatte Harry sich nie aufraffen können, aber als ich ihm erzählte, dass Scott eilends nach D. C. zurückmüsse und ich allein durch Brasilien streifen würde, erinnerte er sich wieder an die Einladung.

Geh lieber nach Pedra Negra, schlug er vor. Der Ort ist unvergleichlich, so etwas hast du noch nicht gesehen und wirst du kein zweites Mal finden. Du hast gesagt, du möchtest ein paar Wochen lang intensiv an deinem Buch arbeiten. Tu das dort. Der Ort ist ideal. Klimatisch ist jetzt die beste Jahreszeit. Heiß, aber das macht dir ja nichts aus. Ablenkungen und Verlockungen gibt es nicht. Wer weiß? Wenn alles gut geht, komme ich vielleicht nach, und beim Schreiben habe ich dich weiß Gott noch nie gestört.

Ich sagte, das sei eine fabelhafte Idee und ich würde es mir überlegen. Aber Harry wartete meine Entscheidung nicht ab. Er schrieb seinem Freund, was er mir vorgeschlagen habe, und zwei Tage später erreichte mich ein Brief, dass meine Ankunft mit Freude erwartet werde, Fotos von einem geräumigen braunen Gebäude aus Holz, dem Haupthaus der Fazenda, sowie ein Empfehlungsschreiben an Alberto Ferreira, den Verwalter der Ranch, lagen bei. Mir blieb keine Wahl. Ich schickte Mr. van der Sluyten eine E-Mail, dankte ihm für seine Einladung und nahm sie an. Am folgenden Tag aß ich mit Harry zu Mittag. Als ich ihm erzählte, dass ich auf die Ranch fahren würde, freute er sich sehr, und erst gegen Ende des Essens eröffnete er mir, es habe Komplikationen in seiner Arbeit für Abner Brown gegeben, so dass er unmöglich irgendwann in absehbarer Zukunft an einen Urlaub auch nur denken könne. Er hoffe, sein Fehlen werde meine Produktivität steigern.

Alberto, der meine Ankunft im Haupthaus erwartete, entschuldigte sich wieder und wieder, dass er nicht zum Flughafen gekommen sei, und führte mich herum. Außer mir werde niemand im Haus wohnen. Dona Marisa, die für mich kochen werde, und ihr Mann Seu Wellington, Gärtner und Hauswart in einer Person, wohnten in einem kleinen Bau unten an der Straße. Sie hatten eine funktionierende Festnetzverbindung, im Haupthaus gebe es auch eine, sie sei notwendig, wenn ich ihn erreichen wolle, da Mobiltelefone in diesem Teil Pedra Negras keinen Empfang hätten, erklärte mir Alberto. Auch eine Internetverbindung habe man weder im Haupthaus noch in seinem Büro oder seiner Wohnung. Ärgerlich für Mr. van der Sluyten, dass man per Fax statt per E-Mail mit ihm kommunizieren müsse. Ob das ein Problem für mich sei, fragte Alberto. Wenn ja, könne er sich erkundigen, ob ein Internetanschluss über die Telefonleitung möglich sei. Ich lachte und sagte, wenn ich im Haus eine Onlineverbindung hätte, würde ich diese Funktion auf meinem Laptop deaktivieren. Als ich ihm ein Kompliment zu seinem Englisch machte – er sprach fließend, flocht nur manchmal unübliche Redewendungen ein –, erzählte er mir, dass er an der Purdue-Universität Agrarwirtschaft studiert hatte.

Pedra Negra ist eine Rinderfarm ersten Ranges, versicherte er mir. Unsere Tierhaltung befindet sich auf höchstem Niveau.

Er sagte mir, ich solle mich nicht über die intensiven Sicherheitsmaßnahmen wundern. Eine berittene Streife war vom Morgengrauen bis zur Abenddämmerung in der Gegend rund um das Haupthaus unterwegs, und motorisierte Wachtrupps fuhren die Grenzen der Ranch ab. Im Mato Grosso gibt es sehr viele schlechte

Menschen, Captain Jack, erklärte er mir und fragte, ob er mir für den Dauer meines Aufenthalts eine Waffe leihen solle, die ich im Schlafzimmer bereithalten könne. Captain solle er mich bitte nicht nennen, antwortete ich, und für eine Waffe sei ich dankbar. Später legte Wellington eine schwere Smith & Wesson .357 Magnum auf meinen Nachttisch und eine Schachtel Munition auf den Fußboden. Gleich hinter dem Schwimmbad ist ein Schießplatz mit Zielscheiben, falls Sie die Waffe ausprobieren möchten, den kann Ihnen Wellington zeigen, sagte Alberto. Dr. Dick – so nannte er seinen Arbeitgeber – macht gern Schießübungen mit Pistole und Gewehr.

Wieder einmal hatte sich Harry als großartigster Onkel aller Zeiten bewährt. Wenn ein Schriftsteller wirklich Einsamkeit brauchte, war die Fazenda ein Traum. Ich ging unverzüglich an die Arbeit und gewöhnte mich schnell an eine ideale Routine: Frühmorgens lief ich fünf bis acht Kilometer, wobei mir die berittene Streife oft in einigem Abstand folgte, danach servierte mir Dona Marisa mein Frühstück auf der offenen Veranda, dann arbeitete ich drei Stunden, schwamm anschließend fünfundvierzig Minuten lang Bahnen im Pool, dann Mittagessen mit kaltem Braten oder Eiern und als Nachtisch Crème de Papaya, die ich sehr gern aß, oder Obst, danach ein Mittagsschlaf, noch einmal drei oder vier Stunden Arbeit, Schießübungen, wieder eine, diesmal entspanntere Runde im Pool und endlich Abendessen: Catupiry, ein sehr milder weicher Weißkäse, und Guavengelee zur Abrundung des Mahls. Später entschlüsselte ich mit Hilfe meiner Latein- und Französischkenntnisse und meines rudimentären Spanisch meine einzige Nachrichtenquelle, die portugiesische Tageszeitung Estado do São Paulo, die mir Seu Wellington auf die Veranda legte. Die Seiten waren gespickt mit Horrorgeschichten des Vortages, unter anderem dem Gewaltausbruch im Stadion von Port Said, wo nach einem Fußballspiel neunundsiebzig Personen getötet und tausende verletzt wurden, eine Ungeheuerlichkeit, die selbst die fußballverrückten Brasilianer so erschütterte, dass Alberto ins Haupthaus herüberkam, um mit mir über das Ereignis zu sprechen – seiner Meinung nach erklärten sich die Gewalttaten der Fans durch Unterschiede im Nationalcharakter. Danach lud er mich ein, mit ihm zum Schießplatz zu fahren. Wellington hatte ihm von meiner Treffsicherheit erzählt, und er hatte seinen eigenen Revolver mitgebracht, eine 9-mm-Baretta. Wir ballerten kameradschaftlich auf die Scheiben, und weil er ein guter Schütze war, machte es mir Spaß, ihn auszustechen. Als er mir gratulierte, versuchte ich nicht, zu überspielen, wie zufrieden ich war, sagte nur, an die Smith & Wesson hätte ich mich erst gewöhnen müssen – meine eigene Seitenwaffe sei eine modifizierte Colt M1911 .45 ACP, die ich leider kein einziges Mal mehr abgefeuert hätte, seit ich wieder Zivilist sei. Ich sei ihm dankbar, dass er mir dazu verholfen habe, wieder in Form zu kommen. Das war die Wahrheit. Ich hatte mir in den Kopf gesetzt, auch als Vollzeitschriftsteller müsse ich fit bleiben und mir meine Fähigkeit zur Selbstverteidigung so weit erhalten, wie das ohne Rückkehr in den aktiven Dienst möglich war.

Gegen Ende meiner dritten Woche in Pedra Negra erlaubte ich mir einen Blick auf das Wörterzählprogramm meines Computers und sah, dass ich schon fast ein Viertel des Romans, den ich mir damals vorstellte, geschrieben hatte. Das musste gefeiert werden, und so nahm ich zwei Einladungen von Alberto gern und bereitwillig an. Die erste war das Angebot einer verkürzten Besichtigungstour durch die Farm, das ich anfangs abgelehnt hatte. Jetzt würde ich endlich seine Kühe kennenlernen! Zweitens lud er mich zu einem Churrasco in sein Haus ein. Er wollte mich kosten lassen, wie die Kumpane eben dieser Kühe schmeckten, und mir auch andere Grillspezialitäten servieren.

Als wir uns den Rindern – laut Alberto gut tausend Stück – nach einer halbstündigen Fahrt durch die seltsam anregende leere Weite der Savanne näherten, warteten sie schon auf uns. Die Stiere, geisterhaft weiß, kurzbeinig und finster blickend, auffällige Höcker auf dem Rücken, standen in Reihen, vielleicht dreißig nebeneinander wie die Infanterie einer verflossenen Zeit, aber flankiert nicht von Feldwebeln, sondern von Cowboys. Alberto erklärte mir, es seien Brahman-Rinder, ursprünglich in Indien beheimatet, Fleischrinder, enthornt, damit sie sich im Fall eines Kampfes nicht gegenseitig verletzten. Sie waren die häufigste Rasse in Brasilien, vor allem im Mato Grosso: Sie konnten sehr heißes Klima gut vertragen, deshalb gediehen sie auch in Indien.

Auf der Fazenda haben wir ein paar Milchkühe, fügte er hinzu, gerade genug, um Butter und Catupiry für unseren Eigenbedarf herzustellen, aber das ist nur ein Hobby. Eigentlich dreht sich hier alles um Fleisch – besseres Fleisch als in Argentinien. Das werden Sie schon sehen beim Essen heute Abend.

Er hatte recht. Nie hatte ich ein besseres Steak gegessen. Wir tranken Caipirinhas – am besten schmeckten sie mit nur einer Prise Zucker, verriet er mir – und dann Bier, anscheinend tranken alle auf der Party Bier, obwohl Alberto mir zwei Flaschen sehr anständigen Pauillac zeigte, die er mir zu Ehren aus Dr. Dirks Keller geholt hatte, auf ausdrückliche Anordnung seines Herrn. Da in dieser Gruppe der Farmaufseher und ihrer umwerfenden Ehefrauen, die alle, einschließlich Albertos Frau Sonia, ihre Bemühungen, mit mir Konversation zu machen, sehr bald aufgegeben hatten, einzig Alberto wirklich Englisch sprach, ließen wir uns auf der Veranda in zwei bequemen Sesseln nieder und unterhielten uns. So kam es, dass ich nicht nur endlose Statistiken über die Produktivität von Pedra Negra hörte, sondern auch erfuhr, welche Umstände den alten Dr. Sampaio dazu bewogen hatten, die Fazenda zu verkaufen, die seit Generationen Eigentum seiner Familie war. Er hatte versäumt, Rache zu nehmen, und damit gegen den Ehrenkodex von Mato Grosso verstoßen, worauf Schande und Scherbengericht folgten; das und nicht weniger steckte hinter dem Verkauf.

Sie verstehen, Jack, sagte Alberto, in Mato Grosso leben nicht viele Menschen, und einige davon sind ziemlich üble Typen. Das habe ich Ihnen ja schon erzählt. Deshalb legen wir auch so viel Wert auf Sicherheit. Als nun der älteste der Gebrüder Santos meinen Vorgänger Ricardo, den Verwalter von Dr. Sampaios Farm, genau hier an dieser Haustür vor den Augen von Ricardos Frau und Kindern kaltblütig niederschoss, wieder in seinen Laster einstieg und davonfuhr, gab es für den alten Mann nur einen einzigen ehrenhaften Gegenzug. Die Santos sind echte Gauner und betreiben übelste Schutzgelderpressung. Niemand erwartete von Dr. Sampaio, dass er José Santos eigenhändig umbringen würde: Er war zu alt, und ohnehin war das kein Job für jemanden wie ihn. Aber Ricardo war ermordet worden, weil er den Santos kein Schutzgeld bezahlen wollte und nicht zuließ, dass sie Pedra-Negra-Rinder stahlen, also hätte Dr. Sampaio gemäß der Tradition jemanden finden müssen, der die Sache für ihn erledigte. Einen Profi anheuern. Aber der alte Herr meinte, dass diese Zeiten vorbei seien, und wollte zur Polizei gehen. Ein schlechter Scherz, das wusste jeder, denn kein Polizist, kein Staatsanwalt, kein Richter im Mato Grasso würde den Santos auch nur ein Haar krümmen. Die Beamten wollen alle am Leben bleiben, und sie wollen, dass ihre Frauen und Kinder leben, und, unter uns gesagt, gefallen ihnen die kleinen Geschenke, die die Santos ihnen zustecken. Dass man Staatsbeamten in Brasilien kein ordentliches Gehalt zahlt, muss ich Ihnen nicht eigens erzählen, Jack. Binnen kurzem konnte Dr. Sampaio sich nicht mehr auf der Farm zeigen. Das Personal wandte die Augen ab, die Rinder wurden krank, alles Mögliche ging schief. Am Ende begriff er und kündigte an, er werde die Farm verkaufen. Und hier kam Dr. Dirk ins Spiel, und ich ebenfalls.

Sie?, fragte ich, ehrlich überrascht.

Ja, Dr. Dirk stellte mich ein, weil ich gute Arbeitszeugnisse hatte, aber auch, weil ich ein Hiesiger bin – meine Familie ist schon ewig hier – und er meinte, ich wisse, was zu tun sei. Das wusste ich in der Tat. Ich würde meine Zeit nicht mit einem Gang zu den Behörden vergeuden, und ich würde auch nicht in Cuiabá in die Bars gehen, um einen Killer anzuheuern. Bei so einem Kerl weißt du nie, ob er für dich oder für die Gegenpartei arbeitet, schon gar nicht, falls die Santos deine Gegner sind, oder ob er dich erpresst, wenn er den Auftrag erledigt hat. Andererseits wollte ich nicht für den Rest meines Lebens wegen Mordes hinter Gittern sitzen, nachdem ich José Santos unschädlich gemacht hatte. Dr. Dirk würde mich nicht vor den Behörden schützen. Er würde nicht wissen, wie, und könnte es ohnehin nicht schaffen. Das kann kein Fremder in Mato Grosso. Was glauben Sie, war die Lösung? Ganz einfach! Ich musste den Mistkerl in Notwehr töten. Also streute ich das Gerücht, ich würde José stellen, um die offene Rechnung in Pedra Negra zu begleichen, und eine Woche lang bei Einbruch der Dunkelheit auf der Veranda vor meinem Büro auf ihn warten. Falls Santos noch Manns genug ist, soll er mich besuchen kommen, erzählte ich jedem, der mir zuhören wollte – das wagten nicht viele, kann ich Ihnen sagen. Dann brach die besagte Woche an, und ich saß da auf der Veranda in einem netten Sessel, so wie jetzt, im Schoß meine nette Remington Flinte Kaliber 12, und wartete. Wartete. Montag fing ich an. Wartete geduldig. Dienstagnacht stellte ich den Plattenspieler im Büro an und machte das Fenster auf, um die Musik besser zu hören. Cha-cha-cha! Gott sei Dank gibt es in diesem Teil der Farm keine Mücken. Montag nichts, Dienstag nichts. Mittwoch baaam! José kommt mit seinem Truck, hält an, steigt aus, winkt. Ich sehe, dass er in der linken Hand eine .50 Smith & Wesson hält – dass der miese Kerl Linkshänder ist, hatte ich nicht gewusst –, und ich dachte, jetzt bin ich dran. Aber nein! Er lacht grässlich, wie eine Hyäne. In der rechten Hand hält er eine Granate, zieht den Splint mit den Zähnen und wirft sie auf die Veranda. Erst dann ballert er sein Magazin leer. Den Krach können Sie sich nicht vorstellen – oder vielleicht doch, wenn Sie an den Irak oder Afghanistan denken. Das ist mein Ende, richtig? Falsch! Denn der in dem Sessel auf der Veranda, das war nicht ich. Ich hatte eine Attrappe in Kleidern von mir hingesetzt, die ungefähr so aussah wie ich. Er muss sich mit Drogen vollgepumpt haben, sonst hätte er gemerkt, dass da was nicht stimmte, dass der Kerl im Sessel sich nicht rührte. Keine Miene verzog! Ha, ha, ha! In Wirklichkeit hatte ich die ganze Zeit gut versteckt unter der Veranda hinter einem Schutzwall gesessen, den ich mir eigens gebaut hatte. Seine Handgranate – kein Problem! Von meinem Versteck aus schoss ich meine andere gut aufgestützte Remington leer, mitten in Josés Gesicht. Am Ende hatte er keinen Kopf mehr.

Heiliger Strohsack, sagte ich. Und dann haben Sie die Polizei gerufen, stimmt's?

Alberto nickte.

Und man konnte Ihnen nichts anhaben?

Stimmt auch.

Und wieso haben die anderen Santos-Brüder es Ihnen nicht heimgezahlt?

Weil es ein Rachemord war. Er hatte Ricardo umgebracht, und ich habe ihn dafür büßen lassen. Wir waren quitt. So wird es in Mato Grosso gemacht. Wenn wir quitt sind, hören wir auf.

Am nächsten Morgen fuhr er mich zum Flughafen. Ich versprach wiederzukommen, und er versprach, mich in New York zu besuchen. Sonja werde er mitbringen. Sie habe ihm nach der Party versprochen, sie werde an ihrem Englisch arbeiten.

Das Flugzeug nach Brasília, von wo aus ich mit VARIG nach New York weiterfliegen wollte, hatte Verspätung. Das fand ich nicht schlimm. Die Wartehalle im Flughafen von Cuiabá war sauber, und es gab eine funktionierende Wi-Fi-Verbindung. Außerdem hatte ich in Brasília viel Zeit. Laut Auskunft am Informationsschalter würde ich den Anschluss nicht verpassen. Ich schaltete meinen Laptop ein und loggte mich bei Gmail ein, mit einem Gefühl, das der Resignation nahekam. Und wie befürchtet, hatte ich eine schier endlose Menge Nachrichten. Ich ordnete sie neu, so dass die ältesten ganz oben standen und fand, fast unmittelbar aufeinander folgend, zwei E-Mails. Eine hatte Kerry am 9. Januar geschickt. Betreff: Harry. Sehr dringend. Die Nachricht war kurz: Harry ist gestern gestorben. Bitte ruf mich sobald wie möglich unter einer der folgenden Nummern an. Ich erkannte ihre Privatnummer. Die andere war eine

Handynummer, aber nicht die ihres Dienst-Blackberrys. Sie wollte offenbar nicht, dass ich sie im Büro anrief, aber ich konnte mir keinen Reim darauf machen. Die zweite, zwei Tage später gesendete Nachricht, kam von Fred Minot. Sie war wie Kerrys Mail aus Harrys Kanzlei, Jones & Whetstone, abgeschickt worden. Dem Namen nach kannte ich Minot. Er war der Anwalt für Treuhandvermögen und Nachlässe, den Harry beauftragt hatte, mein Testament zu formulieren. Absurd, dass ich erben soll, wenn dir etwas zustößt. Du solltest dein Geld Yale oder kulturellen Einrichtungen vermachen, hatte er gesagt. Auch diese zweite Nachricht war kurz: Ich bin der vorläufige Nachlassverwalter des verstorbenen Harry Dana. Bitte nehmen Sie sobald wie möglich mit mir Kontakt auf.

Ich holte mir eine Tasse Kaffee. Ich merkte, dass mir die Hände zitterten, versuchte, den Tremor zu beherrschen, und wählte Kerrys Handynummer. Früher Nachmittag in New York. Kein Grund, warum sie zu Hause sein sollte. Sie antwortete sofort und bat mich, sie in fünfzehn Minuten noch einmal unter derselben Nummer anzurufen Das tat ich, und wieder nahm sie das Gespräch nach dem ersten Klingeln an.

Es ist so furchtbar, Jack, sagte sie. Er hat sich das Leben genommen. Er hat sich erhängt, in Sag Harbor, in dem schönen Studio hinten im Haus. An einem der Balken, auf die er so stolz war.

Warum denn, warum?, fragte ich sie. Ist etwas passiert? Hat er erfahren, dass er krank ist, einen besonders aggressiven Krebs hat?

Das fragte ich, weil Harry mir, seit mein Vater nach dem Schlaganfall in ein Wachkoma gefallen war, mehr als einmal erklärt hatte, er sei entschlossen, lebensverlängernde Maßnahmen abzulehnen, wenn er unheilbar krank würde. Damals war er Mitglied der Hemlock Society geworden – ob es diese Organisation inzwischen noch gab, war mir nicht klar –, und ich wusste, er hatte Vorkehrungen für den Fall getroffen, dass er sich verabschieden müsse, so umschrieb er seinen möglichen Selbstmord. Er hortete Schlaftabletten und besaß sowohl ein scharfes Rasiermesser wie ein Skalpell, da er das Öffnen der Venen für die alles in allem sicherste und am wenigsten schmerzhafte Methode hielt. Zwei Schnitte über Kreuz seien am besten, sagte er, da man einem Arzt, der sich einmischen wolle, auf diese Weise das Handwerk erschweren würde. Mir gegenüber hatte er nie angedeutet, dass er sich womöglich erhängen werde. Und warum hatte er nicht gewartet, bis ich wieder da war, so dass wir uns verabschieden konnten? Dann schoss mir der Gedanke durch den Kopf, dass er mir vielleicht den Abschied hatte ersparen wollen und es deshalb in meiner Abwesenheit getan hatte.

Hatte er Krebs?, fragte ich noch einmal.

Nein, antwortete sie, ich weiß genau, dass er bei bester Gesundheit war. In der Woche vor Weihnachten hatte er sich untersuchen lassen und sagte mir, sein Arzt sei hochzufrieden mit seinen Blutwerten und allen möglichen anderen Ergebnissen gewesen. Ihm fehlte absolut nichts.

War da ein Brief für mich oder irgendeine andere Erklärung?

Nein, Jack, sagte sie, absolut nichts, man hat keinen Brief gefunden.

Also warum, warum denn, warum?, schrie ich auf.

Ich weiß es nicht, Jack, erwiderte sie. Ich kann nur sagen, dass er wegen seiner Arbeit sehr unter Druck gestanden und in letzter Zeit ein paar üble Erlebnisse hatte. Er beschloss ganz plötzlich, in den Ruhestand zu gehen. Wenn wir uns sehen, kann ich mehr davon erzählen.

Deine E-Mail wurde vor vier Wochen abgeschickt. Ist es damals passiert?, fragte ich begriffsstutzig.

Letzten Sonntag vor vier Wochen, antwortete sie.

Und kein Mensch hat versucht, mich zu erreichen!

Jack, ich habe es versucht, ich habe eine dringende Nachricht geschickt. Ich habe versucht, dich auf deinem Handy anzurufen. Eine andere Möglichkeit, dich zu finden, hatte ich nicht.

Was ist mit Harrys Sekretärin? Sie hätte den Eigentümer der Farm, auf der ich war, anrufen können, er hätte mit dem Verwalter telefoniert oder ihr dessen Nummer gegeben.

Jack, sagte sie wieder, weißt du es denn nicht – nein, natürlich nicht, wie solltest du: Barbara Diamond ist auch tot. Ich weiß, es ist kaum zu glauben, aber sie hatte einen furchtbaren Unfall. Wenn wir uns sehen, können wir weiter darüber reden, aber sie wurde am nächsten Tag von einer U-Bahn überfahren.

Schweigen. Was gab es noch zu sagen? Mein Onkel und seine langjährige Sekretärin waren beide gestorben, im Abstand von einem Tag, und ich hatte zur gleichen Zeit glückselig Caipirinhas geschlürft. Meine neue Realität wollte mir nicht in den Kopf.

Sie unterbrach das Schweigen mit der Frage: Wann bist du wieder hier?

Ich sagte, mein Flugzeug werde früh am nächsten Morgen landen.

Wir haben viel zu bereden, meinte sie. Können wir uns zum Lunch im Osaka treffen?

Das war ein Restaurant in der Nähe ihres Büros. Ich würde da sein, wann immer es ihr passe, versicherte ich.

Dann komm um halb eins, sagte sie.

Bevor ich auflegte, erwähnte ich Minots E-Mail und fragte, wie ich ihrer Meinung nach darauf reagieren solle.

Ruf ihn an, riet sie. Du kannst nach dem Lunch zu ihm gehen. Aber mir wäre es lieb, wenn du ihm nicht erzählst, dass wir, du und ich, uns vorher zusammensetzen. Das heißt: Bitte erzähl ihm nicht, dass wir miteinander gesprochen haben.

Ich fragte sie nicht nach dem Grund. Ich wählte Minots Nummer und wurde sofort zu ihm durchgestellt.

Er hielt sich nicht mit Kondolenzfloskeln oder unverbindlichen Phrasen auf, sondern kam gleich zur Sache. Mr. Dana, Ihr Onkel Harry beging vor etwa vier Wochen Selbstmord. Genauer gesagt, er erhängte sich in seinem Haus in Sag Harbor. Da wir Sie nicht erreichen konnten, erledigten wir alles Notwendige selbst.

Er wurde eingeäschert. Wie Sie mit seiner Asche verfahren wollen, müssen Sie entscheiden. Selbstverständlich gab es einen Trauergottesdienst in der Christ Episcopal Church dort draußen. Wie Sie vielleicht wissen, hat Ihr Onkel mich zum Testamentsvollstrecker bestimmt. Das heißt, ich regele seine Angelegenheiten und verteile seinen Nachlass nach Abzügen für Unkosten und Steuern. Wie Sie vielleicht auch wissen, hat er, abgesehen von einigen kleinen Legaten, einschließlich einer Zuwendung für die Kirche, sein gesamtes Vermögen Ihnen vermacht. Es ist ein beträchtliches Erbe. Wir sollten einen Termin vereinbaren, um über alles Weitere zu sprechen.

Ich fand seine Redeweise seltsam förmlich und unerfreulich. Vor kaum zwei Jahren hatte er mein Testament aufgesetzt und meine Unterschrift beglaubigt. Danach hatten wir in der Cafeteria der Kanzlei ein Sandwich gegessen. Hatte er vergessen, dass er mich Jack nannte? Ließ mich mein Gedächtnis ebenfalls im Stich? Nach meiner Erinnerung hatte Harry mir vor ein paar Monaten erzählt, dass er einen Nachtrag zu seinem Testament unterzeichnet habe, in dem er mich anstelle von Minot zu seinem Testamentsvollstrecker bestimmte. Hatte Harry sich noch einmal anders besonnen? Ich beschloss, nicht danach zu fragen, dankte Minot nur und teilte ihm mit, ich sei auf meinem Weg zurück in die Staaten. Ich könne morgen zwischen vierzehn Uhr dreißig und fünfzehn Uhr in seinem Büro sein.

Eine Pause – offenbar beriet er sich mit seiner Sekretärin. Das würde passen, sagte er schließlich, da habe ich noch einen freien Termin. Der Sicherheitsdienst weiß Bescheid, dass Sie kommen, und wird Sie zu der Etage bringen, in der ich auf Sie warte.

Damit legte er auf.

IV

Die Haushälterin hat ihn gefunden, diese nette junge Irin, sagte Kerry.

Mary, murmelte ich. Die junge Frau, die auch eine Tierhandlung hat.

Kerry nickte.

Sie kam wie immer am Montagmorgen um zehn in der Annahme, dass Harry, seinem eingespielten Tagesablauf folgend, schon in die Stadt gefahren sei, und wunderte sich, als sie seinen Audi noch in der Garage stehen sah. Die Haustür war abgeschlossen, das war merkwürdig, denn wenn Harry zu Hause war, zog er sie nur zu. Aber sie musste bloß das Schloss im Türknauf entsperren. Nicht den Riegel, den er gesichert hätte, wenn er aus dem Haus gegangen wäre. Wie auch immer, sie schloss die Tür mit ihrem eigenen Schlüssel auf, trat ein und rief laut: Hallo, Harry, ich bin's, Mary! Keine Antwort. Als sie in die Küche kam und nirgendwo benutztes Geschirr vom Abendessen oder Frühstück fand, wurde sie unruhig. Er hätte sein Frühstücksgeschirr bestimmt nicht abgewaschen und weggeräumt. Hatte er einen Unfall gehabt? Und wo war Plato? Die Katze war ihr nicht entgegengelaufen. Sie wissen, wie dieser Kater ist, sagte sie. Er weiß genau, wo Sie sich aufhalten; ignoriert habe Plato sie noch nie. Er sei ihr Freund. Also stürmte sie durchs Haus und suchte nach Harry und dem Kater.

Harrys Bett war unberührt. Der Kater lag auf keinem seiner üblichen Schlafplätze. Hätte Harry mitsamt Plato eine Mitfahrgelegenheit in die Stadt genutzt oder aus irgendeinem verrückten Grund den Bus genommen, hätte er ihr doch eine Nachricht hinterlassen? Sie habe solches Herzklopfen gehabt, dass sie geglaubt habe, die Brust würde ihr zerspringen, sagte sie. Im Studio hatte sie noch nicht nachgesehen, also stürzte sie dorthin. Und da fand sie Harry dann, er hing an einem Seil, das an einem der hohen Scheunenbalken befestigt war, sein Gesicht grün verfärbt, die Zunge hing heraus, die Augen quollen hervor – und auf dem Fußboden neben dem Schreibtisch lag Plato. Mit gebrochenem Genick. Das musste Harry getan haben!

Kerry brach in Tränen aus. Ich griff nach ihrer Hand und versicherte ihr, dass dieser Teil der Geschichte unmöglich stimmen könne, ganz und gar falsch sei. Niemals hätte Harry seinem Kater etwas zuleide getan. Das kann nicht sein. Eher wäre er gestorben.

Das dachte ich auch, sagte Kerry, und das habe ich auch Mary erklärt, aber sie beschrieb einfach immer wieder, was sie gesehen hatte. Ich glaube, sie ist intelligent und vernünftig, aber sie stand unter Schock.

Sie wischte sich die strömenden Tränen ab.

Ich fragte, wie es weitergegangen sei.

Dann rief sie die Polizei an, sagte Kerry, und danach die arme Barbara Diamond – Harrys Sekretärin, du weißt schon. Harry hatte ihren Namen und ihre private Telefonnummer sowie die im Büro auf dem Anschlagbrett in seiner Küche, sie war die Kontaktperson in dringenden Fällen und in Notlagen. Barbara ging nicht ans Telefon, aber die Frau in der Zentrale nahm das Gespräch an, und als sie begriff, was Mary zu sagen hatte, verband sie sie mit Will Hobson, dem Chef der Kanzlei. Als Nächstes rief sie mich an, und ich telefonierte mit Will, fragte, ob ich helfen könne. Aber er hatte schon mit der Polizei Kontakt aufgenommen und fuhr dann, ohne mich zurückzurufen, nach Hauppauge, um Harry im Leichenschauhaus zu identifizieren. Der für den Bezirk Suffolk zuständige Gerichtsmediziner ist in Hauppauge. Deshalb fuhr Will dorthin, und dort wurde auch die Autopsie vorgenommen.

Ich habe wohl verwirrt und verständnislos ausgesehen, denn sie ergänzte: Das ist das Standardverfahren in Selbstmordfällen wie auch bei Verdacht auf Gewaltanwendung.

Hat die Autopsie irgendetwas außer dem Offenkundigen ergeben?

Nein. Will hat den Bericht vor einer Woche oder zehn Tagen erhalten und mir gezeigt. Dass er das tat, überraschte mich. Er hält nicht viel von mir. Der Bericht war unmissverständlich. Todesursache: übereinstimmend mit Strangulation. Keine Hinweise auf einen Kampf, keine anderen sichtbaren Zeichen für Gewaltanwendung. Der Alkoholgehalt im Körper entsprach den ein oder zwei Gläsern Wein, die Harry zum Mittagessen getrunken hatte. Der Tod war der Schätzung nach am Sonntagabend zwischen sieben und neun Uhr eingetreten. So hatte er womöglich über zwölf Stunden dort gehangen!

Und kein Brief für mich? Danach hatte ich schon am Telefon gefragt, aber glauben konnte ich es immer noch nicht.

Nein, Jack, nichts. Man hat nichts gefunden.

Und was haben sie mit seinem Leichnam gemacht? Fred Minot teilte mir gestern am Telefon mit, es habe einen Trauergottesdienst in einer Kirche in Sag Harbor gegeben.

Wieder kamen ihr die Tränen, und wieder versuchte ich, sie zu trösten. Schließlich sagte sie: Will Hobson oder Minot haben ihn einäschern lassen. Das Bestattungsinstitut in Sag Harbor bewahrt Harrys Asche für sich auf, teilte mir einer von beiden mit. Und ja, in Sag Harbor wurde ein Trauergottesdienst gehalten, und ich bin natürlich hingegangen. Wer noch aus der Kanzlei? Also, Will Hobson und Minot waren da und alle Mitarbeiter von Harry, da bin ich ziemlich sicher. Die meisten Partner in Harrys Jahrgang und ein paar, die vor kurzem in den Ruhestand gegangen sind. Die Kanzlei sorgte für den Transfer nach Sag Harbor und zurück. Will sprach, ziemlich kurz, und dann hielt diese liebenswürdige Nachbarin von Harry, die Malerin Sasha Evans, eine sehr schöne Rede. Genau den Nachruf, den Harry sich gewünscht hätte. Die Predigt war auch gut. Man merkte, dass der Pfarrer Harry wirklich kannte und nicht das übliche Blech verzapfte. Hier, fügte sie hinzu, ich habe die Todesanzeige ausgeschnitten, die die Kanzlei in der *Times* veröffentlichte.

In der Anzeige stand das Datum des Todes, dazu die Angabe, dass Harry sich offenbar in seinem Haus in Sag

Harbor das Leben genommen hatte, seine Abschlussexamen – mit summa cum laude am Harvard College und magna cum laude an der Harvard Law School – wurden aufgezählt, die Praktika am Court of Appeals für den Second Circuit und am Supreme Court, seine Jahre als Mitarbeiter und als leitender Partner bei Jones & Whetstone, und Ort und Zeit des Trauergottesdienstes wurden genannt.

Ziemlich trocken, sagte ich. Ist das normal bei Todesanzeigen? Einen richtigen Nachruf gab es wohl nicht.

Sie schüttelte den Kopf. Nachrufe für jemanden wie Harry, der überhaupt keine öffentliche Person war, sind sehr selten geworden. Dazu müsste man einen Bekannten in der Chefetage der Times haben und ihn dazu bringen, dass er ein paar Hebel in Bewegung setzt. Aber mit der Anzeige hast du recht. Sie ist wirklich sehr kühl. Kann aber sein, dass sie einfach nicht wussten, wie man mit einem Selbstmord umgeht.

Und Plato? Wurde er auch eingeäschert?

Kerry schüttelte den Kopf und gab zu, dass sie es nicht wisse. Dann ergänzte sie: Darum hat sich sicher Mary gekümmert.

Mary und der Anruf bei Barbara – mein Gott, ich verliere noch den Verstand!

Was ist mit Barbara? Als ich aus Cuiabá anrief, sagtest du mir, sie sei tot, nach einem Unfall in der U-Bahn. Ich stand so unter Schock, dass mir gar nicht in den Sinn kam, nachzufragen, was genau passiert ist.

Ich verliere offenbar auch den Verstand, sagte sie, ich vergesse immer wieder, dass du es nicht weißt. Es war ein grauenvoller Unfall, die Titelseiten der *Post* und der *Daily News* waren tagelang voll davon. Sogar die *Times* hat die Nachricht gebracht. Wie gesagt, Mary fand am Montagmorgen Harrys Leiche. Am selben Morgen wartete Barbara ungefähr um Viertel vor neun wie immer im U-Bahnhof Jackson Heights auf den E-Train, um ins Büro zu fahren. Die Hauptverkehrszeit war schon vorbei, also war kein Gedränge auf dem Bahnsteig. Offenbar las sie Zeitung. In dem Moment, als der Zug einfuhr, stürzte ein übel verdreckter und verkommener Mann – ein Weißer, ein großer schwerer Kerl, sagen die Augenzeugen übereinstimmend – aus vollem Hals brüllend oder singend auf sie zu, wie ein Footballspieler beim Touchdown, sagte jemand, und stieß sie unmittelbar vor dem Zug auf die Gleise. Sie war sofort tot.

Um Gottes willen, sagte ich. Hat irgendjemand versucht, den Mann aufzuhalten? Wurde er erwischt?

Nein. Ich nehme an, alle waren wie gelähmt, und er stürzte genauso schnell wieder davon – damit ihm keiner nachjagte. Verschwand einfach. Im Bahnhof hängt keine Überwachungskamera, man hat nur die Personenbeschreibung, die ich dir gerade weitergegeben habe, und keinen einzigen Verdächtigen. In der Zeitung steht, die Polizei tue alles Erforderliche, der Bürgermeister hat fünfzigtausend Dollar Belohnung ausgesetzt für Hinweise, die zu einer Verhaftung führen, und so weiter.

Gab es eine Trauerfeier für sie? Hat sie Angehörige? Ich habe sie schon als kleiner Junge gekannt, aber von ihrem Privatleben wusste ich wohl nichts. Zuerst war sie einfach Miss Diamond und später dann Barbara …

Sie hat einen jüngeren Bruder, der in Florida lebt. Sonst niemanden. Er hat nach dem Begräbnis in Jackson Heights einen Empfang gegeben. Ich war da und viele andere aus der Kanzlei auch. Wir hatten sie alle sehr gern. Auch sie wurde eingeäschert.

Was für eine grausige Koinzidenz diese beiden Todesfälle sind, sagte ich. Als hätte eine einzige böse Macht die beiden verfolgt.

Kerry wollte ich nicht damit belasten, sie war schon bestürzt genug, aber dass diese Verkopplung zweier so ungewöhnlicher Tode ein bloßer Zufall sein sollte, konnte ich nicht hinnehmen, obwohl ich keine andere Erklärung hatte.

Ein paar Minuten lang schwiegen wir, aßen Sushi und tranken Misosuppe, und dann sagte ich Kerry, mir sei ein Gedanke durch den Kopf gegangen, der sich mehr und mehr zu einer Überzeugung verfestige: dass diese ganze furchtbare Geschichte keinen Sinn ergebe. Warum sollte Harry sich umgebracht haben? Du hast mir erzählt, dass er bei bester Gesundheit war, also kann nicht Leukämie oder ein Pankreaskarzinom oder dergleichen der Grund gewesen sein. Du hast mehrmals erwähnt, dass er großen Belastungen ausgesetzt war und dass er von heute auf morgen in den Ruhestand ging. Das überrascht mich übrigens wirklich. Aber er war ein sehr vernünftiger, klar denkender Mensch. Er hatte ein Menge Geld. Sein Vermögensverwalter war ein fähiger, grundsolider Anlageberater. Das weiß ich, weil Harry ihn an mich weitervermittelt hat. Gut, vielleicht haben ihn andere Sorgen, andere Belastungen in eine

Depression getrieben. Eine Depression, die so schwer und quälend war, dass er sich erhängte. Das ist zumindest denkbar, und wenn du mir erzählst, was ihn so unter Druck setzte, verstehe ich vielleicht, wie es so weit kommen konnte. Aber mir will nicht in den Kopf, dass Harry, der so feinfühlig und liebevoll war, Plato umgebracht hätte. Warum ? Warum hätte er das tun sollen ? Es kann nicht die Sorge gewesen sein, ob sich jemand nach seinem Tod um das Kätzchen kümmern würde. Mary hätte Plato mit Freuden aufgenommen. Ich auch. Wenn er die Wahnvorstellung hatte, man könne niemandem trauen – aber auf einen dermaßen absurden Gedanken wäre Harry nie gekommen –, dann hätte er den Kater schlimmstenfalls einschläfern lassen. Aber dies ? Plato den Hals umdrehen ?

Kerry starrte mich geistesabwesend an. Endlich schüttelte sie den Kopf und sagte: Ich höre zu. Was mit der Katze passiert ist, verstehe ich auch nicht. Ich kann dir wohl einiges von dem erzählen, was Harry so belastet hat, aber das ist eine lange Geschichte. Damit möchte ich jetzt gar nicht erst anfangen. Ich muss dringend ein paar Dinge im Büro erledigen.

Ich habe schon mehr gehört, als ich aufnehmen kann, und in die Kanzlei muss ich auch. Ich bin mit Fred Minot verabredet. Gehen wir doch zusammen hinüber. Hast du heute Abend Zeit ? Können wir zusammen essen ? Im Flugzeug habe ich nicht viel geschlafen, aber das kann ich nachholen, wenn ich bei Minot war, und am Abend bin ich wieder taufrisch, das verspreche ich.

Gehen wir lieber getrennt in die Kanzlei. Aber komm um neun zu mir nach Hause. Wir essen etwas Einfaches, wahrscheinlich lasse ich uns etwas bringen. Die Einführung in die Wunder meiner *haute-cuisine*-Kochkünste wird noch warten müssen.

Ich musste gut fünfzehn Minuten im Empfangsbereich herumstehen, bis Fred Minots Sekretärin endlich kam, mich in sein Büro führte und mir riet, ich solle es mir gemütlich machen. Ich setzte mich auf das Sofa. Der Raum war groß, jedoch nicht annähernd so groß und nicht so zweckmäßig und modern eingerichtet wie Harrys Eckzimmer, in dem nur der Schreibtisch antik war, sondern vollgestellt mit zu vielen Kopien der schweren Möbelstücke des neunzehnten Jahrhunderts. Ein Schreibtisch, zwei Arbeitstische, Stühle mit hohen Rückenlehnen und außer dem Rosshaarsofa auch Sessel. In den Bücherregalen und an den Wänden Fotos von vielen schwimmenden, fußballspielenden und skilaufenden blonden Kindern und einer hübschen blonden, streng dreinblickenden Dame, wohl Minots Frau. Ich betrachtete die Bilder interessiert, da meine früheren Begegnungen mit Minot, als er mich über die Abfassung meines Testaments beriet und als ich es unterzeichnete, in einem Konferenzraum stattgefunden hatten. Wieder vergingen vielleicht zehn Minuten, bis er kam. Auch er war blond und groß und trug einen marineblauen Zweireiher mit Nadelstreifen, mit Sicherheit ein von einem englischen Schneider für ihn maßgefertigtes Teil. Seine sonore Stimme erkannte ich wieder, als er mich begrüßte und sagte: Tut mir leid, dass ich Sie warten ließ. Ich war bei Will Hobson, unserem Vorsitzenden. Er hofft, Sie haben nach unserer Besprechung noch Zeit, bei ihm hereinzuschauen.

Das werde ich sehr gerne tun, erwiderte ich.

Gut, sagte Minot. Einmal abgesehen von den bedauerlichen Begleitumständen beim Tod Ihres Onkels, ist die Situation unkompliziert. Hier ist eine Kopie des Testaments. Wie ich Ihnen am Telefon mitteilte, werden Sie sehen, dass er seinen gesamten Besitz Ihnen vermacht hat. Die vorrangigen Legate sind von geringem Umfang: Schenkungen gehen an das Harvard College, die Harvard Law School, Mrs. Jeanette Truman, die Haushälterin der Wohnung in der Fifth Avenue, Mrs. Mary Murphy, die Haushälterin in Sag Harbor, die Kirche, den Ort des Gedenkgottesdienstes in Sag Harbor, Barbara Diamond, seine Sekretärin – aber sie ist keine Begünstigte im Sinn des Testaments, da sie zum Zeitpunkt der Testamentseröffnung nicht mehr lebte –, und an den Handwerker Mr. José Rodriguez in Sag Harbor. Insgesamt belaufen sich diese Legate auf zweihundertsechzigtausend Dollar. Die Vermögenswerte sind das beträchtliche von Bartleby Associates verwaltete Anlagenkonto, sein Kapitalkonto in dieser Kanzlei, etwa zweieinhalb bis drei Millionen Dollar, die am Ersten des nächsten Monats in einer Summe ausgezahlt werden, statt in den üblichen zwei Jahresraten, wie mir Will Hobson gerade sagte, dazu Gelder auf Giro- und Geldmarktkonten, die Wohnung in der Fifth Avenue, das Haus in Sag Harbor und ein erhebliches IRA-Konto, das heißt ein steuerbegünstigtes Spar- und Anlagenkonto. Wenn ich richtig verstehe, haben Sie durch Ihre Bücher beträchtliche Einnahmen. Man darf wohl ohne Übertreibung sagen, dass Sie mit diesem Erbe sehr wohlhabend sein werden. Natürlich werden trotz der gegenwärtig steuerfreien fünf Millionen erhebliche Steuerzahlungen an den Bund und den Staat New York fällig, und Sie entscheiden sich womöglich, das Geld dafür durch den Verkauf der Wohnung zu beschaffen. Sie ist äußerst wertvoll, wie Sie sicher wissen. Das Gleiche gilt für das Haus in Sag Harbor. Das möchten Sie vielleicht auch veräußern. Angesichts der unangenehmen Umstände, Ihrer Abwesenheit und der Notwendigkeit, den Angestellten Ihres Onkel die Gehälter auszuzahlen, habe ich mich in einem Eilverfahren zu seinem vorläufigen Testamentsvollstrecker ernennen lassen. Die Gehälter sind bezahlt, und werden auch weiter gezahlt werden, bis Sie mir mitteilen, dass das Arbeitsverhältnis mit Mrs. Truman, Mrs. Murphy oder Mr. Rodriguez gekündigt werden soll.

Ich möchte niemandem kündigen, sagte ich. Ich möchte, dass alle Arrangements so bleiben, wie sie sind. Soll ich von jetzt an die Gehälter auszahlen? Wie funktioniert das?

Sie können weiter aus dem Nachlass bezahlt werden, erklärte mir Minot. Haben Sie noch Fragen oder Wünsche, bevor Sie zu Will Hobson gehen?

Einen Wunsch habe ich, sagte ich. Ich wäre dankbar, wenn Sie dafür sorgen, dass die persönlichen Dokumente meines Onkels in seine Wohnung geschickt werden. Ich möchte Sie auch bitten, Dinge aus seinem

Büro – Fotos, das eine oder andere Kunstwerk und den Schreibtisch, der, glaube ich, meinem Großvater gehörte – in die Wohnung meines Onkels bringen zu lassen. Die Spediteure will ich gern bezahlen. Und eine Frage habe ich: Sie sagten, Sie seien zum Testamentsvollstrecker bestellt.

Minot unterbrach mich. Nein, ich habe eine vorläufige Ernennung erhalten.

Auch gut, fuhr ich fort. Irgendwann können Sie mir vielleicht den Unterschied erklären. Aber mir geht es um etwas anderes. Vor meiner Abreise nach Südamerika sagte mein Onkel mir, Sie seien testamentarisch als Nachlassverwalter genannt, er habe diese Verfügung jedoch kürzlich in einem Testamentsnachtrag widerrufen und mich zu seinem Testamentsvollstrecker bestimmt. Ist es nicht so? Ich erinnere mich genau an das Gespräch.

Wie merkwürdig, sagte Minot mit einer Irritation, die er nicht zu verbergen suchte. Als wir den Umschlag mit dem Letzten Willen Ihres Onkels aus dem Tresor nahmen, den die Kanzlei in ihrer Bank gemietet hat, habe ich keinen derartigen Nachtrag gefunden. Das werden wir sofort nachprüfen.

Er drückte auf einen Knopf an seinem Telefon. Als seine Sekretärin hereinkam, sagte er: Loretta, bringen Sie bitte den Umschlag mit Mr. Danas Testament.

Es war ein gelber Umschlag mit Harrys Namen und einer Zahl, die wohl eine Aktennummer war. Minot öffnete ihn und zog drei Dokumente heraus.

Da, sehen Sie, sagt er. Testament, erster Nachtrag mit der Zuwendung an Mr. Rodriguez und zweiter Nachtrag, der eine Spende für den Council on Foreign Relations annullierte, kurz nachdem Ihr Onkel aus dieser Organisation ausgeschieden war. Kein Nachtrag, der Sie an meiner Stelle zum Testamentsvollstrecker ernennt.

Das wundert mich, sagte ich. Ich habe in meinen Akten eine Kopie des Nachtrags und einen Brief meines Onkels, in dem er mir mitteilt, dass er das Dokument unterzeichnet habe und dass es in Ihrem Besitz sei. Kann es falsch abgelegt sein? Vielleicht haben Sie die Freundlichkeit, dem nachzugehen. Wann immer es Ihnen möglich ist. Was muss als Nächstes unternommen werden?

Offenbar unfähig, ganze Sätze zu formulieren, antwortete Minot: Die Ernennung des Nachlassverwalters bestätigen. Die Versteuerung des Erbes vorbereiten. Alles in Arbeit.

Als wir uns verabschiedeten, fragte ich, ob ich darauf zählen könne, dass er die Dinge, um die ich gebeten hatte – Harrys private Dokumente und die wenigen Gegenstände aus seinem Büro – in die Wohnung in der Fifth Avenue bringen lasse.

Ich habe mir notiert, was Sie aus dem Büro Ihres Onkels haben möchten, und das sollte kein Problem sein. Man wird Ihnen Nachricht geben, wann der Transport zu erwarten ist. Die Frage der Dokumente werden Sie mit Will Hobson klären müssen.

Minots Sekretärin begleitete mich zurück in den Empfangsbereich. Wieder musste ich fünf bis zehn Minuten warten – so lange konferierte Minot vermutlich am Telefon oder in Person mit Hobson –, und dann sah ich

Hobson aus dem Fahrstuhl steigen. Er kam mit langen Schritten auf mich zu, schüttelte mir die Hand, nannte mich beim Vornamen und drückte mir sein Beileid zu meinem furchtbaren Verlust aus. Ein Gespräch wäre nützlich, fuhr er fort. Haben Sie noch Zeit dafür? Ja? Dann sollten wir in mein Büro hinauf gehen.

Im Fahrstuhl sprachen wir nicht miteinander – mir fiel wieder ein, wie Harry sich über Mr. Whetstones Vorschrift, im Aufzug Gespräche zu unterlassen, da alle lauschen, mokiert hatte, und Schmerz durchzuckte mich –, schwiegen sogar, bis wir vor Hobsons Büro standen. Wir traten ein, er wies auf einen der beiden Stühle seinem Schreibtisch gegenüber, schloss die Tür, setzte sich auf den anderen und sagte: Fred Minot hat mir berichtet. Das Missverständnis über den Testamentsnachtrag Ihres Onkels ist bedauerlich. So etwas dürfte nicht passieren, aber leider kommt es doch vor. Wenigstens ist dadurch kein Schaden entstanden, vielleicht hat es sogar sein Gutes. Sie haben Freds Gedächtnis aufgefrischt, und er wird die notwendigen Schritte unternehmen, damit Sie die Aufgabe des Testamentsvollstreckers übernehmen können. Das Nachlassgericht im County New York ist völlig überlastet, und Fred sagte mir, das Übertragungsverfahren dauere womöglich drei bis vier Wochen. Wenn Sie einverstanden sind, würde ich vorschlagen, dass Fred der Einfachheit halber vorläufiger Nachlassverwalter bleibt, bis Ihre Berechtigung bestätigt wird. So können die Gehälter der Bediensteten, Betriebs- und Nebenkosten und so weiter vom Girokonto Ihres Onkels bezahlt werden, und jemand ist berechtigt, die Formulare für die Sozialversicherung zu unterzeichnen. Sind Sie einverstanden?

Ich nickte.

Gut, sagte Hobson. Sie wissen wohl schon von Fred, dass die Kanzlei den Anteil Ihres Onkels am Firmenkapital pauschal auszahlen wird. Wir haben beschlossen, von unseren üblichen Regeln diesmal abzusehen. Ich denke, damit werden Sie zufrieden sein.

Ich nickte wieder und dankte ihm.

Dann ist noch die Frage zu klären, wer Ihre rechtlichen Interessen vertritt, wenn Sie als Testamentsvollstrecker bestätigt sind. Im Normalfall würden Sie diese Kanzlei damit beauftragen, genauer gesagt, Fred, da er der langjährige Anwalt Ihres Onkels war und die Nachlassabwicklung für ihn geplant hat. Aber Sie können frei wählen und sich auch von einem anderen Anwalt bei der Nachlassverwaltung beraten lassen. Haben Sie sich schon Gedanken darüber gemacht?

Da ich keinen Grund sah, meine Gefühle zu verbergen, erklärte ich ihm, die Chemie zwischen mir und Mr. Minot stimme nicht. Ich fuhr fort: Wahrscheinlich liegt es auch daran, dass ich mit meinen Nerven am Ende bin, aber so ist es eben. Also möchte ich ihn nicht als meinen Anwalt haben. Meinen Sie, dass ein anderer in der Kanzlei seine Arbeit für mich übernehmen könnte?

Möglich ist das gewiss, sagte Hobson sehr langsam, und Fred würde ein solches Arrangement wohl akzeptieren.

Dann lassen Sie mich darüber nachdenken, erwiderte ich. Ich gebe Ihnen vor dem Wochenende Bescheid.

Nun nickte Hobson.

Ein paar andere Dinge möchte ich besprechen, falls Sie noch einen Moment Zeit für mich haben, fuhr ich fort.

Wieder nickte Hobson.

Haben Sie Kenntnis von irgendwelchen Vorfällen im Zusammenhang mit der Kanzlei oder der Arbeit meines Onkels, die ihn dazu gedrängt haben könnten, sich das Leben zu nehmen, oder ihn jedenfalls weitgehend aus dem Gleichgewicht gebracht haben? Dass und wie er sich das Leben nahm, ohne jede Erklärung, ohne einen Abschiedsbrief, das finde ich absolut verwirrend. Sein Gesundheitszustand war hervorragend, er hatte keine Geldsorgen und steckte nicht in einer Beziehungskrise, und als ich mich vor meinem Aufbruch nach Südamerika – das ist ungefähr drei Monate her – von ihm verabschiedete, war er guter Stimmung. Was kann geschehen sein?

Hobson entflocht seine langen Beine, schien einen Augenblick in die Betrachtung seiner blank geputzten Budapester versunken und rieb sich die Hände, als wolle er sie wärmen.

Jack, sagte er dann, es schmerzt mich, es auszusprechen, aber Harry war nicht mehr in Hochform. Im Alltag würde man womöglich kein Wort darüber verlieren, aber ein Anwalt, der seinen Beruf auf höchstem Niveau ausübt – und das tat Harry –, muss Ansprüchen genügen, die nirgendwo ihresgleichen haben. Ein Mann kann der liebenswürdigste Onkel, Tischherr und so weiter sein, allem Anschein nach in Gesprächen mithalten, und gleichzeitig insgeheim keine Kraft mehr für die Lösung komplexer juristischer Probleme haben oder nicht mehr die Konzentration aufbringen, aus Schatztruhen voller Informationen das auszusieben, worauf es ankommt. Das werden seine Mitarbeiter nach einer gewissen Zeit merken. Und was noch schmerzlicher ist: Der arme Kerl, dem dies zustößt, wird es selbst wahrnehmen. Ein Prozess, der langsamer voranschreiten kann als die Bewegung eines Gletschers. Aber er kann sich auch plötzlich und scheinbar ohne Grund beschleunigen. In Harrys Fall fiel seinem bedeutendsten Mandanten diese Schwäche auf, einem Mandanten wohlgemerkt, der für die Kanzlei sehr wichtig ist, nämlich Abner Brown persönlich. Er fand Harrys Zustand so auffällig, dass er sich ein paar Wochen vor Ihrem Aufbruch in den verdienten Urlaub gezwungen sah, mich aufzusuchen und mir zu erklären, er wünsche Ihren Onkel nicht mehr als seinen Anwalt zu beschäftigen. Er nannte Beispiele für Harrys ernstlich getrübte Urteilsfähigkeit und störungsanfälliges emotionales Gleichgewicht. Wie Sie sich vorstellen können, war das eine erschreckende Enthüllung und ein schwerer Schlag sowohl für mich persönlich – Harry und ich wurden im selben Jahr in die Kanzlei aufgenommen – wie auch für die Kanzlei. Browns Aufträge machen einen hohen prozentualen Anteil unseres Bruttoumsatzes aus und bedeuten Arbeit für viele Partner und Mitarbeiter. Ich fürchtete, Abner würde der Kanzlei alle Aufträge oder jedenfalls einen wesentlichen Teil der Arbeit entziehen. Wie sich zeigte, konnte ich diese Katastrophe abwenden. Ich bot an, Harrys Aufgaben selbst zu übernehmen, und Abner akzeptierte meinen Vorschlag. Ich fühlte mich zu diesem Angebot verpflichtet, obwohl die Arbeit für Abner zusätzlich zu meinen Aufgaben als Vorsitzender der Firma nicht leicht ist und nicht leichter wird. Wie ich leider sagen muss, war ein Teil dieser Absprache, dass ich Harry die Nachricht überbringen und ihm den Grund für Abners Entscheidung erklären solle. Abner hatte nicht den Mut dazu – oder vielleicht dachte er auch, es sei leichter für Harry, wenn ich der Überbringer war. Also nahm ich es auf mich. Es war eine der schwersten Missionen in meinem ganzen Leben. Harry war zutiefst bestürzt. Ich riet ihm dringend, sein physisches Problem von einem erstklassigen Neurologen behandeln zu lassen und sich auf der emotionalen Ebene einem Psychiater anzuvertrauen, und ich nannte ihm empfehlenswerte Ärzte, aber ich weiß nicht, ob er einen konsultierte. Ich flehte ihn auch an – das ist keine Übertreibung –, auf einen Besuch bei Abner zu verzichten, sich nicht der Bitterkeit eines enttäuschten Mandanten auszusetzen. Doch ich weiß, dass er diesen Rat nicht befolgte, sondern nach Houston reiste und Abner aufsuchte. Ich kenne Abners Version der Vorgänge, die ich Ihnen, wie Sie verstehen werden, nicht weitergeben kann. Ich möchte nur noch ergänzen, dass ich Harry beschied, er müsse in den Ruhestand gehen – spätestens am ersten Januar – und damit einen klaren Schlussstrich ziehen. Das war im Interesse aller. Er war noch nicht alt genug, um als Ruheständler die ungekürzte Pension zu beziehen, aber ich sicherte ihm zu, dass die Firma davon absehen werde, so dass er, finanziell gesehen, gut dastehen werde. Kurz gesagt, mein lieber Jack, ich fürchte, es traten Umstände ein, die Harrys Tat erklären könnten. Vor allem, wenn er keinen Psychiater zu Rate zog, wenn nichts zur Aufhellung seiner Stimmung unternommen wurde, nichts, um ihn aus der tiefen Depression herauszuholen.

Wie furchtbar!, sagte ich. Es sieht also so aus, als ob Abner Brown und die Kanzlei Harry mit vereinten Kräften in den Tod getrieben haben.

Hobson lief puterrot an und erhob sich aus seinem Stuhl. Das lasse ich mir nicht bieten!, schrie er. Wie können Sie es wagen! Nehmen Sie das zurück und entschuldigen Sie sich!

Ich stand auch auf und sagte: Ich nehme es zurück. Ich hätte sagen sollen, dass es so aussieht, als ob Ihre Entscheidungen die Ursache für seinen Selbstmord waren. Das haben Sie mit etwas anderen Worten selbst gesagt.

Hobson setzte sich wieder und ich ebenfalls.

Kam Harry auch nach Ihrem Gespräch noch ins Büro?, fragte ich unter dem Eindruck, einen vorübergehenden Waffenstillstand nutzen zu können. Beugte er sich Ihrer Anordnung – oder Ihrer Bitte –, aus der Kanzlei auszuscheiden?

Ja, sowohl als auch. Er kam ins Büro und beendete – einvernehmlich – die Arbeitsverhältnisse mit seinen anderen Mandanten. Er schied zum ersten Januar aus der Kanzlei aus und war folglich ein pensionierter Partner, als er sich das Leben nahm. Durch die Entscheidung für den Ruhestand konnte er seinen anderen Mandanten natürlich leichter erklären, warum er ihre Angelegenheit seinen Kollegen übertrug. Eines sollte ich noch dazusagen, Jack, und das ist wichtig: Niemand in der Firma außer meinem Stellvertreter und einem Partner, der mir bei den Arbeiten für Brown hilft, hat von Harrys Demenz erfahren. Sie zu verschweigen schien mir am besten für ihn und die Kanzlei. Wie Sie sich vorstellen können, geht es dabei um schwerwiegende Haftungsprobleme. Kunstfehler von Anwälten sind wie Zeitbomben. Wann sie explodieren, ist nicht vorherzusehen. Würde Harrys Krankheit bekannt, folgten womöglich schwerwiegende Fragen nach dem Zeitpunkt, zu dem die Geschäftsführung davon erfuhr, nach unseren Kontrollmaßnahmen und dergleichen mehr. Sein Zustand könnte auch erheblich zum Vorwurf der Fahrlässigkeit beitragen. Diese Überlegungen stellten wir natürlich nur ergänzend an, unsere Achtung für Harrys Privatsphäre und seine Würde stand im Vordergrund.

Und Mr. Minot, wusste er Bescheid?, fragte ich.

Nicht einmal er.

Ich nickte und sagte: Was Sie mir hier aufgebürdet haben, gibt mir viel Grund zum Nachdenken und zum Trauern. Noch etwas anderes möchte ich erwähnen: Harrys private Dokumente. Ich bat Mr. Minot, sie mir schicken zu lassen, und er sagte, diese Bitte solle ich an Sie richten. Ich würde die Papiere wirklich gern haben.

Mein lieber Jack, erwiderte Hobson, und dass er mich so nannte, obwohl ich ihn gerade erst heftig angegriffen hatte, überraschte mich, mein lieber Jack, wir haben

Harrys Akten durchgesehen. Sie enthalten keine Dokumente, die privat sind, wie Sie es nennen. Alle Unterlagen beziehen sich direkt oder indirekt auf seine Arbeit in der Kanzlei und sind folglich deren Eigentum. Für die meisten gilt darüber hinaus das Anwaltsgeheimnis, so dass sie selbst dann nicht freigegeben werden können, wenn die Kanzlei sie Ihnen aushändigen möchte. Ich muss Sie enttäuschen.

Aber das kann nicht sein!, rief ich aus. Zum Beispiel meine Briefe an ihn. Die Briefe, die meine Eltern ihm geschrieben haben. Die Korrespondenz mit seinen Freunden, mit den Frauen, die ein wichtiger Teil seines Lebens waren. Ich bin immer davon ausgegangen, dass sie im Büro seien, in den Akten, die Miss Diamond verwaltete.

Noch eine Tragödie, sagte Hobson. Ich kann Ihnen nur versichern, dass die Briefe nicht hier sind. Er muss sie fortgebracht haben, als ihm klar war, dass er aus der Kanzlei ausscheiden würde. Vielleicht sollten Sie in seiner Wohnung oder im Haus in Sag Harbor nach den Briefen suchen.

Er stand auf und streckte mir die Hand entgegen.

Ich schüttelte sie, und als ich schon an der Tür war, rief er hinter mir her: Vergessen Sie nicht, mich wissen zu lassen, ob wir Sie vertreten sollen!

V

Als ich in meine Wohnung kam, war Jeanette da; kaum dass sie mich sah, brach sie in Tränen aus.

Ich umarmte sie, und zwischen Schluchzern, die ihren ganzen großen kräftigen Körper erschütterten, brachte sie heraus: Willkommen zu Hause, Captain Jack. Ich habe schon gedacht, Sie kommen nie mehr wieder. Der arme Mr. Harry! Wer hätte ein solches Ende ahnen können? Ich bete für seine Seele, aber es hilft nichts. Er kommt in meinen Träumen zu mir und sieht aus wie immer, nur so traurig und ganz verloren. Ich bin so einsam wie nie, nicht seit mein Walter tot ist.

Walter war ihr verstorbener Mann, ein Feldwebel, der im ersten Jahr des Irakkrieges in einer Sprengfalle umkam, die ihn, einen anderen Unteroffizier und den Fahrer zerfetzte, mitsamt dem Humvee, in dem sie saßen. Ich hatte Jeanette zwar einen Zettel mit dem Datum meiner Rückkehr geschrieben und an das Merkbrett in der Küche geheftet, aber daran wollte ich sie nicht erinnern.

Was soll denn aus mir werden nach all den Jahren mit Mr. Harry?, klagte sie. Ich umarmte sie noch einmal und sagte: Schsch, furchtbar traurig bin ich auch, aber um Ihre Arbeit müssen Sie sich keine Sorgen machen, das kommt schon in Ordnung, Sie werden sehen.

Ich hatte nämlich ganz spontan eine Entscheidung getroffen, die ich nicht zurücknehmen würde, das wusste ich. Minot mit seinem Gerede von Erbschaftssteuern konnte mir gestohlen bleiben. Er dachte also, meine Einkünfte aus meinen Büchern und dem Film seien erheblich, so, so! Dieser hochnäsige Schleimer hatte keinen Schimmer, wie viel Geld mir zugeflossen war. Ich wusste, ich konnte schaffen, was ich jetzt vorhatte.

Niemand wird je meinen Onkel ersetzen, sagte ich ihr. Das ist nicht möglich. Aber Sie und ich, wir werden tapfer weitermachen. Mein Onkel hat mir die Wohnung in der Fifth Avenue vererbt. Ich werde dort einziehen, sobald Sie und ich mit dem Packen fertig sind, und ich hoffe, Sie bleiben bei mir. Zu den gleichen Bedingungen wie bei Onkel Harry. Wäre Ihnen das recht? Bevor Sie antworten, sollen Sie wissen, dass er Ihnen in seinem Testament ein hübsches Geschenk vermacht hat. Das sagte mir Mr. Minot, der Anwalt in der Kanzlei, der das Testament aufgesetzt hat. Also, was meinen Sie? Möchten Sie weiter für mich Hallodri sorgen?

Captain Jack, erwiderte sie, Sie sind der Beste. Ich kümmere mich um Sie, solange Sie wollen und solange meine alten Beine mich tragen. Jetzt mache ich Ihnen erst mal eine schöne Tasse Kaffee.

Die Reisetasche, die ich auf dem Weg vom Flughafen in der Wohnung abgestellt hatte, bevor ich zu Kerry weiterfuhr, hatte sie schon ausgepackt, so konnte ich mich an den Schreibtisch setzen und die angesammelte Post durchsehen, während sie den Kaffee kochte. Eine Menge Briefe, die Jeanette fast alle als Werbesendungen eingestuft hatte. Ich blätterte den Stapel durch und fand ihre Einschätzung zutreffend. Bitten um Geld für Anliegen, die mir nicht einleuchteten, Kaufangebote für meine Wohnung, Prospekte für irgendwelche Pseudomedizin. In dem zweiten winzigen Stapel lagen ebenfalls Bitten um Spenden, von meinem Internat und Yale, ein Päckchen von Felicity mit einer Weihnachtskarte und Familienfotos, die sie während ihres Urlaubs in Kitzbühel aufgenommen hatte, außerdem die übliche Korrespondenz von meiner Agentin. Buch eins und Buch zwei verkauften sich flott. Ich hatte schon Bonuszahlungen auf die Bruttoeinnahmen des Films in den USA erhalten, und wenn der Absatz so blieb, sah es aus, als käme mein winziger prozentualer Anteil am Nettogewinn zum Tragen. Das Interesse an Buch Nummer drei sei lebhaft. Wann es fertig werde?

Als Jeanette den Kaffee und ein paar Rührkuchenstücke hereinbrachte – den Kuchen habe sie gleich gebacken, nachdem Kerry ihr am Telefon gesagt habe, ich würde am nächsten Morgen nach Hause kommen –, bat ich sie, sich zu mir zu setzen, fragte nach ihren Töchtern und Enkelkindern und näherte mich dann dem Thema, das mich umtrieb. Ich beschloss, verdeckt vorzugehen, und fragte zuerst, ob Minot ihr alles bezahlt habe, was ihr zustand, einschließlich der Auslagen für Vorräte und Dinge des täglichen Bedarfs.

O ja, Mr. Jack, antwortete sie, er kam mehrmals in die Wohnung, fragte nach den Rechnungen und bezahlte sofort. Ein netter Herr.

Ihre Antwort lieferte mir das Stichwort, das ich brauchte.

Ausgezeichnet, sagte ich, kam er, um die Post meines Onkels zu holen? Oder etwas anderes?

O ja, die Post wurde regelmäßig abgeholt, entweder kam er selbst oder seine Sekretärin oder ein junger Anwalt, o ja, einmal die Woche, erzählte sie mir. Aber das war Mr. Minot nicht weiter wichtig. Er sagte, er müsse Mr. Harrys Papiere durchsehen und Sachen suchen, die mit Mr. Harrys Vermögen und Steuern zu tun hätten, und damit verbrachte er eine Menge Zeit, sah sich Mr. Harrys Akten in der Bibliothek und auf dem Schreibtisch im Schlafzimmer an. Auch Mr. Harrys Computer müsse er durchsuchen, sagte er. Den nahm er mit in sein Büro, und die Sekretärin brachte ihn ein paar Tage später wieder. Dann gab es auch ein Problem mit dem Safe. Mr. Minot fragte, ob ich die Kombination kenne. Natürlich nicht, sagte ich, also kam er am nächsten Tag mit einem Techniker, der vielleicht eine Stunde arbeitete, bis er das Ding aufbrachte. Und dann rief Mr. Minot mich und verlangte, ich soll in der Bibliothek bleiben, damit ich sehe, dass sie nur nach Papieren suchten und die Schmuckkästen nicht anrührten, die auch im Safe waren.

Ich war angewidert und erleichtert zugleich. In den Schmuckkästen waren die Juwelen meiner Großmutter, die Harry, so hatte er mir gesagt, für meine Frau aufbewahrte.

Und fanden sie irgendwelche Papiere?, fragte ich.

Nur Mr. Harrys Pass und Umschläge mit Bargeld. Dollars und etwas ausländisches Geld. Mr. Harry sagte immer, er wolle Bargeld greifbar haben, falls es wieder einen gewaltigen Stromausfall gab oder noch einen elften

September und er kein Geld aus dem Automaten ziehen könne. Mr. Minot ließ alles drin und schloss den Safe ab.

Aha, sagte ich. Und die anderen Papiere, nach denen sie suchten? Haben sie davon welche mitgenommen?

Sie schüttelte den Kopf. Tut mir wirklich leid, Captain Jack, aber das weiß ich nicht. Ich bin nicht die ganze Zeit bei ihnen geblieben.

Natürlich nicht, beruhigte ich sie. Sie haben eine schlimme Zeit hinter sich, Jeanette. Ich wünsche mir jetzt von ganzem Herzen, ich wäre in New York geblieben. Wäre ich bloß nicht auf diese blöde Reise gegangen. Vielleicht wäre Onkel Harry dann noch am Leben. Ich versuche und versuche es, aber mir will einfach nicht in den Kopf, dass er sich das Leben genommen hat. Meinen Sie, dass irgendwas mit ihm war, gab es plötzlich ein Problem mit seiner Gesundheit oder einen anderen Grund? Ich wünschte, ich könnte es verstehen!

Sie müssen sich keine Vorwürfe machen, Captain Jack, antwortete sie. Es war Gottes Wille, nichts, was Sie hätten verhindern können. Mr. Harry ging es richtig gut. Er war nicht krank und nichts. Er hat mir erzählt, der Ruhestand mache ihn traurig, weil ihm die Kanzlei fehle und die netten jungen Leute, mit denen er gearbeitet habe, aber er habe sich das gründlich überlegt und entschieden, dass zweiundvierzig Jahre Arbeit reichten. Geld hatte er genug. Er wollte reisen. Oh, und Gott segne ihn, er hatte noch eine andere Idee: Er sagte, er wolle wieder Klavier spielen. Das Klavier im Wohnzimmer hatte er dreißig Jahre lang nicht mehr angerührt, aber er wollte Stunden nehmen und wieder lernen, richtig zu spielen. Er hat es sogar stimmen lassen. Also, wie ich sage, er hatte keinen Grund, so etwas zu tun. Es war Gottes Wille.

Oder Satans, dachte ich.

Schon gut, Jeanette, sagte ich, Sie werden wohl recht haben. Ich bin todmüde vom Flug und all dem, was ich heute über Onkel Harry gehört habe. Ich leg mich ein paar Stunden aufs Ohr, und dann werde ich mit Kerry Black zu Abend essen.

Miss Kerry! Die hat Mr. Harry geliebt!, warf Jeanette ein. Umarmen Sie sie von mir, ganz fest.

Stimmt, sagte ich, er hat sie geliebt, und ich werde sie umarmen, so fest ich kann. Bitte kommen Sie diese Woche so wie immer. Wir fangen an zu packen. Ich möchte nächste Woche in die Fifth Avenue umziehen.

Als ich aus einem traumlosen Schlaf aufwachte, war es fast acht Uhr. Ich bereitete mir Tee, trank zwei Tassen so heiß, dass ich mir den Mund verbrannte, und aß ein Stück von Jeanettes Kuchen. Dann wählte ich Scotts Handynummer. Obwohl er noch im Büro war, nahm er den Anruf sofort an. Ich erzählte ihm kurz, was geschehen war.

Armer Kerl, sagte er. Dass dich zu Hause so ein furchtbarer Schlamassel erwartet hat! Möchtest du eine Pause einlegen und am Wochenende zu mir nach D.C. kommen?

Ich dankte ihm und sagte, mit dem Schlamassel müsse ich fertig werden, je eher, desto besser. Wenn ich überhaupt irgendwohin führe, dann nach Sag Harbor, um einen Anfang damit zu machen. Die Einladung nach D. C. würde ich mir gern für später aufheben.

Sie gilt weiter, und sie ist erneuerbar.

Und würdest du erwägen, nach New York oder womöglich nach Sag Harbor zu kommen? Kann gut sein, dass ich dich darum bitte.

Die Antwort war ein Ja, wie ich es gehofft hatte.

Ich zog eine kleine Bilanz. Scott und Kerry, mein alter Schulkamerad aus dem Internat und Mit-Yalie und die Lieblingsmitarbeiterin und neuerdings Partnerin meines Onkels in der Kanzlei. Nicht viel, könnte man meinen, aber ich fand, das Format dieser beiden wiege auf, dass mich mit Kerry nur sehr zarte Bande verknüpften – ein Zustand, den ich bald zu verbessern hoffte – und dass mein Freundeskreis klein war. Ohnehin war es so, dass ich niemanden außer ihnen um Hilfe bitten oder sehen wollte. Mitten im Unglück hielt ich mich für glücklich.

Der Koreaner in der Lexington Avenue zwischen der Seventy-Eighth und der Seventy-Ninth Street war noch offen. Er verkaufte frische Blumen. Jeanette kaufte die Sträuße für die Fifth Avenue bei ihm, es sei denn, Harry hatte ein Blumengebinde bei dem Floristen auf der anderen Straßenseite bestellt, den er vorzog. Ich suchte fünfzehn gelbe Rosen aus – wären sie rot, müsste Kerry sich vielleicht fragen, was ich damit sagen wolle, und das wollte ich ihr ersparen – und klingelte um fünf Minuten nach neun an ihrer Tür.

Auch für sie hatte mein Besuch Bedeutung, das wurde mir klar, als sie die Tür öffnete und ich sah, dass sie sich umgezogen hatte und ein langes Etuikleid aus blauer und grüner indischer Seide und goldene Ballerinas trug. Ihr Haar war nicht wie sonst in einem Chignon gebändigt, sondern offen und reichte fast bis auf ihre Schultern. Zum ersten Mal bemerkte ich, dass sie große Füße hatte – selbst für eine so hochgewachsene junge Frau –, und das fand ich rührend, warum, weiß ich nicht. Womöglich waren die Füße beim heutigen Trend zu ungeheuer auffälligen Damenschuhen nicht das, was Kerry am liebsten vorzeigte. Keine Sorge: Mir würden sie angenehm sein. Als ich ihr ins Wohnzimmer folgte, bestätigte sich der Eindruck, dass sie sich Mühe gegeben hatte, und meine Befangenheit wuchs. Überall standen Vasen mit gelben und rosa Tulpen, auf dem Couchtisch, dem Esstisch, dem Fensterbrett. Wahrscheinlich hatte sie die Blumen auf dem Heimweg vom Büro besorgt. Wenn sie noch Lebensmittel eingekauft hatte, war sie vielleicht sogar zweimal gegangen. Unwahrscheinlich, dass diese überarbeitete Juniorpartnerin von Jones & Whetstone ihre Wohnung regelmäßig in eine üppige Laube verwandelte – ich konnte mich nicht erinnern, bei meinem letzten Besuch irgendwelche Blumen gesehen zu haben – oder ihren Esstisch mit Sterlingsilber und Kristallgläsern deckte.

Das sieht wunderschön aus, Kerry, sagte ich, und du bist wunderschön. Atemberaubend.

Das möchte ich sein, antwortete sie lächelnd. Ich möchte dir gefallen. Und jetzt möchte ich dir einen Drink geben.

Es stellte sich heraus, dass wir beide Wodka trinken

wollten. Sie bewahrte ihn im Gefrierschrank auf und zeigte mir die Flasche. Luksusowa, sagte sie, polnischer Kartoffelschnaps, bemerkenswert gut und bemerkenswert billig. Ein Mann, mit dem ich während meiner Assistenz im Amt des U.S. Attorney zusammen war, hat mir den Tipp gegeben und mir sogar beigebracht, wie man den polnischen Namen ausspricht. Das Beste, was er für mich tat.

Die Vergangenheitsform entschärft die Lage, sagte ich ihr. Hat er einen Nachfolger, mit oder ohne Wodka?

Sie schüttelte den Kopf.

Gut, sagte ich, denn ich möchte mich um die Stelle bewerben.

Die Worte kamen mir wie von selbst über die Lippen, und ich begriff, dass sie kein bloßer Scherz waren. Obwohl ich Kerry kaum kannte, strahlte ihre Nähe – wir saßen auf dem Sofa – etwas aus, das mir Herzklopfen machte und mich mit Freude erfüllte. Einer Art Freude, die ich unter diesen Umständen, da wir uns unvermeidlich mit dem schwerwiegenden Thema von Harrys Tod befassen mussten, nicht für möglich gehalten hätte. Bis auf eines: Sie ähnelte der triumphierenden Freude, die ich nach der ersten Nacht der Operation Phantom Fury in Falludscha empfunden hatte, als ich erkannte, dass keiner aus meinem Zug verwundet war, oder noch einmal in Delaram, als das Morphin wirkte und Sanitäter mich für den Transport mit dem Hubschrauber auf der Tragbahre festbanden und ich begriff, dass ich am Leben bleiben würde. War ich blind für Kerry gewesen, was hatte ich mir gedacht? Warum hatten unsere früheren

Begegnungen nicht ausgereicht? Konnte es sein, dass ich nicht hatte wahrnehmen wollen, wie attraktiv sie war, weil sie Harrys liebste Mitarbeiterin, sein Schützling und vielleicht seine Traumtochter war?

Zufällig ist die Stelle offen, sagte sie mir, und a priori kommst du in Frage. Aber das muss natürlich näher erkundet werden.

Und irgendwelche Zeitarbeiter sind nicht auf dem Weg?

Himmel, du willst wohl das Terrain ganz für dich allein?

Natürlich, sagte ich. Das ist eine Grundtaktik der Infanterie: Terrain besetzen und Umfeld sichern.

Du kannst beruhigt sein, Captain, antwortete sie, die Stelle könnte entfristet werden. Zeit- und Hilfsarbeitern wird von einer Bewerbung abgeraten. Nein, ergänzte sie, als sie sah, wie ich mich zu ihr hinbeugte – nicht zu schnell vorrücken. Trinken wir erst unseren Wodka und essen die Kanapees, die ich vorbereitet habe. Wodka sollte man nicht trinken, ohne etwas dazu zu essen.

Sie hatte ihre Slipper abgestreift und ging barfuß in die Küche. Das verstand ich als ein unverkennbares Zeichen dafür, dass sie mir traute. Sie wollte ihre Füße nicht vor mir verstecken. In der Küche hielt sie sich nur kurz auf. Sie stellte eine rechteckige grüne Schale mit kleinen Eckchen *pâté de campagne*, jedes mit einem Zahnstocher versehen, auf den Couchtisch. Rings um die Stücke lagen schwarze Oliven.

Zum zweiten Mal in so kurzer Zeit war ich tief bewegt. Kerry servierte genau die gleichen Horsd'œuvres wie meine schöne Mutter, mit der gleichen Schlichtheit und Sorgfalt. Warum hatte Harry ihre häuslichen Talente nicht erwähnt? Vielleicht hatte er nie Gelegenheit gehabt, sie zu entdecken.

Ich sagte ihr, dass ich Paté und Oliven liebe, und fast hätte ich dazu gesagt, dass ich glaube, auch sie zu lieben – oder dabei sei, mich zu verlieben, aber ich konnte mich gerade noch beherrschen.

Gut, sagte sie, jetzt müssen wir über Harry reden. Ich bin ein Nachtmensch, und wenn du dich etwas ausgeruht hast, bevor du hierherkamst, stehen wir nicht unter Zeitdruck.

Sie setzte sich auf dem Sofa etwas anders hin und streckte die Beine aus, so dass ihre nackten Füße nur Zentimeter von meiner linken Hand entfernt waren.

In meiner Kehle hatte sich ein Kloß gebildet, aber ich nickte und schilderte ihr, mehr oder weniger zusammenhängend, den Hauptinhalt meiner Gespräche mit Minot, Hobson, und schließlich Jeanette.

Sie stöhnte auf: Ungefähr das hatte ich erwartet. Nein, es ist noch widerwärtiger, als ich es diesen Kerlen zugetraut hätte. Harry war nicht wirr im Kopf. Das wäre mir doch vor allen anderen aufgefallen. Es ist eine giftige Erfindung von Hobson und was weiß ich, wem noch. Er hat dir erzählt, sie hätten die Demenz geheim gehalten. Das ist die Parteilinie und eine glatte Lüge. In Wahrheit haben sie es in der ganzen Firma durchsickern lassen. Nur mich ließen sie aus, weil Hobson weiß, dass ich ihm ins Gesicht gelacht oder vielleicht geschlagen hätte, aber sie haben es so weit herumerzählt, dass mehrere

Partner zu mir kamen und nachfragten. Wie schlimm es sei, wann ich es zuerst bemerkt hätte, was ich unternähme, um uns vor Fehlern zu schützen und so weiter, Du weißt schon.

Und was hast du gesagt?

Dass nach meiner Einschätzung weder Harrys Verstand noch sein emotionales Gleichgewicht gestört seien – ja, dass die Trübung seines Verstands ihn emotional aus dem Gleis geworfen habe, das gehörte auch zu der Geschichte.

Und das waren immer nur Gespräche unter vier Augen? Sonst nichts? Du hast nicht Alarm geschlagen? Harry nichts davon erzählt? Hobson zur Rede gestellt? Ein Memo an alle Partner geschickt?

Ich wollte Harry nicht in Verlegenheit bringen. Er kam immer noch in die Kanzlei. Praktisch jeden Tag. Und als sie das gesagt hatte, brach Kerry plötzlich in Klagen aus: Jack, da ist etwas mit mir, das du nicht weißt, das ich dir gestehen muss. Ich war feige. Ich hoffe, du verstehst die Gründe und ziehst deine Bewerbung nicht zurück. Wenn du das tätest, wäre ich schrecklich traurig.

Nichts, was du sagst, könnte dazu führen, versicherte ich, streckte dann vorsichtig meine Hand aus, bereit, sie beim leisesten Anzeichen einer Abwehr zurückzuziehen, und streichelte diese armen scheuen Füße.

Die Füße wurden nicht zurückgezogen. Vielmehr rieben sie sich an meiner Hand, ungefähr so, wie Plato seinen Rücken an meinem Bein rieb, wenn er sich freute oder mir bedeuten wollte, dass ich dummerweise vergessen hatte, ihn mit etwas zu versorgen, das er brauchte und verlangt hatte.

Versprochen?, fragte sie.

Ich nickte.

Also dann die Wahrheit, sagte sie, die scheußliche, lähmende Wahrheit. Jack, ich habe nicht den Mut aufgebracht, Harry zu verteidigen, und ich kann auch jetzt nicht sehr mutig sein. Im Umgang mit diesen Mistkerlen muss ich mich extrem vorsehen, weil ich so gefährdet bin. Das wusste nicht einmal Harry. Aber dir sage ich es. Ich bin ein Einzelkind. Meine Eltern waren Ende dreißig, als ich auf die Welt kam. Wir wohnten in Montclair, New Jersey, und dort waren sie beide Lehrer an einer High School. Beide leben noch, meine Mutter in einer Seniorensiedlung, mein Vater in einem Pflegeheim mit einer Spezialabteilung für demente Patienten. Du siehst, mit Demenz kenne ich mich aus. Er hat seit über zehn Jahren Alzheimer. Zuerst verschlechterte sich sein Zustand nur langsam. Meine Mutter versuchte, ihn zu Hause zu behalten, viel länger, als gut für sie und indirekt auch für mich war, aber vor ungefähr sechs Jahren wurde er so schwierig, dass sie nicht mehr mit ihm fertig werden konnte, auch mit der Hilfe einer Pflegerin nicht. Er machte ihr das Leben zur Hölle. Deshalb willigte sie schließlich ein, ihn in einem Heim unterzubringen. Die Einrichtung ist sehr gut und, wie zu erwarten, auch sehr teuer. Sie liegt in der Nähe von Montclair. Meine Mutter fährt praktisch jeden Tag zu ihm. Auch das ist die Hölle. Natürlich ist das bisschen Geld, das sie von meinen Großeltern väterlicherseits geerbt haben, längst aufgebraucht, ebenso wie ihre eigenen Ersparnisse. Die Einlage, die vor der Aufnahme in die Seniorensiedlung fällig ist, habe ich für meine Mutter bezahlt, und ich gebe ihr das Geld, das sie für das Auto, Kleider, Friseur und die gelegentlich vom Seniorenheim organisierten Reisen nach Princeton und New York braucht. Und für die Geschenke, die sie gern verteilt, auch die für mich! Und ich bezahle das Pflegeheim. Das war nicht leicht, denn diese Kosten musste ich zusätzlich zur Rückzahlung meines Studiendarlehens aufbringen. Das ist übrigens der Grund, warum ich meine Stelle im Amt des U.S. Attorneys aufgab. Mir lag viel an der moralischen Klarheit meiner Arbeit als Vertreterin der Anklage – wenn ich Übeltäter hinter Schloss und Riegel brachte, war es nie fraglich, ob ich auf der richtigen Seite stand, aber ich brauchte das üppige Gehalt einer großen Kanzlei. Und jetzt kann ich es mir nicht leisten, kann ich nicht riskieren, aus der Firma ausgestoßen zu werden. Ich schäme mich dafür, aber so ist es. Ich kann meine Eltern nicht in Gefahr bringen, also kann ich mich nicht offen mit diesen Kerlen auseinandersetzen. Ich kann nicht so mutig sein, wie ich gern wäre. Außerdem lebe ich gern angenehm. Das verhehle ich nicht.

Sie machte eine vage Armbewegung, um zu zeigen, dass sie dabei ihre Wohnung im Sinn hatte, und fügte schnell hinzu: Versteh mich nicht falsch, dieses Apartment ist alles andere als teuer. Es ist mietpreisgebunden. Kaum zu glauben, aber das Gebäude gehört den Gebrüdern Rubinstein. Ihre Familie besitzt eine Menge Immobilien in New York, und sie haben nie versucht, die Apartments in Eigentums- oder Genossenschaftswohnungen umzuwandeln. Stattdessen vermieten sie an Freunde der Familie und an ihre ehemaligen Angestellten. Ich qualifizierte mich, weil ich während meiner ganzen Zeit am Dartmouth College mit einer Rubinsteintochter zusammengewohnt hatte.

Kerry, du warst unglaublich mutig, sagte ich. Mir das zu erzählen, erforderte wirklich Mut. Stimmt, wir haben eine Menge unangenehme Dinge zu bereden, aber ich bin auch ein Nachtmensch, also haben wir viel Zeit. Könnte das Bewerbungsgespräch für meinen neuen Job nicht stattfinden, bevor wir über Harry sprechen? Spann mich nicht auf die Folter! Ich muss wissen, ob ich angeheuert bin.

Ich war lange nicht mehr mit einer Frau zusammen gewesen, nicht mehr seit der Engländerin, die mich an Felicity erinnert hatte, und ich wollte Kerry dringend und unbedingt. Und doch: Als ich ihr geholfen hatte, aus dem seidenen Etuikleid und der schlichten Unterwäsche für brave Mädchen zu schlüpfen, als ich mir meine Kleider vom Leib gezerrt hatte und wir endlich auf ihrem überraschend großen Bett lagen, wollte ich sie nicht mehr sofort besitzen, sondern lieber jeden Quadratzentimeter und jede Vertiefung ihres sehnigen, biegsamen Körpers erkunden und seinen Geruch einatmen, dieses betörende Aroma aus Seife, Zahnpasta, frischem Schweiß und berauschenden Sekreten. Sie trug kein Parfum. Als sie auf mein Drängen hin die Knie anhob, legte ich mein Gesicht an die Stelle, wo ich sie am besten schmecken konnte. Ihre Seufzer wurden zu rhythmischen kleinen Schreien. Später – aber wie viel später eigentlich? – schob sie mich fort und flüsterte, Jack, lass mich nicht mehr warten, komm, ich möchte dich in mir haben.

Ich bin nicht vorbereitet, flüsterte ich. Ich hatte nicht gedacht …

Ich auch nicht, flüsterte sie zurück, aber das ist in Ordnung. Ich hatte gerade meine Periode. Komm, mein Liebster, komm.

Sie hatte es wirklich gesagt.

Wir liebten uns noch zwei Mal und sanken dann in einen tiefen Schlaf. Als ich aufwachte und bemerkte, dass sie ihren Arm um meinen Leib geschlungen hatte, dachte ich, es sei Morgen, aber der Radiowecker zeigte mir, dass wir nur eine Dreiviertelstunde geschlafen hatten. Wir gingen zusammen unter die Dusche. Kerry lachte wie nicht ganz gescheit, zog aus dem Schrank einen langen gelben Bademantel, ein Mitbringsel von einem Urlaub in Puerto Rico, und sagte, ich solle ihn bitte zum Dinner anziehen, statt meiner Kleidung, damit das Ausziehen danach nicht so umständlich würde, und sie werde den schwarzen Bademantel nehmen. Das war leicht. Aber sie hätte alles von mir verlangen können, ich hätte ihr nichts abgeschlagen.

Du hast den Job, sagte sie, als wir uns zum Essen setzten. Die Anforderungen sind nicht hoch: Du musst mir nur jede Nacht der Woche die gleichen Gefühle bescheren wie gerade eben, es sei denn, ich gebe dir für einen Abend Urlaub. Damit du's weißt, ab morgen nehme ich die Pille, dann gibt es keine Entschuldigung mehr.

Wir aßen eine weiße Gazpacho, danach eine mit Krevetten belegte Quiche, die sie in der Mikrowelle aufwärmte, und zum Nachtisch Käse und Trauben. Sie öffnete eine Flasche Sancerre. Wir waren ausgehungert, und erst, als Käse und Trauben auf dem Tisch standen, überwand ich mich und nahm die Fragen wieder auf, die das »Bewerbungsgespräch« in den Hintergrund gedrängt hatte. Ich fragte sie nach dem Druck auf Harry, den sie mehr als einmal erwähnt habe, und wollte wissen, welche Gründe ihrer Meinung nach Hobson dazu bewegt hatten, ihn zum Ausscheiden aus der Kanzlei zu zwingen und die Lüge über seine Demenz zu erfinden und zu verbreiten.

Sie schwieg lange Zeit.

Alles hängt mit Abner Brown und seinen Unternehmen zusammen, sagte sie dann. Harry hatte sich so in die rechtlichen Probleme dieser Firmen vertieft, dass man ohne Übertreibung sagen kann, er war der Einzige außer Brown, der sie kannte und verstand, und genauso intensiv hatte er sich auf die persönliche Beziehung mit Abner eingelassen. Der rief ihn jeden Tag, was weiß ich, vier oder fünf Mal an. Es ging um Ärger mit seiner Frau Linda, um Ärger mit seinen ständig wechselnden Freundinnen und ihren Geldforderungen. Geld, damit sie ein Mal mit ihm schliefen, damit sie wieder mit ihm schliefen, damit sie, wenn es damit vorbei war, versprachen, Linda nichts zu erzählen. Wie solle er diese Geschenke, die sich auf viele Millionen pro Mal beliefen, so unsichtbar machen, dass Linda sie nicht entdeckte, wenn sie die gemeinsame Schenkungssteuererklärung unterschrieb, wie sicherstellen, dass die Tussi, die er bezahlt hatte, damit sie nicht plauderte, auch tatsächlich die Klappe hielt? Du kennst Harry genauso gut wie ich oder vielleicht besser, also muss ich dir nicht erzählen, dass ihm von diesem ganzen Müll übel wurde, aber er konnte sich Abners Sorgen nicht entziehen, weil der an ihre Freundschaft appellierte: Du bist mein bester Freund, mein einziger Freund, nur du kannst mir weiterhelfen, sagte er. Es gab auch Probleme mit den beiden Söhnen. Einer war erwischt worden, als er im Schlafzimmer des Internatsleiters Wanzen montieren wollte. Abner rief Harry an: Dein Großvater hat doch diesen miesen Saftladen gegründet. Kannst du den Scheißrektor anrufen und dazu bringen, dass er seine Hunde zurückpfeift? Die Höhe der Spende kannst du bestimmen. Du hast freie Hand. Oder: Harry kannst du dir mal die Triplexwohnung im neuen Bau von Gehry ansehen, und was hältst du von César Pellis Projekt in der Innenstadt? Da ist ein Penthouse, das mir gefallen könnte. Dann rief er mitten in der Nacht an: Hast du es dir jetzt angesehen? Sicher, manchmal war das auch irgendwie aufregend und schmeichelhaft, gelegentlich sogar wirklich interessant. Gleichzeitig registrierte Harry die ganze Verschlagenheit, Niedertracht und Doppelzüngigkeit des Mannes und fragte sich: Wie bin ich bloß in diesen Sumpf geraten, warum habe ich keine Grenze gezogen und mich einfach darauf beschränkt, ihn und seine Firmen in genau spezifizierten einzelnen Deals zu vertreten? Eine beruhigende Antwort darauf fand er nicht, weil er sich in Wahrheit geschmeichelt fühlte und der Verlockung der massenhaften gewinnbringenden Aufträge erlag, die er der Kanzlei verschaffte. Aber dann fürchtete er zunehmend, dass Abners PAC-Lobbyarbeit und seine Think Tanks ein Verhängnis für das politische Leben des Landes waren.

Ich unterbrach sie mit dem Einwand, er und Abner hätten sich doch gleich zu Beginn darauf geeinigt, die Politik aus ihrer Freundschaft herauszuhalten.

Das hat er mir auch gesagt, aber das war, bevor Abner landesweit aktiv wurde. Anfangs trieb er sein Spiel nur in Texas und Arizona und verspritzte sein Gift über die Medien. Aber Harry meinte, was er vor der Wahl anzettelte, um für Obamas Niederlage zu sorgen, gehöre in eine ganz andere Kategorie. Er sagte, Brown unterminiere die Republik.

In der Erinnerung daran, wie bereitwillig die Männer in meinem Bataillon, auch die Offiziere und Unteroffiziere, den Scheißdreck geschluckt hatten, den ihnen Abners Freedom Now Foundation im Internet und in Talkshows servierte, nickte ich und sagte: Ich sehe es wie Harry.

Ich auch, erwiderte sie. Schau, Jack, damit wären wir jetzt also bei den Schattenseiten von Abners Firmengruppe, und hier sind mir gleich zwei Grenzen gesetzt. Wie gefährdet ich bin, habe ich dir schon erzählt, nicht weil ich bemitleidet oder bedauert werden will, sondern weil es für mich die erste Grenze ist, die ich in dieser Sache nicht überschreiten darf.

Wieder unterbrach ich sie: Kerry, all das kann dir nichts mehr anhaben. Ich stehe dir bei, zur Seite, hinter dir, wo immer du Schutz brauchst. Ganz konkret heißt das, wenn du Geld brauchst, teile ich mein Geld mit dir. Das hätte Harry getan, wenn du es zugelassen hättest, das hätte er von mir erwartet, und davon wird mich nichts abbringen.

Sie flog mir entgegen, setzte sich auf meinen Schoß, küsste mich auf den Mund. Als der Kuss tiefer wurde, spürte ich ein heftiges Verlangen, sie wieder im Bett zu haben. Das Reden konnte warten. Meine Hand glitt unter ihren Bademantel, ich streichelte ihre Brüste, bis die Spitzen hart wurden und Kerry sich an mich drängte.

Hör auf, bitte hör auf, sagte sie und flüchtete auf den Sessel übereck vom Sofa. Setz du dich auf das Sofa und lass mich zu Ende bringen, was ich dir zu erzählen habe. Aber erst möchte ich dir noch danken. Was du gerade gesagt hast, ist sehr schön und sehr hochherzig, aber ich bin ein großes Mädchen – sie kicherte – und muss auf meinen eigenen großen Füßen stehen.

Meine Schweigepflicht als Juristin ist die zweite Grenze, fuhr sie fort. Der Verhaltenskodex für Anwälte. Abner und seine Firmengruppe waren meine Mandanten und sind es in dieser Hinsicht immer noch, obwohl man mir ihre sämtlichen Aufträge entzogen hat. Ich kann ihre Geheimnisse nicht enthüllen, ihre vertraulichen Mitteilungen nicht weitergeben. Als ich über Abners Privatangelegenheiten redete und die Art, wie er Harry damit behelligte, habe ich das schon fast getan. Dieses berufsbedingte Hemmnis hat Harry beinahe in den Wahnsinn getrieben. Also werde ich mich jetzt auf Allgemeinheiten beschränken. Schon dazu habe ich wahrscheinlich kein Recht, aber ich tue es trotzdem. Ich glaube – aber denk daran, dass Harry mir nie konkret mitgeteilt hat, was er entdeckt hatte –, vor knapp einem Jahr, als Abner die Bedingungen für einen Börsengang seiner Holdinggesellschaft prüfte, nicht der Dachgesellschaft, der buchstäblich alles in Abners Imperium gehört, sondern der zweitgrößten, der Eigentümerin der gewinnbringenden Unternehmen, begann Harry, die Struktur und das, was in der Blackbox steckte – seine Bezeichnung –, unter die Lupe zu nehmen. Und ich glaube, was er da sah, ließ ihm das Blut in den Adern gerinnen. Ich rede nicht nur von Steuerhinterziehung, obwohl die sicher reichlich betrieben wurde, auch nicht von Absprachen über Festpreise hier und da, oder von unterdrückten oder frisierten Berichten über Versuchsreihen, die ergeben hatten, dass von Brown'schen Firmen vermarktete Medikamente gefährlich sind, auch nicht von unterlassenen Meldungen über schwerwiegende Umweltverschmutzung. Nein, ich glaube, er entdeckte ein durchgehendes Muster von Rechtsbrüchen im großen Stil, Verstößen gegen das Bundesrecht der USA, der Einzelstaaten, und der ausländischen Staaten, in denen Unternehmen Browns angesiedelt sind. Ich nehme an, das hat er gesehen, und ich frage mich, wie er weiter vorgehen wollte. Und Jack, denk um Himmels willen daran, dass er mir nie erzählt hat, was er herausgefunden hatte und wie. Was ich sage, ist nur eine Vermutung. Ich glaube, er hatte ein Problem, das er nicht lösen konnte.

Weißt du, mir fallen ein paar naheliegende Lösungen ein, antwortete ich. Erstens hätte er zur Polizei gehen können, zum FBI oder sonst einer für solche Fälle zuständigen Institution. Zweitens hätte er das Mandat für Brown und seine Firmen niederlegen können. Und sich nicht mehr um Abners Privatleben kümmern! Was ist nur in Harry gefahren?

Du hast recht. Er hätte aussteigen können. Am Ende wird er sich dazu entschlossen haben, etwa mit der Begründung, dass Abner und seine Firmen fortgesetzten Betrug üben und fortgesetztes kriminelles Verhalten zeigen, und ich glaube, da er ein so wunderbarer, hoffnungsloser und liebenswürdiger Kämpfer für das Recht war, ging er zu Abner, um zu »remonstrieren«, das heißt, seine Einwände deutlich zu machen. Das empfiehlt der Verhaltenskodex für Juristen, wenn ein Anwalt die Arbeit für einen solchen Mandanten aufkündigen will. Und was dann passierte, kann ich nur mutmaßen: Als Harry alle seine Einwände aufgezählt hatte, verstand Abner, dass sein Anwalt das ganze Ausmaß seiner Machenschaften erfasst hatte und sich deshalb zurückziehen und vielleicht noch mehr unternehmen werde. Vielleicht fürchtete er, Harry sei zu dem Schluss gekommen, dass er unter diesen Umständen das Recht – oder gar die Pflicht – habe, zum Beispiel zum FBI zu gehen. Also entschied sich Abner, dem zuvorzukommen. Er sprang in sein Flugzeug, suchte Hobson auf und verlangte: Schaff mir Dana vom Leib. Welche Gründe er dafür vorschob, kann ich dir nicht sagen, weil ich keine Ahnung habe. Er ist so widerlich verschlagen. Aber von dem Blödsinn mit der Demenz war nicht die Rede, da gehe ich jede Wette ein, denn Abner wusste, dass Harry bei klarem Verstand war und dass niemand, der Zeit mit ihm verbrachte, etwas anderes glauben würde!

Du denkst also nicht, dass Brown Hobson erzählte, Harry verliere den Verstand?, fragte ich und fürchtete, langsam meinen eigenen zu verlieren. Und warum hätte Hobson sich so etwas ausgedacht?

Ach, Hobson! sagte sie. Der scheute sich, der Firma mitzuteilen, er werfe Harry raus, weil Brown nicht mehr mit ihm arbeiten wolle, unzufrieden sei oder was immer. Das hätte eine Menge Fragen aufgerührt, und was die Antworten ans Licht gebracht hätten, wäre Brown womöglich gar nicht recht gewesen. Also löste Hobson das Problem dadurch, dass er Harry verleumdete. Er kannte seine Partner gut genug, um zu wissen, dass keiner leichten Herzens zu Harry sagen würde: Tut mir leid, alter Freund, wie traurig, dass du nicht mehr bei Trost bist.

Sie schenkte sich etwas Wein nach.

Nein, sagte sie, Brown hat sich diese Geschichte bestimmt nicht einfallen lassen, obwohl er sie inzwischen vielleicht kennt und Hobson womöglich zu dem brillanten Einfall gratuliert hat. Brown ist alles andere als dumm. Einfach nur verschlagen und bösartig. Ich bin ihm gelegentlich begegnet, immer mit Harry, nur einmal war ich mit ihm allein. Diese Ausnahme war eine Reise nach Houston letztes Jahr im Juli, als ich gerade Partnerin geworden war. Wir trafen uns in seinem Büro, und als wir ein Sandwich zu Mittag aßen, redete er über alles Mögliche, über europäische Geschichte, nachdem er erfahren hatte, dass das mein Hauptfach auf dem College in Dartmouth gewesen war, dann über seine Sammlung von Bronzestatuen aus der Renaissance, die überall in den Bücherregalen und auf Möbeln herumstanden. Wir saßen auf einem Sofa, das Essen stand auf dem Couchtisch vor uns. Das wird ein verdammt gutes Essen, hatte er mir angekündigt. Er musste nur auf einen Knopf drücken, schon kam der Kellner, brachte neue volle Teller und räumte andere weg. Besondere Freude machte Abner der Pekan Pie seines Kochs. Er lachte dauernd – ein unangenehmer Klang, kann ich dir sagen – und erzählte dann, diesen Kuchen dürfe er eigentlich nicht essen, aber die verbotenen Früchte seien die süßesten, und das Verbotene reize ihn immer, ich verstünde doch, was er damit sagen wolle. Wenn's verboten ist, muss ich's haben. Eine gewisse Spannung baute sich auf, schien mir, und ich täuschte mich nicht. Kaum hatte der Kellner den verdammten Kuchen und Kaffee abgestellt und sich zurückgezogen, zack!, landete Abners Hand auf meinem Bein, schob sich immer weiter nach oben. Ich packte sie und hätte sie am liebsten verdreht und ihm den Arm gebrochen. Ich bin stark, und er ist körperlich ein Waschlappen, aber ich war zu feige und sagte nur: Abner, das ist wirklich eine schlechte Idee. Ich bin Ihre Anwältin, vergessen? Er wurde rot im Gesicht, zog die Hand weg und sagte, das kann ich richten. Kostet mich nur einen Anruf. Dann stand er auf, steuerte auf seinen Schreibtisch zu, ohne irgendwelche Anstalten, seine gewaltige Erektion zu verdecken. Als er saß, sah er mich mitleidig an und sagte: Sie enttäuschen mich. Ich hätte gedacht, alle Jüdinnen aus New Jersey mögen Sex. Ich dachte, Sie blasen mir einen! Offenbar musste er den Wunsch nur in Worte fassen, um sich befriedigt zu fühlen, denn er ging prompt entspannt zu unseren juristischen Angelegenheiten über. Wir wurden nur noch ein Mal unterbrochen. Er ließ sich von seiner Sekretärin ein Kästchen und ein kleines Messgerät zur Blutzuckerbestimmung bringen, stach sich in den Finger, bis ein Tropfen kam, und prüfte den Zuckerspiegel. Dann verpasste er sich eine Injektion. In den Bauch. Zu dem Zweck knöpfte er sich das Hemd auf. Anschließend räumte sie das Zeug weg, auch den kleinen Tupfer, mit dem er das Gebiet um den Einstich sterilisiert hatte – er ist behaart wie ein Affe –, und er sagte: Typ-1-Diabetes. – Pekan Pie, wer's glaubt! Wir wurden auf die Minute pünktlich fertig, er dankte mir und ließ mich zum Flughafen fahren!

Das hast du dir ausgedacht, sagte ich.

Nicht im Geringsten. Kerry Black – er dachte, weil ich lockiges schwarzes Haar habe und aus Montclair komme, müsste ich eigentlich Kerry Schwartz heißen. Den Rest hat er aus *Goodbye, Columbus*. Sein literarischer Geschmack ist gut!

Ich schüttelte den Kopf und setzte schon zu einer Erwiderung an, aber sie hob die Hand, um mich zu unterbrechen.

Jack, sagte sie, wir sind abgeschweift. Ich möchte dir erklären, was Harry aller Wahrscheinlichkeit nach daran hinderte, zur Polizei zu gehen. Er hätte sicher sein müssen, dass er allen im Kodex aufgeführten Kriterien genügte. Ob du's glaubst oder nicht, die Kriterien sind sehr streng und schwer zu erfüllen, vor allem für jemanden wie Harry, der sein Leben nach ihnen richtete.

Das verstehe ich, versicherte ich ihr. Kannst du mir erklären, welche Rolle finanzielle Erwägungen für ihn spielten? Mit Abner hätte die Kanzlei ja einen sehr einträglichen Mandanten verloren.

Ich hatte das beklemmende Gefühl, dass Einnahmen eine sehr große Rolle gespielt hatten, und wünschte mir verzweifelt, Kerry würde sagen, ich sei im Irrtum. Aber das konnte sie nicht, nicht uneingeschränkt.

Ich glaube, sie fielen ins Gewicht, sagte sie, aber nicht so, wie du denkst. Harry hat dir vielleicht erklärt, dass das Gehalt in unserer Kanzlei nach dem Lockstep-System festgesetzt wird. Alle Partner des gleichen Dienstalters erhalten das gleiche Gehalt. Ob man mehr oder weniger Stunden arbeitet als andere oder ob man Mandanten akquiriert, spielt keine Rolle, also wäre die mögliche Auswirkung auf seine eigene finanzielle Kompensation kein Motiv für Harry gewesen. Aber er liebte die Kanzlei. Weder wollte er ihr Schaden zufügen noch seine Partner vergrämen, indem er die Gans schlachtete, die so viele goldene Eier legte. Und er konnte ihnen nicht alles weitergeben, was er herausgefunden hatte. So viel weiß ich mit Gewissheit. Harry machte mir klar, dass er mit Abner abgemacht hatte, vertrauliche Informationen nicht an Partner oder Assistenten weiterzugeben, allenfalls in streng begrenzter Menge, wenn es für die Erledigung eines Auftrags unbedingt nötig war. Und dann ist noch ein anderer wichtiger Faktor zu bedenken. Harry war sehr einsam. Abner beschäftigte und unterhielt ihn und gab ihm das Gefühl, er sei ein großes Licht in der Firma, da er so viel zu ihrer Prosperität beitrug!

Na gut, sagte ich, das habe ich begriffen. Bilde ich mir wenigstens ein. Ich versuche, zusammenzufassen, wenn du erlaubst. Du meinst, Harry fand Beweisstücke für fortgesetzten schweren Betrug und ausgedehnte Kriminalität, von denen Abner Browns Unternehmen dermaßen durchsetzt waren, dass man die Verflechtung nicht mehr lösen konnte. Aber worin dieses kriminelle Verhalten bestand, weißt du nicht. Richtig?

Ja, nickte sie.

Er beschloss, sich zurückzuziehen, versuchte aber zunächst, mit Abner zu sprechen, ihn zur Umkehr zu bewegen, alles offenzulegen, etwas in der Art. Darin verbarg sich natürlich eine Drohung: Wenn du das nicht tust, werde ich nicht mehr für dich arbeiten.

Sie nickte wieder.

Also beschloss Brown, den ersten Zug zu machen und Harry zu feuern.

Ich weiß es nicht, sagte sie, aber als Arbeitshypothese ist es brauchbar, weil es alle Fakten, die ich kenne, unter einen Hut bringt.

In Ordnung, jetzt möchte ich dich etwas fragen: Kannst du für mich herausfinden, ob in der Kanzlei wirklich keine privaten Dokumente Harrys liegen oder falls doch, wo sie sind und ob es noch Zugriff auf seine E-Mails gibt? Sichert die Kanzlei Backups der E-Mails ihrer Anwälte, und wenn ja, könnte man die von Harry noch irgendwo finden? Mir kommt es einfach so bizarr vor, dass Hobson und Minot seine Wohnung in der Fifth

Avenue und seinen Safe dermaßen gründlich nach seinen Papieren durchsuchten, deshalb lasse ich da nicht locker.

Wenn nur Barbara Diamond noch lebte, seufzte Kerry. Sie wüsste alles über Harrys Papiere und Mails.

Nun, sie lebt nicht mehr, antwortete ich. Aber du und ich, wir sind noch am Leben, und ich muss der Sache auf den Grund gehen. Kannst du diese Dinge für mich ausfindig machen? Ich möchte dich keinem Risiko aussetzen und dir die Arbeit in der Kanzlei nicht erschweren, aber du bist die Einzige, die ich darum bitten kann – kriegst du das hin?

Wieder nickte sie. Ich gebe mein Bestes.

Weißt du, Liebling, ich komme mir vor wie eine Schallplatte mit einem Sprung, die ewig an derselben Stelle hakt. Ich kann nicht glauben, dass Harry Plato umbrachte und sich erhängte, weil er Abner Browns Mandat verloren hatte und aus der Kanzlei gedrängt worden war. Das ergibt keinen Sinn. Schlimmer noch – es widerspricht allem, was ich von Harry weiß. Dahinter steckt ein anderer Grund, da war eine andere treibende Kraft am Werk. Ich werde nicht ruhen, bis ich ausfindig gemacht habe, was und wer es war und was wirklich geschah.

VI

Seit der Zeit im Irak und in Afghanistan habe ich einen leichten Schlaf. Im Irak schluckte ich – wie eine Menge meiner Kameraden – Schlaftabletten und verließ mich darauf, dass im Fall eines Angriffs Adrenalinstöße sämtliche Spuren des Schlafmittels ausschwemmen würden. Als ich nach Afghanistan kam, verteilten Regimentspsychologen und Mediziner freigiebig alle möglichen hirnvernebelnden Pillen gegen Angstzustände, Depressionen und Psychosen an die Soldaten. Ich hielt mich von dem Zeug fern und nehme seit meiner Entlassung aus dem Krankenhaus keine Schmerzmittel mehr, hüte mich auch vor Ambien und Ähnlichem und habe es trotzdem geschafft, meine Schlaflosigkeit in Grenzen zu halten. Aber als ich genüsslich in Kerrys Bett lag, dämmerte mir, dass ich jetzt, da dieses starke liebevolle Mädchen sich an mich schmiegte, wenn ich auf der Seite lag, und meine Beine mit einem ihrer Schenkel fesselte, sobald ich mich auf den Rücken drehte, wohl ein höheres Maß an Selbstbeherrschung erreichen müsse, wenn ich je zu einem ausgiebigen Nachtschlaf kommen wollte. Sie dagegen schlief auf der Stelle ein, atmete gleichmäßig oder schnarchte oder murmelte und gluckste vor sich hin. Ich genoss ihre Nähe und mein neues Glück, aber meine Gedanken kreisten – ob ich wollte oder nicht – um die Treffen mit Hobson und Minot und um das, was mir

Kerry berichtet hatte. Ich hatte ihr versprochen, nicht zu ruhen, bis ich herausgefunden hätte, was wirklich geschehen war, und mir wurde klar, dass ich in einem ersten Schritt zur Erfüllung dieses Versprechens nach Sag Harbor fahren und mit Harrys Haushälterin Mary sowie seiner Nachbarin Sasha sprechen musste. Beim Frühstück mit frisch gepresstem Grapefruitsaft, weichgekochten Eiern, Weizenvollkorntoast und sehr starkem Kaffee, das Kerry bereitete, während ich, weil sie darauf bestand, noch zwanzig Minuten im Bett blieb, erzählte ich ihr von meinem Plan, am Samstagmorgen nach Long Island zu fahren, und fragte, ob sie mitkommen würde.

Das kann ich nicht, sagte sie, ich kann nicht, weil ich am Montag vor dem Bundesgericht einen Antrag auf ein Urteil in einem abgekürzten Verfahren durchfechten muss. Das heißt Arbeit im Büro mit dem Team am Samstag und Sonntag. Also gebe ich dir für Samstagabend frei unter der Bedingung, dass du am Sonntag rechtzeitig für ein spätes Abendessen wieder da bist. Dann bin ich nämlich kaputt und nervös und muss verwöhnt werden!

Gleich als ich wieder in meiner Wohnung war, rief ich Mary und Sasha an. Mary sagte, sie könne am Samstagmorgen jederzeit in Harrys Haus sein. Ich erklärte ihr, ich würde nicht später als neun Uhr aus der Stadt abfahren und gegen halb zwölf ankommen. Das passte ihr. Sasha brach in Tränen aus, als sie meinen Namen hörte. Sie hatte am Samstagabend Zeit und lud mich zum Essen ein. Dass ich mit Hobson sprechen musste, war mir zuwider, aber mir war eingefallen, dass sich ein Kontakt mit der Kanzlei auf dem offiziellen Geschäftsweg als nützlich erweisen könne. Hobson nahm meinen Anruf sofort entgegen und wartete ab, bis ich etwas sagte. Ich ließ ihn wissen, dass ich zwar mit Minot nichts mehr zu tun haben wolle, aber hoffte, die Kanzlei werde mich als den Testamentsvollstrecker meines Onkels vertreten.

Hobson verschlug es offenbar die Sprache. Vielleicht hatte er erwartet, dass ich einknicken und doch noch weiter mit Minot arbeiten würde, aber wahrscheinlicher kam mir vor, dass er sich an den Gedanken gewöhnt hatte, ich würde anderswo Hilfe suchen, und heilfroh war, mich loszuwerden.

Fred wird gekränkt sein, sagte er schließlich, aber das ist nicht zu ändern, fürchte ich. Ich freue mich, dass Sie bei der Kanzlei Ihres Onkels bleiben möchten. Ich habe einen Partner im Sinn, der gut passen würde. Wenn er übernehmen kann, schicke ich Ihnen seinen Namen und seine Telefonnummer.

Das ist sehr freundlich, sagte ich. Beim Nachdenken über das, was Sie mir von Mr. Brown und meinem Onkel erzählt haben, merkte ich, dass mir ein paar Dinge noch nicht klar sind. Wann ungefähr teilte Mr. Brown Ihnen mit, er wünsche nicht, seine Belange noch weiter von meinem Onkel betreut zu sehen, und wann ungefähr erklärten Sie Harry, er müsse in den Ruhestand gehen?

Ich dachte, daraufhin werde er das Telefonat einfach abbrechen. Aber stattdessen sagte er nach einer Weile: Ich habe gerade in meinem Kalender nachgesehen. Abner Brown war am fünften Oktober bei mir. Er verbrachte das Wochenende in der Stadt, mit Harry sprach ich in der folgenden Woche. Am Dienstag, dem neunten, um ganz genau zu sein.

Die Party für mein Buch Nummer zwei hatte einen Tag danach stattgefunden, fiel mir plötzlich ein. Also hatte Harry sich nicht anmerken lassen, welcher Schlag ihn gerade getroffen hatte. Und während unserer Abendessen in den Wochen bevor ich nach Belize aufbrach, verriet er nichts. Ihm war wohl klar, wenn ich erführe, was vorging, würde ich nicht abreisen, und er wollte mir nicht die Ferien verderben, denn er wusste, wie ich mich darauf freute. Was für ein großartiger Kerl.

Aha, sagte ich zu Hobson, danke! Und wenn ich Sie richtig verstehe, schied Harry am ersten Tag des Jahres 2012 aus. Also stand ihm vom Zeitpunkt Ihrer Unterredung an bis zum ersten Januar – oder sogar, bis er starb – sein Büro weiter zur Verfügung, blieb Miss Diamond seine Sekretärin und so weiter?

Vollkommen richtig, antwortete er. Wie gesagt, er nutzte diese Zeit, um sich von seinen Verpflichtungen gegenüber anderen Mandanten zu lösen und, was ich vielleicht noch nicht erwähnt habe, mir die Angelegenheiten Abner Browns zu übergeben. Ohne diese notwendigen Dinge hätte ich womöglich darauf bestanden, dass Harry früher in den Ruhestand geht. Aber Sie müssen wissen, dass pensionierte Partner ein Büro in der Kanzlei behalten dürfen, wenn sie das möchten, normalerweise natürlich ein viel kleineres, und sich mit anderen eine Sekretärin teilen können, vielleicht ihre gewohnte, vielleicht auch nicht. Wir sind sehr zivilisiert, kicherte er. Allerdings hatten sich sein physischer wie sein psychischer Zustand schon so verschlechtert, dass ich starke Zweifel habe, ob er noch Anspruch auf dieses Privileg erhoben hätte.

Das Telefonat mit Hobson hatte fast bis elf Uhr gedauert. Jeanette war schon vor mir in die Wohnung gekommen und packte eifrig Kleidungsstücke ein, um den Umzug in die Fifth Avenue vorzubereiten. Ich vergewisserte mich, dass sie alles hatte, was sie für ihr und mein Mittagessen brauchte, und brach zu einem Acht-Kilometer-Lauf im Park auf. Der Plan für den Tag stand fest. Nach dem Mittagessen würde ich an meinem Buch arbeiten und mich um acht mit Kerry zum Dinner in dem italienischen Restaurant treffen, in das ich Harry am Tag vor dem elften September eingeladen hatte. Für den Samstagmorgen hatte ich einen Platz in einem Bus in die Hamptons reserviert, der um elf in Sag Harbor ankommen sollte. Wenn ich direkt von Kerrys Wohnung zur Haltestelle ging, konnte ich den Bus bequem erreichen.

Ich war so erschrocken, Jack, so erschrocken!, sagte Mary und umarmte mich.

Sie stürmte temperamentvoll direkt in die Küche, wo ich schon auf sie gewartet hatte.

Wie er ausgesehen hat, als er da an dem Strick von der Decke hing, das können Sie sich nicht vorstellen. Er hatte so ein Flanellhemd an, wie er es immer im

Haus trug, das rote, seine alten braunen Cordhosen und Socken. Später habe ich nach seinen Schuhen gesucht und diese »L. L. Bean«-Slipper, die er zu Hause trug, ordentlich nebeneinander unter dem Sofa gefunden. Als hätte er sie da abgestellt, weil er sich aufs Sofa legen wollte, und dann beschlossen, die Leiter und den Strick zu holen. Und sein Gesicht! Grünlich blau mit kleinen roten Flecken, herausquellende Augen. Der Gestank war furchtbar. Er hatte sich in die Hose gemacht. Und Plato ein Stückchen weit weg auf dem Fußboden, den Kopf verdreht wie eine Puppe. Zuerst konnte ich es nicht glauben. Aber es war noch schlimmer. Als ich den armen kleinen Kerl aufhob, sah ich, dass ihm die Schnurrhaare abgeschnitten worden waren! Können Sie sich so was vorstellen? Die Schere – er hat es wohl mit der Geflügelschere gemacht – lag hier auf dem Arbeitstisch.

Mary, sagte ich, wissen Sie das genau? Davon hatte ich noch nichts gehört. Das ist unmöglich. So etwas hätte Harry niemals getan.

Ich habe es Kerry nicht erzählt, weil ihr sowieso schon ganz elend war. Ich wollte es nicht noch schlimmer machen. Was soll ich sagen? Hier, sehen Sie selbst. Ich habe Fotos gemacht.

Sie holte ihr Handy aus der Tasche, drückte auf den Bilderknopf und zeigte mir zwei Fotos von Plato, wie er auf einem Handtuch lag, mit verdrehtem Kopf und – ohne den leisesten Zweifel – abgeschnittenen Schnurrhaaren.

Setzen wir uns, ich muss was trinken, sagte ich.

Sie sagte, einen Drink könne sie auch brauchen, einen Gin Tonic. Ich mischte ihr einen und goss mir einen dreifachen Bourbon auf Eis ein.

Was haben Sie mit dem toten Plato gemacht?, fragte ich.

Ich habe ihn zum Tierarzt gebracht und einäschern lassen. Die Asche ist hier. Ich dachte, Sie möchten sie vielleicht in dem Blumenbeet vergraben, in dem er immer auf der Lauer lag, um die Streifenhörnchen zu erwischen. Das heißt, wenn Sie das Haus behalten. Wenn nicht, werden Brian und ich die Urne in unserem Garten eingraben.

Mein Plan sei, das Haus zu behalten, sagte ich ihr, und meine Hoffnung, dass sie für mich so arbeiten werde wie für Harry.

Und ob ich das werde, antwortete sie.

Gut, sagte ich. Wenn Sie Zeit haben, essen wir zusammen zu Mittag, aber erst möchte ich, dass wir alles noch einmal durchgehen, das heißt, alles, was Sie gesehen und getan haben, als Sie die Leiche fanden.

Die Geschichte, die sie mir erzählte, entsprach fast Wort für Wort Kerrys Erzählung. Als wir dann durchs Haus gingen – weil ich ihren Weg genau verfolgen wollte –, hatte sie noch eine neue Information für mich. Bei ihrer Ankunft an jenem Montagmorgen hatte sie das Haus tadellos aufgeräumt vorgefunden. Harrys Bett war gemacht, das Badezimmer sah aus, als hätte er es nicht benutzt, die Küche ebenso, entweder war er zum Lunch ausgegangen und hatte sich am Nachmittag keinen Tee gekocht, oder er hatte den Müll weggetragen, bevor er sich umbrachte – hier schluchzte sie auf –, denn der Abfalleimer in der Küche war leer und hatte einen frischen Müllsack. Harry hielt immer Ordnung, aber dass er gar keine Spur hinterlassen hatte, obwohl er seit Freitagmorgen im Haus gewohnt hatte, das war unheimlich. Natürlich, sie war am Freitag da gewesen und hatte geputzt, aber trotzdem hatte sie das Haus noch nie so unbelebt gesehen. Die Leiter, die er benutzt hatte, wurde in der Garage aufbewahrt, also hatte er sie wohl von dort in das Studio getragen.

Wir gingen zusammen durch die Küche in die Garage, um uns die Leiter anzusehen. Meine Erinnerung war korrekt, es war eine zweieinhalb Meter lange Trittleiter aus Fiberglas, die Harry im Eisenwarenladen an der Main Street gekauft hatte und auf die er stolz war, auch wenn er sie etwas zu schwer fand. Daneben stand die kürzere, ein Meter achtzig lange Aluminiumleiter, die er meistens verwendete. Auch Harrys Audi war in der Garage, sauber, aber staubig, merkte ich.

Welche Leiter hat er benutzt?, fragte ich, obwohl ich die Antwort wusste. Die lange, damit er den Balken erreichen und den Strick festbinden konnte?

Nein, antwortete sie, er nahm die kürzere, er muss auf der obersten Trittstufe gestanden haben. Ich denke mir, er wollte nicht das Garagentor öffnen und die große Leiter durch die Haustür in den Garten und ins Studio schleppen. Durch die Küche hätte er sie nicht bugsieren können.

Ich glaube, so kann es gewesen sein, sagte ich. Haben Sie was dagegen, dass ich das kürzere Ding ins Studio bringe? Ich frage mich nämlich, ob ich den Strick um den Balken hätte binden können, wenn ich oben auf der Leiter gestanden hätte.

Sie schien überrascht, hatte aber keine Einwände.

Mir war übel dabei, aber ich überwand mich, baute die Leiter auf, brachte sie in die Position, die Harry nach meiner Einschätzung gewählt hatte – Mary hatte auf die Stelle fast genau in der Mitte des Zimmers gezeigt –, und kletterte ganz nach oben, dorthin, wo das Warnschild auf der Sprosse das Betreten untersagt. Harry und ich waren fast gleich groß, er vielleicht einen oder zwei Zentimeter länger als ich. Ich hob die Arme.

Aus welchem Material war das Seil?, fragte ich Mary. Nylon?

Nein, sagte sie, eine Art Hanf.

Dick?

Würde ich nicht sagen, kaum zwei Zentimeter.

Dann war es nicht besonders schwer.

Harrys Boot hatte lange in der Marina von Three Mile Harbor gelegen, die Sag Harbor Marina gefiel ihm nicht, und er gab den Liegeplatz erst auf, als der Verkehr auf der Route 114 zwischen Sag Harbor und East Hampton und dann durch East Hampton zum Jachthafen sehr zähflüssig wurde und der Weg nach Three Mile Harbor und zurück so lange dauerte, dass der Aufwand nicht mehr zu rechtfertigen war. Als ich zum letzten Mal Gelegenheit hatte, ihn beim Segeln zu beobachten, hatte er seine Sache sehr gut gemacht und hatte einen hervorragenden Gleichgewichtssinn bewiesen. Er hätte den Strick wohl ohne Mühe über den Balken legen und mit einem Kreuzknoten sichern können. Davor hätte er am anderen Ende einen Henkersknoten geknüpft, was jeder Segler und jeder Fischer kann, und das Ende, das er am Balken befestigen wollte, durch die Schlaufe geführt. Dann wäre er ein paar Sprossen hinuntergestiegen, um sich die Schlinge um den Hals zu legen, und irgendwann – wie viel Zeit brauchte er? – hätte er die Leiter umgestoßen … Dabei fiel mir ein, dass der Strick wohl kurz oder jedenfalls der Abstand zwischen Balken und Schlinge gering gewesen sein musste.

Wo ist eigentlich das Seil geblieben?, fragte ich.

Die Polizei hat es mitgenommen, erzählte sie mir. Ich weiß nicht, wo sie die Beweismittel aufbewahren, ein Beweisstück ist es doch, aber wenn Sie möchten, kann ich meine Freundin bitten, nachzuforschen. Sie arbeitet als Fahrdienstleiterin bei der Polizei in Southampton.

Haben Sie irgendwann ein Seil von dieser Länge im Haus gesehen?, fragte ich.

Nie, sagte sie und bestätigte, Harry hätte es kaum so wegräumen können, dass es für sie unauffindbar war. Hatte er es womöglich am Samstag, am Tag vorher, im Eisenwarenladen gekauft? Dort kannte man ihn. Wir einigten uns, nach dem Mittagessen dort vorbeizufahren und nachzufragen. Hätte er den Strick auch anderswo kaufen können? Selbstverständlich: im Baumarkt in East Hampton oder Bridgehampton oder im Kmart im Einkaufszentrum von Bridgehampton. Vielleicht gab es auch Läden für Bootsbedarf in East Hampton, von denen wir nichts wussten. Aber warum hätte er das Geschäft in der Main Street gemieden, in dem er seit über vierzig Jahren einkaufte?

Gehen wir essen, sagte ich. Ins American Hotel? Das hätte uns Harry bestimmt empfohlen.

Der Maître d'hôtel hatte Harry gut gekannt und erinnerte sich vielleicht noch aus den Zeiten, da ich mit meinem Onkel in sein Restaurant gekommen war, an mein Gesicht. Für seine stumme Umarmung und seine offensichtliche und aufrichtige Trauer war ich ihm dankbar. Ich stellte ihm Mary als gute Freundin Harrys vor.

Ich hoffe, wir sehen Sie auch in Zukunft oft hier, erwiderte er und führte uns zu einem Ecktisch in einem rückwärtigen Raum hinter der Bar. Das ist unser ruhigster Tisch. Gut geeignet, wenn Sie ungestört reden möchten.

Ich dankte ihm, wir bestellten, und dann fragte ich Mary: Hat die Polizei nach irgendwelchen Einbruchspuren gesucht?

Nicht so richtig, sagte sie. Es gab keine Anzeichen dafür. Die Fenster waren alle geschlossen und verriegelt, wie normal für Januar. Die Tür war nicht aufgebrochen. Das wäre auch nicht nötig gewesen. Wenn Harry in Sag Harbor war, schloss er die Haustür nicht ab. Erst, wenn er wieder in die Stadt zurückfuhr. Auch die Tür zum Studio nicht. Er fand, im Haus sei nichts, was zu stehlen sich lohne, solange er da sei.

Wir verstummten und löffelten die Hummercremesuppe, die Harry im Winter am liebsten gegessen hatte.

Sehr merkwürdig, sagte ich, als ich sah, dass sie aufgegessen hatte. Dies und dazu das, was man Plato angetan hat. Sollen wir denn denken, dass Harry erst Schlafzimmer und Küche ordentlich aufräumte – obwohl er sich erhängen wollte – und dann die Haustür abschloss, aber nicht verriegelte? Gewöhnlich möchten Menschen gefunden werden, wenn sie tot sind, und die Tür schließen sie nur dann ab, wenn sie zum Sterben Zeit brauchen, zum Beispiel Schlaftabletten genommen oder sich die Pulsadern aufgeschnitten haben. Die Sorge hatte er nicht, denn wer sich erhängt, stirbt gleich.

Ach Gott, Jack, hören Sie auf, bitte, rief sie.

Ich möchte nur meinen Gedanken zu Ende führen. Ein Fachmann für Selbstmorde bin ich nicht, das können Sie mir glauben. Also: Er wusste, er würde gefunden werden, denn Sie sollten am nächsten Morgen kommen, also musste er die Haustür nicht offen lassen. Wenn er sie aber abschloss, als würde er in die Stadt zurück fahren, warum verriegelte er dann nicht, so wie immer, beide Schlösser? Und noch etwas anderes lässt mir keine Ruhe, seit ich auf dem Rückweg von Brasilien mit Kerry gesprochen habe: kein Brief für mich! Kein Brief für Sie! Oder für Kerry oder seine Freundin Sasha oder Jeanette, die fast vierzig Jahre bei ihm war. Nichts! Auf die Kanzlei war er wahrscheinlich wer weiß wie wütend …

Sie nickte und sagte, hm, ja, aus der Firma ausscheiden müssen und alles.

Aber er hatte keinen Grund, auf einen von uns wütend zu sein. Also was ist ihm durch den Kopf gegangen?

Warten Sie, sagte Mary. Da ist noch was, das Sie nicht wissen, was ich weder dem Mann aus dem Büro erzählt habe noch Kerry, und Ihnen auch noch nicht. Es ist ein

Brief für Sie da. Ich wollte ihn den anderen oder der Polizei nicht abliefern. Ich wollte ihn lieber aufheben und Ihnen geben, wenn ich Sie wiedersehen würde.

Ihr Rucksack stand neben ihrem Stuhl. Sie kramte darin und holte mit zwei Fingern einen Ziploc-Beutel hervor, von der Sorte, die Jeanette zur Aufbewahrung von übrig gebliebenem Hühnerfleisch und Ähnlichem benutzte. Im Beutel steckte ein verschlossener blauer Briefumschlag, das Briefpapier kannte ich, Harry hatte es immer in Sag Harbor verwendet. Sie fasste noch einmal in ihren Rucksack, zog ein Kleenex heraus, öffnete den Beutel, ergriff den Umschlag vorsichtig mit den Papiertüchern und gab ihn mir in die Hand.

Ich bin ganz vorsichtig damit, sagte sie.

Vorsichtig wie sie schlitzte ich Harrys Briefumschlag auf und nahm das zusammengefaltete Stück Papier heraus. Der Umschlag war adressiert mit: »Meinem lieben Neffen Jack«. Adresse wie Brief waren mit blauem Kugelschreiber geschrieben. Ich hatte noch kein einziges mit blauer Tinte geschriebenes Schriftstück von Harry gesehen, und Kugelschreiber benutzte er so gut wie nie. Ja, vielleicht, wenn er stark aufdrücken musste, zum Beispiel beim Ausfüllen eines FedEx-Formulars – was selten vorkam, denn im Normalfall überließ er diese Aufgabe der armen Barbara Diamond –, und sichergehen wollte, dass seine Schrift auf allen drei oder wer weiß wie vielen Durchschlägen lesbar war. Alles andere schrieb er mit einem Waterman-Füllfederhalter, der so untrennbar zu ihm gehörte wie ein Körperteil, und der Federhalter war immer mit schwarzer Tinte gefüllt. Und ausgerechnet dieser Brief war mit blauem Kugelschreiber geschrieben!

Mary, fragte ich, Harrys Füller lag nicht auf dem Schreibtisch im Studio – haben Sie ihn gesehen?

Ja, sagte sie, er war auf dem Schreibtisch, und ich habe ihn in die Schublade gelegt.

Ach so, antwortete ich, und las den Brief laut vor.

Sag Harbor, Sonntag,
den 8. Januar, 19 Uhr.

Mein lieber Neffe Jack,
wie du weißt, hat das Leben nun seit langem schwer auf mir gelastet. Aus vielen Gründen, die meisten davon sind dir bekannt. Ich habe mich entschlossen, dass es jetzt an der Zeit zum Handeln ist. Schusswaffen machen eine große Schweinerei, und außerdem besitze ich keine, wie du weißt. Ich habe daran gedacht, mir die Pulsadern zu öffnen, aber das macht auch Sauerei. So scheint mir dieser Abgang perfekt zu sein. Denn, in den Worten Mark Twains: Hätte der Mensch immer Gelegenheit zum Morden, wenn ihn Mordlust überfällt, wer würde dann dem Hängen entgehen? Hi, hi, hi! Also mach's gut, alter Junge! Ich wollte dies erledigen, bevor du aus Chile zurückkommst. Wozu dich in die Sache mit meinem Tod hineinziehen.

Ich vermache dir unsere Familienbibel. Behandle sie mit Ehrfurcht und versäume nicht, sie in deiner Verwirrung und Not nach Rat und Klärung zu durchsuchen.

In Liebe,
dein Onkel Harry C. Dana.

Jesus!, sagte Mary. Das ist ja vielleicht ein merkwürdiger Brief.

Unser Kellner hielt sich am anderen Ende des Raums bereit. Ich rief ihn, erklärte Mary, dass ich einen starken Single Malt Scotch brauchte, und fragte, was sie gern hätte. Sie bestellte sich einen irischen Whiskey.

Ich habe immer noch die alte Heimat in den Knochen, sagte sie.

Der Brief ist ein Streich voller verborgener Bedeutung, erklärte ich ihr, ein raffinierter, diabolisch raffinierter Streich. Wir müssen ihn entschlüsseln.

Und dann bombardierte ich sie mit Fragen, weil die Gedanken nur so auf mich einstürzten: Ob etwas mit Harrys Papieren geschehen sei, und wenn ja, was, falls er irgendwelche im Haus aufbewahrt habe, und was mit seinem Computer und seinem Handy sei?

Da war dieser schreckliche Anwalt aus Harrys Kanzlei, Pigott oder so – Minot, korrigierte ich, und sie nickte –, der kam entweder unmittelbar vor dem Tag der Trauerfeier oder am Tag danach, eins von beidem, genau weiß ich das nicht mehr, sagte, er sei der Nachlassverwalter und wolle im Haus nach Briefen und solchen Sachen suchen, erzählte er mir. Ich glaube, er hat gesagt, er habe gefunden, was er suchte. Wissen Sie Jack, mir ging's nicht gut. Er nahm auch Harrys Blackberry mit, weil es Eigentum der Kanzlei sei, sagte er, und Harrys Laptop. Der gehöre Harry, erklärte ich ihm, und er sagte, das stimme, aber er müsse nachsehen, ob irgendwelche Daten über Mandanten darauf gespeichert seien. Er stellte den Laptop an, wollte ihn gleich selbst durchforsten, wusste aber das Kennwort nicht und sagte dann, er bringe ihn zu den Technikern im Büro, die würden es knacken. Ich erklärte, ich wolle den Laptop wieder hier haben, sowie sie mit der Arbeit fertig seien. Er versprach, ihn mit FedEx an meine Privatadresse zu schicken, und das tat er auch. Ein paar Tage später. Ich habe den Laptop wieder in Harrys Schlafzimmer gestellt.

Aber hatte er nicht auch ein iPhone?, fragte ich. Damit spielte er doch die ganze Zeit herum.

Das stimmt, sagte sie. Ich habe es nirgendwo gesehen. Vielleicht hat er es in der Stadt gelassen.

Wir tranken beim Kaffee noch eine Runde Whiskey. Nachtisch wollten wir beide nicht. Ich sagte Mary, ich würde am nächsten oder übernächsten Wochenende wiederkommen und hoffentlich Kerry mitbringen, vielleicht auch einen Freund aus Washington, den ich seit der Schule und dem College kannte, und ich sähe keinen Grund, warum ich nicht Harrys Audi nehmen solle. Das Auto würde mir das Hin- und Herfahren sehr erleichtern, und da wir für die Garage in der Stadt ohnehin zahlten, könnten wir sie auch nutzen. Dann schob ich noch nach, dass es mir lieber wäre, wenn sie nicht versuche, den Strick von der Polizei in Southampton wiederzuholen, und mit ihrer Freundin, der Fahrdienstleiterin, gar nicht darüber rede. Warten wir einfach eine Weile ab, sagte ich. Womöglich werden wir ihre Hilfe bei anderen Dingen brauchen. Ich hatte mir nämlich überlegt, dass der Strick wahrscheinlich ungestört in einem Plastikbeutel in einem Lagerraum der Polizeistation Southampton lag und ich ihn lieber in Ruhe dort liegen lassen solle. Auf unserem Rückweg zu Harrys Haus, vor dem sie ihren Truck geparkt hatte, hielten wir beim Eisenwarenladen. Der Verkäufer, der das Geschäft mehr oder weniger führte, begrüßte Mary überschwänglich und sprach mir sein Beileid aus, nachdem sie mich als den Neffen Harrys und neuen Eigentümer des Hauses vorgestellt hatte. Nachdem er mir versichert hatte, wie sehr er sich darauf freue, mich als regelmäßigen Kunden in seinem Geschäft zu sehen, fragte ich, ob man bei ihm Hanfseile von ungefähr zwei Zentimeter Durchmesser kaufen könne. Kein Problem für den Eisenwarenladen an der Main Street. Sie hatten mehrere Sorten davon vorrätig.

Ich schaute sie mir an und erzählte dem Verkäufer dann, nach meinem Eindruck habe mein Onkel gesagt, er wolle einige Längen eines solchen Seils kaufen, und Mary und ich hätten in der Garage und im Keller danach gesucht, sie aber nicht gefunden. Könne er sich erinnern, ob Harry einen solchen Kauf bei ihm getätigt habe?

Der Mann warf mir einen schrägen Blick zu. Über den Grund für meine Frage konnte ich ihn wohl nicht täuschen, aber er wollte sich nicht den Mund an einem dermaßen heiklen Thema verbrennen.

Nein, sagte er, daran erinnere ich mich nicht. Mr. Dana kam im Dezember mehrere Male, und ich hatte das Vergnügen, ihn zu bedienen, aber so etwas hat er nicht gekauft. Trotzdem, ich kann noch mal nachsehen.

Er ging zu dem Computer auf dem Ladentisch, prüfte dort verschiedene Einträge und kam kopfschüttelnd wieder: Nichts Derartiges in den letzten zwölf Monaten.

Als wir wieder draußen auf der Straße standen, sagte ich zu Mary: Vielleicht sehen wir uns nächstes Wochenende. Wahrscheinlich komme ich am Freitagabend, aber es ist noch nicht sicher. Ich rufe Sie an. Sagen wir hier Auf Wiedersehen. Ich gehe nicht mit Ihnen zum Haus zurück. Ich brauche frische Luft. Ich denke, ich nehme den Weg zum Hafen.

Klar sehen wir uns, antwortete sie. Ich bin dann am Samstag gegen zehn da, damit Sie ausschlafen können, so wie Harry, wenn er nur übers Wochenende kam.

Mary, rief ich dann, hatte Harry hier in der Gegend irgendwelche Feinde, Leute, die gewalttätig werden könnten, Sie wissen schon?

Sie dachte einen Moment nach und sagte zuerst nein, meinte aber dann, der polnische Zimmermann aus Springs, der im letzten Sommer die Türen mit dem Fliegengitter hätte reparieren sollen, habe ziemlichen Mist gemacht, und Harry sei ganz schön sarkastisch geworden. Aber bezahlt habe er ohne Abzüge, was der Kerl verlangte, und ihm nur eingeschärft, er solle sich nie wieder in der Nähe des Hauses blicken lassen. Und dann gab es mal Ärger mit einem Mann aus Hampton Bays, der die Bewässerung in Ordnung bringen sollte. Aber das war schon vor ein paar Jahren, und auch den hat Harry prompt bezahlt. Jack, Harry war ein feiner Herr. Er bezahlte seine Leute pünktlich und genau wie vereinbart.

Die Wolken hingen tief. Ich schaute vom Rand des Log Wharf aus über die leere graue Peconic Bay hinüber nach Shelter Island und beschloss, Kerry im Frühjahr zu einer Wanderung durch das Naturschutzgebiet Mashomack einzuladen. Dort war ich als Kind jeden Sommer mit Harry oder meiner Mutter gewandert, zuerst, als Sechs- oder Siebenjähriger, nur die kürzeste, kaum einen Kilometer lange Strecke und allmählich immer längere, bis ich mit zehn Jahren den acht Kilometer langen Weg für Erwachsene schaffte. Harry brachte immer ein Fernglas, Kognak in einer Taschenflasche und für mich dunkle Schokolade mit, meine Mutter begnügte sich mit Vollmilchschokolade. Seither war ich nicht mehr dort gewesen. Auch die Marina sah trostlos aus. Die kleineren Boote waren alle weitergezogen oder für den Winter aus dem Wasser geholt worden. Nur dicke, in karibischen Steuerparadiesen registrierte Pötte, hässlich, schmutzig, verwahrlost, lagen noch am Ostende des Piers vor Anker, die Mannschaft ließ sich nicht blicken. Was waren das für Kähne? Ausflugsdampfer, angemietet für Glücksspiel- und Sexpartys oder für von der Kirche veranstaltete Bingo- und Canasta-Wettbewerbe? Ich drehte mich um, ging Richtung Dorf, und als ich schon fast den Kreisel erreicht hatte, an dem die Main Street auf die Route 114 trifft, stieg mir der Duft gebratener Austern in die Nase. Ich kaufte mir am Stand eine Portion, die in eines dieser Pappschiffchen gefüllt wurde, auf denen inzwischen alles Mögliche serviert wird, und aß das fettige Zeug auf dem Heimweg.

Mein Handy hatte ich auf dem Tisch unter dem Spiegel in der Diele liegen lassen. Ich hatte keine Nachrichten auf der Mailbox, und auch keine auf dem Anrufbeantworter für das Festnetztelefon. Kerry musste offenbar hart arbeiten. Ich ging pinkeln, wusch mir Hände und Gesicht, putzte mir die Zähne und goss mir ein Glas von Harrys Macallan-Whisky ein. Eine Welle von Müdigkeit und Ekel schlug über mir zusammen. Ich trug meinen Whisky ins Studio, zog die Socken aus, baute mir aus den Seiden- und Samtkissen auf dem Sofa ein Kopfpolster, wie ich es so oft bei Harry beobachtete hatte, und streckte mich unter der Alpakadecke aus. Den Wecker stellte ich nicht. Das Abendessen mit Sasha war erst um acht – auf dem Land Harrys Normalzeit, hatte sie gesagt –, und bis dahin würde ich bestimmt längst wach sein. Tatsächlich wachte ich schon nach ein paar Stunden auf, weil ich wieder pinkeln musste. Kein Wunder, mit all dem Wein, Kaffee und Whisky hatte ich zu viel Flüssigkeit aufgenommen. Als ich wieder lag, fand ich keinen Schlaf mehr. Ich warf mich hin und her, fuhr mit der Hand in den Spalt zwischen dem Mittelkissen des Sofas und seiner Rückwand und ertastete einen rechteckigen Gegenstand aus Metall. Ich fischte ihn heraus, und sah, dass ich Harrys iPhone in der Hand hielt. Du lieber Gott, sagte ich. Und dann: die gute Mary putzt doch nicht ganz so gut, wie sie mir weismachen will.

Ich stand auf, rief Mary an, erwischte sie in der Tierhandlung, erzählte ihr, was ich gefunden hatte, gestand ihr die beschämende Wahrheit, dass ich kein iPhone besaß, und sagte, das verdammte Ding wolle einfach nicht angehen.

Der Akku ist leer, meinte sie, kein Wunder nach all den Wochen, und dann fuhr sie fort mit Erklärungen:

Das Netzteil für Harrys MacBook würde nicht helfen, weil es aus irgendeinem Grund nicht mit dem iPhone kompatibel sei. Sie wusste aber noch, dass Harry seine Handys oft im Audi wieder auflud. Die Anschlusskabel für Blackberry und iPhone sind vielleicht im Wagen. Sie hatte recht. Das Ladegerät steckte im Anschluss für den Zigarettenanzünder, das USB-Kabel hing herunter. Ich stöpselte es in das iPhone und hoffte, dass es sich auflud. Als ich ein Bad genommen und frische Kleidung für das Essen mit Sasha angezogen hatte, war das Gerät nach meiner Einschätzung noch nicht voll aufgeladen. Ohnehin war mir klar, dass ich meine Ungeduld, seine Geheimnisse auszuloten, lieber beherrschen sollte. Wenn ich anfing, daran herumzufummeln, würde ich Sasha warten lassen, und das wollte ich nicht. Und außerdem waren da auch noch zwei andere Probleme. Ich brauchte ein Kennwort, und ich musste der Tatsache ins Auge sehen, dass ich das iPhone zwar womöglich anschalten konnte, aber keine Ahnung hatte, wie ich mir Zugang zu irgendwelchen interessanten Dingen in seinem Inneren verschaffen sollte. Etwas sagte mir, dass es mir irgendwann gelingen werde, denn schließlich bin ich ein ewiger Fummler, der Gebrauchsanweisungen beiseiteschiebt und Geräte lieber nach Gefühl zum Funktionieren bringt. Ich beschloss, als Erstes Kerry anzurufen. Sie war in einem Konferenzraum und ging die Beweisführung für Montag durch. Wir mussten uns kurzfassen. Ich konnte sie nur eines fragen: Gab es eine festgelegte Anzahl von Buchstaben oder Ziffern, die man brauchte, um ein iPhone zu entsperren? Je nachdem, sagte sie.

Sechs zum Beispiel, wenn man es als Zugang zu seinem Jones & Whetstone Account nutzt. Warum?

Ich habe Harrys iPhone gefunden, erzählte ich ihr. Wir reden später. Ich liebe dich sehr.

Als ich zur Tür hinausging, fiel mir ein, wie das Passwort lauten würde. »Inka«, nein, sechs Buchstaben, also »myinka«. Der Name von Harrys geliebter Olga – oder Inka – war Bestandteil aller Kennwörter auf der Liste, die Harry mir gegeben hatte, als ich nach der Entlassung aus dem Walter Reed zu ihm zog. Damals hatte er noch kein iPhone, aber warum sollte er jetzt ein anderes Kennwort benutzen?

VII

Kann man durch ein Dinner mit einer schönen, begabten, tief trauernden alten Dame hasten, ohne sie zu kränken? Und eine rauschende Unterhaltung mit ihr führen, die ihr offenkundig gefällt, während man zugleich an etwas ganz anderes denkt? Mit Sasha ist mir dieses Kunststück gelungen, glaube ich, ich muss aber zugeben, dass das Wort »hasten« irreführend sein mag. Ich bin von Natur aus ein schneller Esser, und als wir bei Tisch saßen, gab ich mir keine Mühe, mein Tempo zu drosseln. In Gedanken ständig bei dem kalten schwarzen rechteckigen Gerät, das jetzt voll aufgeladen sein musste, schenkte ich ihr Champagner ein, mischte mir einen Martini – Sie machen das genau wie Harry, versicherte sie mir, er könnte hier an Ihrer Stelle stehen –, folgte ihr mit dem Drink in der Hand in ihr Studio, drückte ehrliche Bewunderung für die präzisen, sehr genau beobachteten Bilder der Kartoffelfelder und Bauernhäuser auf Long Island aus, die bald verschwunden sein werden, und ließ ihrem, wie sie gestand, von einem Caterer gelieferten Essen, einer gedeckten Hühnerpastete und einer Key-Limettentorte, durch meine Eile beim Verzehr und meine anerkennenden Kommentare Gerechtigkeit widerfahren, ebenso dem Bordeaux aus der Kiste Wein, die Harry ihr zu Weihnachten geschenkt habe, das erzählte sie mir mit Tränen in den Augen. Aber schon lange vor dem

Nachtisch begann sie mit Fragen, so beklommen und scheu, dass anzunehmen war, sie hatten ihr auf der Seele gelegen. Ob ich das Haus und die Wohnung behalten würde? Das versicherte ich ihr. An beiden Orten seien nämlich so viele ihrer Arbeiten, sagte sie. Harry habe sie großzügig unterstützt, er sei ein so treuer Freund gewesen, dass er wahrscheinlich mehr Bilder gekauft habe, als er wirklich an seinen Wänden aufhängen wollte oder brauchte, nur um ihr in Zeiten Mut zu machen, wenn Maler wie sie es mit dem Verkaufen nicht leicht hatten. Jedenfalls werde sie mir gern alle Bilder, die ich vielleicht nicht haben wolle, wieder abkaufen. Ihr sei es sehr wichtig, dass Bilder ein glückliches Heim haben und möglichst nicht auf Auktionen angeboten werden: Manchmal sind die Preise dann viel zu niedrig, und andere Sammler sind enttäuscht und gekränkt!

Ich versicherte ihr, solange ich nicht bankrottginge, würde ich an beiden Orten wohnen, in der Fifth Avenue und in Sag Harbor, und sie solle in mir einen Sammler sehen, der begierig sei, mehr von ihren Arbeiten zu besitzen. In der Tat würde ich das Gemälde von Harrys Haus, das jetzt im Esszimmer in New York sei, in mein Studio bringen und dort aufhängen, also zum Ersatz dafür eine neue Landschaft brauchen. Und auch ich hätte Fragen, über Harry. Ob sie sich stark genug fühle, über ihn und das Geschehene zu sprechen?

Sie nickte und sagte: Wir müssen. Dürfen nicht feige sein.

In ihrem Kopf herrschte Ordnung, und ihr Gedächtnis war ausgezeichnet. Nach ihrer Einschätzung war

Harry ganz ohne Zweifel vollkommen gesund und nicht im Mindesten depressiv gewesen, nur kalte Wut habe ihn gepackt, Wut über diesen schrecklichen Hobson, der ihn vor der Zeit aus der Kanzlei gedrängt habe.

Zufällig kenne ich ihn und seine Frau, diese Hexe, sagte sie. Mein verstorbener Mann und er spielten in Boca Raton im gleichen Vierer Golf. Tom konnte ihn auch nicht ausstehen. Aber Harry verschmerzte es allmählich und freute sich wirklich auf Ihre Rückkehr. Er spielte mit dem Gedanken, dass Sie beide, vorausgesetzt, Sie kämen mit dem Buch gut voran, im Mai zusammen nach London reisen und ein paar Mal ins Theater gehen könnten. Plato sollte dann bei mir bleiben – Mary wollte er ihn nicht so gern überlassen, wegen all der anderen Tiere.

All dem Rätselhaften, Unbegreiflichen dessen, was am zweiten Sonntag im Januar geschehen war, konnte sie noch einen Aspekt hinzufügen: Harry hatte sie eingeladen, mit ihm zum Dinner auszugehen, und sie hatte ablehnen müssen, weil ihr Buchclub sich an dem Abend traf. Wenn es also stimme, dass er gegen sieben Uhr abends starb, dann hätten sie zur selben Zeit in der Gruppe über David Copperfield diskutiert!

So zu denken und zu reden ist dumm, das weiß ich, fuhr sie fort, aber ich kann nicht anders. Wenn ich nur nicht den Buchclub gehabt hätte, wenn ich auf einen Drink zu Harry hinüber und dann mit ihm zum Essen gegangen wäre – das griechische Restaurant in Water Mill hatte er im Sinn, glaube ich –, dann wäre er vielleicht noch am Leben!

Ich tröstete sie, so gut ich konnte, und fragte, ob sie vor oder beim Verlassen ihres Hauses irgendetwas Ungewöhnliches oder Sonderbares bemerkt habe.

Nichts, antwortete sie, gar nichts.

Dann schüttelte sie den Kopf und fügte hinzu: Doch, etwas war sonderbar. Ich kam früh zurück. Kurz nach acht muss es gewesen sein. Das Haus war dunkel, das hieß wahrscheinlich entweder, dass Harry im Studio war, oder dass er das Licht auf der Veranda nicht angelassen hatte. Dann, als ich mich auszog, sah ich, wie im Haus irgendwie systematisch Lampen angeschaltet wurden. Zuerst im Eingang, dann im Esszimmer, in der Küche, im Wohnzimmer und schließlich nacheinander in den Schlafzimmern im ersten Stock. Als wäre Harry auf der Suche nach irgendetwas durchs Haus gegangen. Ich hätte ihn anrufen und fragen können, ob er Versteck spiele oder etwas anderes ähnlich Albernes – gelegentlich blödelten wir am Telefon ein wenig –, aber ich war zu müde und wollte ihn nicht stören. Kommen Sie an das Fenster hier und schauen Sie zu Ihrem Haus hinüber. Sie sehen, dass die Häuser in einem Winkel zueinander stehen, der die Sicht auf die Fenster möglich macht. Ach Gott, hätte ich doch angerufen. Er muss so verzweifelt gewesen sein, aus welchem Grund auch immer!

Furchtbar, sagte ich, furchtbar! Darf ich Sie noch eins fragen? Fällt Ihnen irgendjemand ein, der bitteren Groll gegen Harry hegte, der ihm etwas antun wollte?

Sie meinen, der einen Mord als Selbstmord inszenierte?

Ich nickte.

Sie dachte ein Weile nach, schüttelte den Kopf, wie um wieder klar zu sehen, und antwortete: nein, wirklich niemand. Niemand. So etwas müsste ein Einheimischer getan haben. Meinen Sie das? Keiner von unseren Freunden kommt mir roh oder stark genug vor, um das fertigzubringen.

Ich stimmte ihr zu, dass wir Harrys Freunde in Sag Harbor mit Sicherheit ausschließen konnten – jedenfalls die, denen ich begegnet war.

Dann bleiben die Einheimischen, fuhr sie fort, und da ist wirklich niemand. Harry konnte sarkastisch sein, und wenn er mit Arbeiten nicht zufrieden war, gab er das deutlich zu verstehen. Diese wunderbare Kerry hat mir übrigens erzählt, dass er sich in der Kanzlei genauso verhielt. Aber er ließ niemals eine Rechnung offen, machte niemals Händler schlecht, er war unglaublich loyal. Wenn er einen Gemüsestand gut fand, konnten ihn keine zehn Pferde zu einem anderen zerren. O Jack, es ist so traurig, so ein Jammer.

Der unglaublich loyale Harry ... »myinka« war mein erster Versuch, und er funktionierte. Das Handy reagierte, und ich merkte sofort, dass mir nicht klar war, wonach ich suchen oder wie ich überhaupt auf all die Dateien und Programme auf dem Gerät zugreifen konnte. Sollte ich mir sein Adressbuch ansehen, in der Hoffnung, einen Kontakt zu finden, den Kerry oder ich als verdächtig einstufen würden? Auf jeden Fall seinen Kalender. Ich wollte Hobsons Angaben über den Zeitpunkt ihrer Gespräche und auch das Datum der Fahrt nach Houston verifizieren. Dass der Kalender sorgfältig geführt und aktualisiert worden war und diese Informationen enthielt, bezweifelte ich nicht, aber ich wollte nicht riskieren, etwas zu löschen. Erst musste ich lernen, mit diesem Gerät umzugehen. Ich klickte planlos Symbole an, die aus anderen Gründen meine Neugier weckten, und öffnete eine Rubrik namens »Funktionen«. Dahinter versteckt stieß ich schließlich auf »Kontakte«. Als ich das Symbol berührte, öffnete sich eine dermaßen lange Liste mit Personennamen, die sehr wahrscheinlich berufsbedingte Kontakte waren, dass ich beschloss, sie nur mit Kerrys Hilfe durchzusehen; dann war da das Bildchen eines Taschenrechners und zu meiner Verwunderung ein Kompass und etwas, was »Sprachmemos« hieß. Ich klickte auf das Symbol, und ein Bild erschien, das für mich wie ein Mikrophon aus einem altmodischen Tonstudio aussah. Ich tippte alles Mögliche an, doch nichts tat sich, und allmählich fürchtete ich, aus Versehen etwas zu löschen. Überließ ich das iPhone nicht besser Kerry, die selbst eines hatte und wissen würde, wie man ihm seine Geheimnisse entlockte? Am nächsten Abend würden wir uns sehen. Hatte ich nicht für diesen Tag genug getan und gesehen? Weil ich mich aber nicht von dem Gerät trennen konnte, nahm ich es mit nach unten in die Speisekammer, goss mir einen viel zu üppigen Whiskey als Schlummertrunk ein und ging mit ihm und dem iPhone in mein Schlafzimmer – immer noch das Gästezimmer gegenüber von Harrys –, legte mich aufs Bett und konnte wieder nicht die Finger von dem Ding lassen, so wenig wie von einer Schale Salznüsse. Ich versuchte dies und das, und plötzlich wurde das iPhone lebendig. Es fing an zu reden – mit Harrys Stimme. Ich sprang vom Bett auf und sank gleich darauf in einen Ohrensessel. Mit wachsendem Entsetzen, gegen das der Whiskey nichts ausrichtete, hörte ich meinem Onkel zu. Der Ton war sehr leise, aber wenn ich mich anstrengte, konnte ich jedes Wort hören – meinte ich wenigstens.

Morgen erledigen, sagte er: erstens Edgar anrufen, er soll sich den Heizofen ansehen, ich glaube, der klappert; zweitens eine Verabredung mit Jason zum Lunch treffen; drittens Karten für »Rigoletto« besorgen und …

Eine kurze Pause, weniger als eine Minute, und dann hörte man ihn wieder, jetzt klang seine Stimmer schrill, unnatürlich.

Was ist das, wer ist da?, rief er.

Was ist das, wer ist da?, äffte ihn eine andere Stimme nach, die eines Ausländers, dessen Englisch durchsetzt war von Grammatikfehlern, zum Beispiel falschen Tempora und Auslassen des bestimmten und unbestimmten Artikels. Aber trotz Akzent war er nicht schwer zu verstehen. Beim Zuhören merkte ich, dass mir Sprachmuster in seiner Redeweise bekannt vorkamen: So ähnlich sprachen ein Türsteher, ein Fahrstuhlführer und ein Portier in Harrys New Yorker Haus, alle drei stammten aus einem Teil des ehemaligen Jugoslawien: einer war Kosovare, einer Montenegriner, einer Bosnier … Oder klang sein Akzent eher so wie der des Syrers in der Textilreinigung an der Lexington Avenue, der regelmäßig die Knöpfe meiner Anzüge verdarb? Unterdessen redete die Stimme erbarmungslos weiter.

Hübsch hier, alter Mann, aber musst weg, Pech. Los, auf Füße.

Die Stimme des Mannes klang jetzt nicht mehr höhnisch, sondern brutal.

Sagen Sie bitte, wer Sie sind und was Sie wollen, erwiderte Harry. Das Messer können Sie übrigens ablegen. Ich werde sicher nicht auf Sie losgehen.

Ich brauche Messer, sagte der Mann, bin Schlachter.

Antworten Sie bitte auf meine Frage, insistierte Harry. Was wollen Sie?

Nichts. Alles. Nicht Einbrecher. Bin Killer. Ich mach dich kalt.

Ich musste Harry bewundern. Vollkommen ruhig erwiderte er, warum das? Wenn Sie Geld wollen, darüber können wir reden. Wer hat Sie geschickt? Wenn jemand Sie dafür bezahlt, dass Sie mich angreifen, kann ich Ihnen wahrscheinlich mehr zahlen, damit Sie mich in Ruhe lassen. Kommen Sie, reden wir wie vernünftige erwachsene Männer.

Du Stück totes Fleisch, entgegnete der Mann. Hör auf mit Scheiß. Mach ich dich nicht kalt, Boss macht mich kalt. Auf Füße! Ich brauche Leiter.

Eine kurze Pause, und Harry schrie auf. Ein durchdringender, scheußlicher Schrei von der Art, die ich im Irak gehört hatte, wenn Schlägertypen von der CIA einen sunnitischen Mistkerl verhörten, den die irakische Polizei ausgeliefert hatte.

Gefällt dir, fuhr die Stimme fort, noch mehr?

Wieder ein Schrei und dann eine gemurmelte Antwort. Also, sagte Harry, die Leitern sind in der Garage.

Wir gehen, toter Mann!

Plötzlich fragte ich mich, warum der Autopsie-Bericht – jedenfalls nach Kerrys Auskunft – keine Anzeichen von Gewaltanwendung oder einem Kampf erwähnt hatte. Der Kerl hatte Harry eindeutig brutal gequält. Dann fiel mir ein, dass es raffinierte Techniken gab, Techniken, jemandem gezielt, genau an der richtigen Stelle, unerträgliche Schmerzen zuzufügen, ohne Organe, Knochen oder Haut sichtbar zu verletzen.

Schritte waren zu hören, eine Tür ging, Harry sagte: Nun, nun, Plato, bist ein gutes Kätzchen, du kannst rausgehen und spielen.

Aber der Mann übernahm wieder das Kommando: Katze bleibt.

Um Gottes willen, lassen Sie die Katze in den Garten.

Du blöd, toter Mann?

Harry schrie wieder auf, noch schriller.

Katze bleibt.

Die Tür knallte. Dann ein langes Schweigen. Ich sah auf die Uhr: elf Minuten.

Plötzlich begriff ich. Aus irgendeinem Grund, höchstwahrscheinlich durch Zufall, war die Aufnahmefunktion des Handys noch eingeschaltet, als es in den Zwischenraum zwischen Kissen und Rückenlehne des Sofas rutschte. Harry hatte es nicht bei sich, als er und der andere in die Garage gingen, um die Leiter zu holen. Vielleicht hatte er vergessen, dass es eingeschaltet war. Vielleicht wusste er es nicht.

Die Tür öffnete sich und knallte wieder zu, der Mann drohte: Katze bleibt, und ich hörte ein scharrendes Geräusch, offenbar wurde die Leiter über den Fußboden gezerrt.

Hier hinstellen, kommandierte die Stimme. Siehst du Strick? Vielleicht ich schlachte nicht. Vielleicht du hängst. Steig auf Leiter, toter Mann, Ende an Balken binden. Fester Knoten, sollst nicht fallen.

Leck mich, du Drecksack. Wer ist dein Boss? Das musst du mir wenigstens sagen, wenn du mich umbringst, das ist mein gutes Recht.

Wieder ein durchdringender Schrei.

Mein Boss? Willst Name wissen, toter Mann? Nachdenken. Wer will dich tot? Denk scharf!

Niemand.

Niemand? Du sicher? Scharf denken? Leiter hoch, toter Mann!

Verdammt, du Scheißkerl! Häng dich doch selbst! Ich geh nicht auf die Leiter, komm nur mit deinem Scheißmesser, komm schon, versuch's.

Diesmal folgte kein Klagelaut. Nur Schritte und Platos kaum hörbarer Schrei. Er war ein schweigsamer Kater, der nie miaute, um auf sich aufmerksam zu machen. Ein Kreischen, wenn man ihn zu einer Zeit bürsten wollte, die ihm nicht passte, ein echtes Aufheulen, wenn man auf ihn trat oder wenn er eine Infektion hatte und sich heftig erbrechen musste, so hatte ich ihn einoder zweimal erlebt. Warum er jetzt schrie, wusste ich sofort: der Typ hatte Plato hochgehoben, und Plato protestierte.

Du hast Katze gern?, fragte er. Hübsche Katz, hä? Du ficken Katze, du pervers? Sehen, was ich mit Tier mache, wenn du nicht brav? Soll ich an Katze zeigen, was ich machen kann mit dir?

Lass die Katze in Ruhe, lass die Katze in Ruhe!

Harry brüllte, flehte aber auch.

Stille. Dann ein Schlurfen und ein Kreischen von Plato, wie ich es noch nie gehört hatte. Und Harry gellend: Hör auf, hör auf, o mein Gott, du hast ihm die Schnurrhaare abgeschnitten, in der Hölle verfaulen sollst du.

Der Typ, erbarmungslos: Toter Mann, Katzenpfote für dich? Schneid ich dir ab.

Dann Harry: Um Himmels willen, hör auf, lass meine Katze in Ruhe. Ich steig auf deine gottverdammte Leiter.

Nicht so schnell, toter Mann. Setzen. An Schreibtisch. Papier, Umschlag nehmen und schreiben. Du schreib an deinen Neffen, Großkotz bei Marines. Zeit zu gehen, sag ihm.

Plato kreischte verzweifelt.

Der Typ: Du schreib, toter Mann, oder ich schneide Katze Schwanz ab.

Und gleich darauf: Schon besser.

Stille, dann wieder der Mann: Brief vorlesen.

Ich dachte, ich sei jenseits von Entsetzen und Scham, aber dann hörte ich Harry stockend und nach Atem ringend den Text des Briefes vorlesen, den Mary mir im American Hotel gegeben hatte.

Okay, toter Mann. Brief in Umschlag und geh auf Leiter.

Ich hörte ein Geräusch, das klang wie Harrys mühsames, von Schluchzen unterbrochenes Atmen.

Der Mann sagte: Nicht trödeln. Schlinge um.

Stille, dann Harry, einen grauenvollen Schrei Platos übertönend: Du tötest die Katze, und dann stürzte offenbar die Leiter um, danach ein dumpfer Schlag. Harrys Fall, vom Strick abgebremst.

Danach nichts mehr, außer unverständlich gemurmelten Worten der Stimme – nur Scheiße und Fotze waren herauszuhören –, dann Türknallen. Ich vermutete, das zeigte an, dass der Kerl das Studio verlassen hatte und mit der Wanderung durchs Haus begann, die Sasha beobachtet hatte.

Es war noch nicht elf. Wenn ich Kerry nicht sofort zu Hause anrief, machte sie sich vielleicht schon Sorgen. Worüber, konnte ich nicht genau sagen, und ich wusste nicht einmal mit Gewissheit, ob sie sich überhaupt Sorgen machte. Vielleicht war sie wie ich nicht von der ängstlichen Sorte. Wie auch immer, wenn ich noch viel länger wartete, wurde es zu spät für einen Anruf. Ich nahm Telefon und Glas, ging wieder in die Speisekammer und goss mir noch einen Whiskey ein. Was konnte oder sollte ich ihr erzählen? Sie war gefährdet, das hatte sie gesagt, und das blieb so, ganz gleich, wie viele vollkommen ehrlich gemeinte Vorträge ich ihr gehalten, wie oft ich ihr versichert hatte, ich würde ihr beistehen, und so weiter. Natürlich konnte ich ihr Geld hinterlassen, falls mir etwas zustieß, und natürlich konnte ich sie und ihre Eltern unterstützen, wenn sie so wie Harry aus der Kanzlei gedrängt würde. Aber das war wohl nicht das Einzige, was sie bedrückte. Die Kanzlei war auch ein gewichtiger Teil ihrer Identität, ihrer raison d'être. Sie war erst vor ganz kurzer Zeit Partnerin geworden! Sollte sie das aufs Spiel setzen? Darüber hinaus musste man sich auch fragen, wie es um ihre Sicherheit stand. War die Vermutung, dass die für den Mord an Harry verantwortlichen Psychopathen auch seine engste Mitarbeiterin verfolgen würden, ganz abwegig? Ich hielt sie für naheliegend, und musste man Kerry in dem Fall nicht deutlich machen, was vorging? Dafür sorgen, dass sie Vorsichtsmaßnahmen traf, welcher Art auch immer? Außerdem brauchte ich dringend ihren juristischen Rat. War die Aufnahme auf Harrys iPhone irgendwie verwendbar? Was war als Nächstes zu tun? Die Polizei im County Suffolk schien vollkommen unfähig zu sein. Konnten wir uns an das FBI wenden?

Ich wählte Kerrys Privatnummer. Sie nahm den Anruf sofort an, und obwohl ihre Stimme heiter und glücklich klang, hörte ich doch heraus, dass sie auf das Klingeln des Telefons gewartet hatte. Ich habe dir eine Menge zu erzählen, sagte ich, nachdem wir uns gegenseitig versichert hatten, wie sehr wir einander brauchten. Hab Geduld bis morgen. Soll ich dich um acht abholen?

Um sieben, wenn du kannst, antwortete sie. Wir sind im Büro gut vorangekommen. Ich bin bereit, bereit zum Zuhören und du weißt schon, wofür noch.

Die andere Person, deren Rat und wohl auch Hilfe ich brauchte, war Scott Prentice. Die Regel war, ihn auf dem Handy anzurufen. Die späte Stunde war kein Hindernis, auch dann nicht, wenn man bedachte, wie früh die Menschen in Washington D.C. schlafen gehen. Wenn Scott nicht gestört werden wollte, schaltete er sein Handy aus.

Ich hatte den Verdacht, dass noch ein anderes Telefon mit einer anderen Nummer im Spiel war, das nie abgeschaltet wurde, der Apparat, auf dem ihn seine Kollegen und Vorgesetzten jederzeit erreichen konnten.

Auch er nahm den Anruf sofort an.

Ich bin den ganzen Tag in Sag Harbor gewesen, sagte ich, und ich stecke knietief in der Scheiße. Am Telefon kann ich dir kaum alles erzählen, und eine wichtige Sache müssen wir unbedingt gemeinsam vor Ort klären. Wie sieht es am nächsten Wochenende mit einem Besuch in Sag aus?

Abgesehen von ein paar Pakis, die mich interessieren, gut. Wenn du so tief drinsteckst, warum willst du dann noch warten? Ich komme am Wochenende, aber steig du doch Montag- oder Dienstagmittag in den Shuttle nach D. C. Wir essen zusammen zu Abend und reden.

Dienstag, sagte ich. Und am Wochenende auch. Abgemacht.

Als ich den Hörer aufgelegt hatte, merkte ich, dass ich meine Empfindungen unter die Lupe nahm. Angst vor dem Killer hatte ich wohl nicht, und hätte mich jemand danach gefragt, hätte ich gesagt, ob Angst oder nicht, spiele keine Rolle. Angst zu haben, macht nichts, man darf sie nur nicht zeigen und sich nicht von ihr lähmen lassen; das ist eine tiefe Wahrheit, die man lernt, wenn man die ersten Feuergefechte überstanden hat. Angst erweist sich im Gefecht sogar als ein überaus nützliches Stimulans, das die Sinne schärft und für einen besseren Selbstschutz und Schutz der Truppe sorgt. So wunderte ich mich nicht über mich, als ich vor dem Schlafengehen alle Fenster prüfte, mich vergewisserte, dass sie ordentlich geschlossen waren, und die Eingangstür so wie die Tür zum Garten zusperrte und verriegelte. Dann schaltete ich die Alarmanlage und den Bewegungsmelder ein. Ich sah voraus, dass ich dem Totschläger begegnen würde, wollte aber nicht, dass er mich überraschte. Zur Sicherheit holte ich den Baseballschläger in mein Zimmer, den Harry neben der Haustür stehen hatte. Jetzt war Schlafenszeit, aber obwohl ich müde war, schien mir Schlaf nicht möglich. Aus irgendeinem Grund war im Gästezimmer noch ein Notfallpäckchen vom Marine Corps. Ich vermutete, dass ich es dort abgelegt hatte, als ich nach der Entlassung aus dem Walter Reed zum ersten Mal wieder im Haus in Sag Harbor war, und dann vergessen hatte, es in die Stadt mitzunehmen. Einiges von dem Zeug im Päckchen hatte man mir in der Klinik gegeben, und es war der feuchte Traum eines kleinen Drogenschiebers: Oxycodon, Percocet, Xanax, Amobarbital, Bikalm und ähnlicher Mist, zusammengepackt mit Wundverbänden und Tourniquets zum Abbinden akuter Blutungen. Eine Pille gegen Angst brauchte ich so wenig wie ein Loch im Kopf, aber schlafen wollte ich, und das möglichst traumlos. Also warf ich ein Bikalm ein.

Das scheußliche Zeug tat seine Wirkung. Ich wachte am nächsten Morgen um sieben auf und fühlte mich klar und elend zugleich. Im Kühlschrank fand ich dank Mary Eier, Joghurt, englische Muffins und Orangensaft, dem Etikett nach angeblich frisch gepresst. Ausgehungert machte ich mir Frühstück, ließ den Kaffee aus, weil ich nicht wusste, wie die Espressomaschine funktionierte, und zog einen sauberen Trainingsanzug, einen Harvard-Tennis-Pullover und eine Windjacke an, alles aus Harrys Schrank. Irgendwie hatte ich daran gedacht, meine Laufschuhe und Socken mitzubringen. So gekleidet holte ich den Audi aus der Garage und fuhr zum Strand von Sagaponack. Am Eingang parkte kein Auto, wie an einem bewölkten kalten Sonntagmorgen nicht anders zu erwarten. Mir war es recht. Gesellschaft brauchte ich nicht, schon gar nicht die üblichen Hundebesitzer. Es herrschte Ebbe, der Sand war hart und glatt. Bessere Bedingungen für einen Lauf konnte ich mir nicht vorstellen. Aus reiner Gewohnheit lief ich nach Osten. Auf dem halben Weg zum Peter's Pond hatte ich auf einmal das unbestimmte Gefühl, dass ich nicht allein war, so wie man es auf einer Cocktailparty merkt, wenn man angestarrt wird. Ich drehte den Kopf und sah einen massigen Mann – er war wahrscheinlich nicht größer, aber schwerer und stämmiger als ich – in der gleichen Richtung laufen, er trug einen silbrigen Lycra-Anzug und eine gestrickte Skimaske in der gleichen Farbe. Er lief schnell, hatte aber nach meiner Einschätzung seine Spitzengeschwindigkeit noch nicht erreicht. Um ihn zu testen, legte ich Tempo zu. Sofort zog er nach. Ich wusste nicht, wie lange ich diese Geschwindigkeit durchhalten konnte, und fragte mich, ob das denn eine Rolle spiele und was passieren würde, wenn ich mich umdrehte und ihm ins Gesicht sah. Falls er sich nicht nur einen Spaß machte, sondern Böses im Sinn hatte, dann, so dachte ich, konnte ich ihn den einen oder anderen schmutzigen Kampftrick lehren, egal wie stark er war. Die Entwicklung abzuwarten blieb mir erspart, weil ein Laster uns entgegenraste. Bonacker auf dem Rückweg vom Krabbenfischen in Georgica Pond, sagte ich mir, ließ mich auf ein Knie nieder und machte ihnen energisch Zeichen. Sie bremsten und Sand regnete auf mich herab. Ich hätte Schmerzen in der Brust, erklärte ich und kletterte in den Wagen. Wir fuhren und überließen den Clown sich selbst. Er hatte uns umkreist und zeigte mir zum Abschied den Stinkefinger.

Als ich zu Hause war, duschte und rasierte ich mich schnell, zog mich für die Rückfahrt in die Stadt um und lief zu einem eiligen Brunch ins American Hotel. Danach schrieb ich einen Dank an Sasha, warf meine Tasche in den Audi, verwahrte Harrys iPhone sicher in meiner Manteltasche und machte mich auf den Weg. Harry hatte das Satellitenradio im Auto auf einen Sender eingestellt, der Schlager aus den vierziger Jahren spielte. Genau, was der Arzt mir verordnet hatte: I'm like the B-19, loaded with Benzedrine... Ich wollte dem Kerl an die Gurgel gehen, oder an die Eier. Eine andere Abteilung in meinem Hirn signalisierte mir, dass die Begegnung mit dem Clown am Strand, die wahrscheinlich nur zeigte, in welch labilem Zustand meine Nerven waren, eine nützliche Mahnung zur Vorsicht sei. Meine Gedanken wanderten wieder zu Kerry. Jetzt kam es mir noch wahrscheinlicher vor, dass der Psychopath, der den Profi auf Harry angesetzt hatte, weil er glaubte, dass Harry ihn verraten hatte oder verraten wollte, nun

Jagd auf Harrys zuverlässigste Stellvertreterin machen würde. Jetzt, nach Barbara Diamonds Tod, war sie die wichtigste Hüterin von Harrys Geheimnissen. Barbara Diamond! Plötzlich hatte ich wirklich Angst und war froh, allein im Auto zu sitzen, weil ich nicht wusste, ob ich meine Furcht hätte verbergen können. Konnte es sein, dass Barbara Diamond unter die U-Bahn gestoßen worden war, weil jemand dachte, sie wisse zu viel?

VIII

In meiner Wohnung fand ich eine Notiz von Harrys – jetzt meiner – Haushälterin Jeanette vor. Ich habe den ganzen Samstag gepackt, schrieb sie, damit Sie am Montag umziehen können. Für die Restarbeiten komme ich Montagfrüh in Ihre Wohnung.

Tatsächlich, die Schränke waren leer, bis auf die Kleidung, die ich für das Dinner mit Kerry und gleich am Montagmorgen brauchte. Meine Bücher standen noch in den Regalen, aber darum sowie um die Bilder und ein paar sperrige Sachen, die nicht leicht in einem Taxi transportiert werden konnten, würden sich die Möbelleute kümmern. Den Rest konnte der Käufer der Wohnung übernehmen, wer immer er war, oder die Heilsarmee. Dies war also ein Abschied: Eine dank Harry produktive, glückliche Zeit war zu einem tragischen, unnatürlichen Ende gekommen. Mein Laptop stand auf dem Schreibtisch in meinem Studio. Ich warf ihm einen sehnsüchtigen Blick zu. In dem Computer steckte alles, was ich von meinem neuen Buch schon geschrieben hatte. Die Arbeit stellte Forderungen an mich, aber ich musste auch den Verbrecher finden und töten und irgendwie beides unter einen Hut bringen.

Zu früh, um Kerry anzurufen, es sei denn, ich riskierte, sie bei der Arbeit mit ihrem Team zu stören. Das wollte ich nicht. Stattdessen ging ich in die Speisekammer, dankbar, dass Jeanette die dort aufbewahrten Flaschen nicht eingepackt oder weggeräumt hatte, mischte mir einen starken Gin Tonic, trug ihn in mein Studio und sank in den Schreibtischstuhl. Ein Gin Tonic will nicht allein sein, er braucht Gesellschaft. Dieser offenkundigen Logik beugte ich mich, fand im Kühlschrank eine offene Dose Cashewnüsse und kehrte mit dem Drink und dieser soliden Grundlage zu meinem Schreibtischstuhl zurück. Sehr viel langsamer trinkend, sah ich die Post durch, die Jeanette mir auf den Schreibtisch gelegt hatte, und fand einen Umschlag von Jones & Whetstone mit dem Vermerk: eigenhändig überbracht. Darin steckte ein Brief von Hobson.

Lieber Jack, schrieb er, der Partner, den ich für geeignet hielt, Sie in Ihrer Funktion als Nachlassverwalter Ihres Onkels zu vertreten, steht nicht zur Verfügung. Ich nehme an, dass Sie unter diesen Umständen einen Anwalt aus einer anderen Kanzlei mit der Beratung beauftragen, und schlage vor, dass Sie ihn oder sie bitten, sich mit mir wegen der Übergabe Ihrer Akte in Verbindung zu setzen.

Interessant, sagte ich mir. Vielleicht versteht Kerry, was da vor sich geht, warum sich bei J & W keiner findet, der für den Superstar Minot einspringen kann. Womöglich hat sie auch eine Idee, an welchen anderen Anwalt für Treuhandvermögen ich mich wenden könnte. Interessant auch, dass Hobson sich entschied, mir einen Brief statt einer E-Mail zu schicken. Warum hat er mich nicht einfach angerufen? Ich konnte mir denken, weshalb: Schnösel, der er war, fand er Gefallen an der Idee, mir in einem durch Boten überbrachten Brief mitzuteilen, ich solle mich verpissen. Ich legte den Brief auf die Kommode im Schlafzimmer neben Harrys iPhone und dachte daran, mir einen Kaffee zu kochen, da klingelte mein Telefon. Scott war am Apparat.

Ich mache mir Sorgen um dich, sagte er. Weil du knietief in der Scheiße steckst. Das ist nicht gut für dich.

Da hast du vollkommen recht, sagte ich. Wenigstens habe nicht ich die Scheiße gebaut. Ich wollte dich übrigens heute Nachmittag noch anrufen. Ich mache mir Sorgen um Kerrys Sicherheit. Über die naheliegenden Vorsichtsmaßnahmen habe ich nachgedacht – darauf achten, dass sie ihre Tür doppelt abschließt, fragen, wer außer ihr Schlüssel zu ihrer Wohnung hat, sie ermahnen, nicht nach Einbruch der Dunkelheit durch verlassene Straßen zu laufen, was sie wahrscheinlich ohnehin nicht tut – aber was ich sonst noch tun kann, weiß ich nicht. Ich dachte, du und deine Leute in Langley hätten vielleicht Erfahrung mit derartigen Problemen.

Nach einer Pause fragte Scott: Wovon genau ist sie denn bedroht?

Ich wünschte, ich wüsste es, antwortete ich. Es könnte alles sein, vom Einbruch in ihre Wohnung bis hin – und das ist weitaus wahrscheinlicher – zu einem fingierten Raubüberfall oder Verkehrsunfall, mit dem Ziel, sie zu verletzen, womöglich schwer, oder gar zu töten. Es könnte passieren, wenn sie auf dem Weg zur Arbeit oder nach Hause ist, nach oder vor einer Verabredung mit Freunden. Wer weiß? Am wahrscheinlichsten wohl, wenn sie allein ist. Was ich dir noch dazu sagen kann: Ich habe mich in sie verliebt, und ich glaube, sie sich in mich auch, so hoffe ich, dass ich an den Abenden meistens mit ihr zusammen bin. Aber du weißt, wie es ist. Menschen brauchen Raum für sich allein.

Richtig, sagte Scott. Glückwunsch! Sie ist schön, und ich mag sie. Die Gründe für deine Angst wirst du mir am Dienstag erklären, nehme ich an, wenn du hier bist.

Ja, deshalb komme ich zu dir.

Weißt du, fuhr er fort, wenn jemand bedroht wird, mit dem die Agency in Verbindung steht, dann sorgen wir für Schutz. Eine Art Super-Leibwächter. Du kannst nichts annähernd Ähnliches organisieren, aber das ist die Vorlage. Leute, die Angst vor einer Bedrohung haben oder wirklich bedroht werden, aber aus dem einen oder anderen Grund keinen Polizeischutz haben können, heuern normalerweise einen Leibwächter an.

Er hatte anscheinend gespürt, dass diese Idee mir nicht schmeckte, denn er fügte hinzu: Ja, und ein Leibwächter muss kein kraftstrotzender Gorilla sein, dem ICH BIN EIN LEIBWÄCHTER auf der Stirn geschrieben steht. Ich kenne da jemanden, einen pensionierten FBI-Agenten, einen unauffälligen, gewitzten Mann, der, wenn nötig, gut mit brenzligen Situationen umgehen kann und hundert Prozent vertrauenswürdig ist. Vor allem müsste er allerdings dafür sorgen, dass Kerry gar nicht erst in eine solche Situation kommt. Indem er die Augen offen hält und seinen Verstand einsetzt. Billig ist der Mann natürlich nicht.

Könnte dieser Mann seine Arbeit tun, ohne dass Kerry davon weiß?, fragte ich. Sie hält sich für ziemlich robust.

Ich kann mir vorstellen, dass sie sagt, ein Kindermädchen brauche und wolle sie nicht.

Wie erwartet, gab Scott zu bedenken, dass der Leibwächter bei einem derart unorthodoxen Arrangement weniger Schutz bieten würde. Er werde Martin Sweeney – so hieß der FBI-Mann – fragen, ob er verfügbar sei und einen Auftrag zu solchen Bedingungen annehmen würde.

Wenn du dir wirklich Sorgen machst, solltest du vielleicht selbst Leibwächter spielen, bis wir etwas organisiert haben, fügte er hinzu. Ich versuche, Martin bis morgen zu einer Antwort zu bewegen.

Nicht zum ersten Mal dankte ich meinem Glücksstern für meinen Freund Scott. Ich wusste, er würde sein Leben für mich geben, so wie ich für ihn. Den Männern in meinem Zug und später meiner Einheit hatte ich mich ebenso verbunden gefühlt. Das war die einzige Bewährungsprobe, die zählte. Ich sah auf die Uhr. Halb fünf. Bevor ich mein Bad nahm und mich für das Dinner umzog, hatte ich noch Zeit für einen kurzen, dringend nötigen Schlaf. Aber zuerst öffnete ich den abgeschlossenen Aktenschrank in meinem Studio. Die oberste Schublade enthielt mein Arsenal: meine frisierte .45er und dreißig Schuss Munition, das USMC-Kampfmesser meines Vaters, das ich während der Einsätze im Irak und in Afghanistan immer bei mir getragen hatte, außerdem einen Glücksbringer, das rasierklingenscharfe Springmesser des Mullahs, dem ich in Helmand mit dem Messer meines Vaters glatt die Kehle durchschnitt, als ich sah, wie er den Splint einer Handgranate zog. Das Arschloch war ins Hauptquartier der Kompanie mit einer Delegation Dorfältester gekommen, die den CO beschwatzen wollten, einen Taliban freizulassen, der beim Tragen einer Tarnuniform der US-Infanterie erwischt worden war, worauf die Todesstrafe stand. Beim Abtasten hatte man weder die Granate noch das Springmesser des Mullahs gefunden. Ich nahm meine Waffen in die Hand, prüfte sie – streichelte sie, könnte man auch ohne Übertreibung sagen – und beschloss, das Springmesser in die Seitentasche meiner Jacke zu stecken, bevor ich Kerry abholte. Mit dem Clown am Strand wäre ich ganz anders umgesprungen – vorausgesetzt, er wollte sich wirklich mit mir anlegen –, wenn ich es in meiner Windjacke gehabt hätte.

Kerry weinte so bitterlich, dass ich einen Moment lang bereute, ihr von der Aufnahme erzählt zu haben, auch wenn die Gründe dafür noch genauso zwingend waren wie zum Zeitpunkt meiner Entscheidung. Nur wenn sie begriff, was Harry zugestoßen war, würde sie glauben, dass sie womöglich selbst in Gefahr schwebte. Wie auch immer, es war geschehen und nicht rückgängig zu machen.

Meine Versuche, sie zu trösten, waren vergeblich. Als ich anbot, ihr noch einen Bourbon auf Eis zu holen, weil ich entdeckt hatte, dass sie so etwas gern trank, schüttelte sie den Kopf, und als ich versuchte, sie in die Arme zu nehmen, stieß sie mich weg. Ich war froh, dass wir uns geliebt hatten, bevor wir Harrys iPhone lauschten. Mit dieser Stimme im Ohr hätte keiner von uns beiden

Lust auf Sex gehabt. Wie sehr ich mich nach Kerry gesehnt hatte, merkte ich erst, als sie die Tür öffnete und mich umarmte. War das die hartgesottene Prozessanwältin, die einen Zeugen im Kreuzverhör auseinandernehmen konnte und sich einen ganzen Tag lang auf ein Gefecht im Gerichtssaal vorbereitet hatte? Unvorstellbar. Ihr Haar und ihre Haut waren frisch und duftig, ihr Atem süß wie Kinderatem, der Körper, dessen Glut ich durch alle Kleiderschichten hindurch spüren konnte, der eines jungen Mädchens, in Erwartung des Knaben, dem sie sich hingeben wollte.

Schsch Jack, sagte sie, schsch!, als sie sah, dass ich zum Reden ansetzte, und legte mir ihre Hand auf den Mund. Sag Harbor kann warten. Komm erst ins Bett. Harry und Sag Harbor sollen uns diesen Abend nicht nehmen, das lass ich nicht zu.

Danach, als wir erschöpft und glücklich nebeneinanderlagen, fragte sie, für wann ich den Tisch reserviert hätte.

Neun Uhr, antwortete ich.

Dann ziehen wir uns jetzt an, trinken etwas und reden.

Sie brauchte nur ein paar Minuten, um ausgehfertig zu sein. Ich bereitete ihr wieder einen Whiskey mit Eis und schenkte mir auch einen ein. Dann fasste ich für sie zusammen, was Mary und Sasha mir erzählt hatten, gab ihr Harrys Brief und erwähnte auch, dass Mary wie ich darauf geachtet hatten, ihn nicht mit bloßen Fingern anzufassen.

Sie bestätigte, das sei richtig gewesen, und bat mich um mein Taschentuch, bevor sie ihn in die Hand nahm.

Das kann ich nicht glauben, sagte sie, las noch einmal, langsam, und bewegte dabei die Lippen. Aber das ist er, das ist sein Ton, nur scheint er sich über dich zu mokieren. Nein, ich kann's nicht glauben.

Hast du bemerkt, dass er mit einem blauen Kugelschreiber geschrieben hat?

Ja, antwortete sie, und ich habe ihn nie einen benutzen sehen. Obwohl nein, das stimmt nicht. Vielleicht in seinem Club, wenn er seinen Füller vergessen hatte und der Kellner ihm einen Stift lieh, damit er den Beleg ausfüllen konnte.

Dass er sagt, er erwarte mich aus Chile zurück, hast du bemerkt!

Ja, das ist unglaublich.

Na ja, sagte ich, es kommt noch mehr, und Schlimmeres. Darauf gab ich ihr Harrys iPhone. Sie tippte zweimal ungeduldig mit dem Zeigefinger, und schon war die Stimme da. Wir hörten zu, und Kerry weinte und weinte.

Nach einer ganzen Weile fasste sie sich wieder, wusch sich im Bad das Gesicht, kam ins Wohnzimmer zurück und sagte: Ich brauche noch einen Drink. Einen starken, bitte.

Wir saßen stumm mit unserem Bourbon da, bis ich die Frage herausbrachte, die ich für die erste auf der Agenda hielt. Können wir die Polizei – oder das FBI – einschalten?

Das FBI sicher nicht, antwortete sie, jedenfalls nicht auf der Grundlage dessen, was wir bis jetzt wissen. Das FBI befasst sich nur mit Verbrechen, die gegen das Bundesrecht verstoßen. Hier scheint kein Bundesgesetz verletzt. Morde – und dies ist fast mit Sicherheit ein Mordfall – sind Verbrechen, die unter die Rechtsprechung des Staates New York fallen. Da der Mord im Bezirk Suffolk begangen wurde, vermute ich, die Polizei von Southampton ist für die Untersuchung zuständig, vielleicht mit Unterstützung der Staatspolizei – wie das gehandhabt wird, weiß ich nicht –, aber vielleicht hat der Bezirk eine Spezialeinheit, die in einem solchen Fall eingesetzt wird. Der Ankläger wäre der Staatsanwalt des Bezirks Suffolk.

Das ist nicht, was ich mir erhofft hatte, sagte ich.

Ich weiß, antwortete sie, aber dein eigentliches Problem ist, dass wir nur ein einziges wirkliches Beweisstück dafür haben, dass ein Verbrechen begangen wurde – die Aufnahme. Sie ist entsetzlich, aber sie hilft nicht einmal annähernd zur Identifizierung eines Verdächtigen. Und da Harry tot ist und niemand die Echtheit der Aufnahme bestätigen kann, ist keineswegs klar, dass sie als Beweismittel zugelassen wird, selbst wenn es irgendwann zu einem Prozess kommt. Außer der Stimme des Killers haben wir nur noch ein einziges anderes Beweismittel: Harrys Brief. Es ist ein bizarrer Brief, du und ich, wir wissen, dass er den Entschluss, sich das Leben zu nehmen, nicht mit einem derartigen Abschiedsbrief angekündigt hätte, aber es ist seine Handschrift. Man muss die polizeilichen Ermittler und den Staatsanwalt dazu bringen, dass sie sich in das Problem hineindenken und einfühlen, bis sie verstehen, warum dieser Brief tatsächlich so erzwungen wurde, wie die Aufnahme besagt, und was genau dies vor Gericht beweist. Angenommen, du gehst mit der Aufnahme und dem Brief zur Polizei in Southampton, dann ist die Frage: Was bringt uns das, und wie soll es weitergehen?

Gar nicht, denke ich jetzt, nachdem du es so dargestellt hast, antwortete ich. Nichts bringt es, wenn die örtliche Polizei die Untersuchung durchführt. Du siehst ja, wie fabelhaft sie gearbeitet haben, als Mary sie rief. Sie haben weder nach Fingerabdrücken noch nach anderen Spuren gesucht. Trottel sind das.

Vielleicht bis du etwas vorschnell mit deinem Urteil, antwortete sie. Es besteht durchaus eine Chance, dass sie zuhören und eine Untersuchung einleiten. Werden sie den Kerl im County Suffolk finden? Unwahrscheinlich. Aber vielleicht besteht die Möglichkeit, einen Fall für den Bundesstaat daraus zu machen.

Fall für den Bundesstaat, höhnte ich. Was deutet darauf hin, dass er sich in diesem Staat aufhält? Wie sollen wir wissen, woher er kommt? Die Antwort muss ich wohl selbst suchen, das habe ich schon befürchtet. Ich muss und werde ihn finden, das schwöre ich dir, aber ich glaube nicht, dass mir die Polizei von Southampton oder Suffolk County dabei helfen wird. Was soll's. Gehen wir essen, ich komme um vor Hunger.

Ich auch, sagte Kerry, und heute darf es nicht spät werden. Morgen früh muss ich frisch und wach sein. Die Verhandlung ist für zehn Uhr angesetzt, und Judge Fiori hält auf Ordnung. Wenn wir nicht pünktlich anfangen, ist die Hölle los.

Ich hatte mich entschlossen, ihr nichts von dem Clown am Strand zu erzählen, weil ich allmählich glaubte, die

Begegnung sei eher harmlos gewesen und habe nichts zu bedeuten – woher sollten er und sein Auftraggeber wissen, dass ich in Sag Harbor war, und warum sollte er mich angreifen wollen –, und auch, weil ich sie nicht erschrecken wollte, gleichgültig, ob etwas dahintersteckte oder nicht. Aber nachdem das Essen und der Wein ihre Wirkung getan hatten und ich fand, wir seien beide entspannter, sagte ich: Kerry, ich muss dir noch was sagen, was dir wahrscheinlich nicht gefällt. Ich mache mir Sorgen um dich. Die Stimme sagte, Harry sei ein Verräter, das hast du gehört. Diese Lampen, die im Haus an- und ausgingen, können nur eines bedeutet haben: dass er nach Dokumenten suchte. Vermutlich ohne Ergebnis. Aber wenn jemand, wer auch immer, sich deshalb zum Mord an Harry entschloss, weil der zu viel wusste und sein Wissen vielleicht verraten würde, bist du dann nicht auch in Gefahr? Du, die ihm am nächsten stand?

Sie überlegte und sagte, das ist Wahnsinn. Dann dachte sie noch einmal nach und sagte: vielleicht auch nicht. Was soll ich tun, was schlägst du vor?

Das ist leicht, antwortete ich. Für den Anfang: Wie sieht dein Tagesplan für morgen aus?

Drei Leute aus meiner Arbeitsgruppe holen mich ab. Mit einem Fahrdienst. Wir fahren zusammen zum Gericht.

Und dann?

Nach der Verhandlung fahre ich wieder ins Büro. Die Tasche mit den Prozessakten ist tonnenschwer, deshalb nehmen wir wieder ein Auto, nicht die U-Bahn.

Und morgen Abend?

Ich gehe zu Fuß nach Hause, nehme ein ausgiebiges Bad und warte auf dich.

Klingt perfekt durchgeplant, sagte ich. Hier noch eine Verfeinerung. Ich hole dich im Büro ab und begleite dich nach Hause. Und während du dann dein Bad nimmst, mache ich ein paar Besorgungen und stehe zu der Stunde, die du bestimmst, wieder vor deiner Tür. Den Rest des Abends überlasse ich deiner Phantasie, samt Dinner im Restaurant oder einem Essen, für das ich unterwegs einkaufe, wenn ich meine Besorgungen mache.

Jack, hast du vor, mein Kindermädchen zu spielen?, fragte sie.

Ja, einen oder zwei Tage lang, antwortete ich. Dann soll ein Fachmann mich ersetzen, das ist der Plan. Kerry, keine Widerrede, keinen Protest, bitte, ich liebe dich und ich will nicht, dass du tot bist.

Zu meiner Überraschung brauste sie nicht auf. Sie nahm meine Hand, küsste sie und sagte, sie wolle nachdenken.

Ich kann es nicht, sagte sie am Ende. Wenn wir zur Polizei gehen, wird es Monate dauern, bis sie das Monster finden. Oder sie finden den Kerl nie. Du sagst, du wirst ihn finden und umbringen. Du versuchst es, ich weiß, und vielleicht gelingt es dir. Aber auch das braucht Zeit, besonders, weil ich tun werde, was ich kann, um dich von einer Dummheit abzuhalten, die dich für den Rest deines Lebens oder einen großen Teil davon in ein Hochsicherheitsgefängnis bringen würde. Also reden wir davon, dass einer oder ein ganzes Team von Wächtern, die einander ablösen, mir Monate lang überallhin folgen sollen. So kann ich nicht leben. Aber ich kann dir versprechen, sehr darauf zu achten, wann ich wo hingehe, besonders spätabends. Harry wird es dir nicht erzählt haben, warum auch, aber ich habe den schwarzen Karategürtel und mache schon seit Jahren Karate. Ich bin inzwischen ziemlich gut. Tot will ich auch nicht sein – ich fange gerade an mit dem Glücklichsein, und das hat vor allem mit dir zu tun –, und du musst mir einfach vertrauen. Übrigens habe ich mich nach Harrys Papieren erkundigt. Sie sind weg. Entweder auf die Mandantenakten verteilt, auf die sie sich bezogen, und das ist natürlich vollkommen korrekt, oder vernichtet. Sein E-Mail-Konto ist gelöscht. Das übliche Verfahren, vier Wochen nach dem Tod eines Partners. Es tut mir so leid, Jack.

Jetzt war ich an der Reihe. Ich nahm ihre Hand, küsste sie und dankte ihr für die Bestätigung dessen, was ich vermutet hatte. Hobson war ein Mistkerl durch und durch. Ein Streit über Martin hatte keinen Sinn. Sie hatte sich entschieden, das merkte ich. Wenn ich Scott besuchte, würde er mir sagen, ob der Mann etwas zu Kerrys Schutz tun könne, ohne dass sie es merkte.

Noch mehr Unangenehmes aufzutischen war mir zuwider, aber wir hatten schon Kaffee bestellt, und ich wollte Hobsons Brief loswerden. Ich gab ihn Kerry und fragte: Hast du eine Idee, was das soll?

Oha!, sagte sie. Bizarr, aber ich kann mir denken, warum. Harry war bei seinen Partnern sehr beliebt. Die anderen Typen in der Abteilung Treuhandvermögen sind durch und durch anständig– eine Frau ist dabei, die ich gut leiden kann. Den Mist über Harry konnte Hobson

Minot weismachen, oder vielleicht musste er das nicht mal, sondern brauchte ihm nur einzuschärfen, was er zu tun habe. Dass Minot ein Idiot ist, hast du wahrscheinlich gemerkt. Aber dass er nur eine einzige Trumpfkarte hat, nämlich Hobsons Schwager zu sein, hast du sicher nicht gewusst. Sobald du einem J & W-Partner, egal welchem, die Geschichte von Harrys angeblicher Demenz, dem verlorengegangenen Zusatz zum Testament und so weiter erzählt hättest, würde sie sich mit aller Wahrscheinlichkeit herumsprechen, zu dem Schluss muss Hobson gekommen sein. Die Partner würden sie nicht hinnehmen. Und dann wäre der Teufel los, was Abner Brown überhaupt nicht schmecken würde.

Ich verstehe, sagte ich, und kennst du einen Anwalt, an den ich mich wenden kann?

Einen Augenblick lang kratzte sie sich buchstäblich am Kopf, und dann rief sie aus, aber ja, ich weiß einen, meinen alten Freund Moses Cohen, den superorthodoxen und superschlauen Anwalt für Treuhandvermögen, der übrigens eine Menge Prozesse geführt hat! Nach acht Jahren als Mitarbeiter bei J & W war ihm klar, dass er dort nie Partner würde, und vor vier oder fünf Jahren hat er sich selbständig gemacht. Seine Kanzlei steht sehr gut da, und er wird dich mit Freuden vertreten. Das wird ein rundum gutes Geschäft. Er ist längst nicht so teuer wie J & W!

Meine Güte, sagte ich. Ein orthodoxer – superorthodoxer – Anwalt für Treuhandvermögen? Ich wusste gar nicht, dass es diese Spezies gibt. Kerry, es ist eine blöde Frage, aber trotzdem: Bist du zufällig Jüdin?

Das heißt, du bist auf den Scheiß von Abner Brown reingefallen, von dem ich dir erzählt habe? Nein, ich bin keine, aber manchmal wünsche ich mir, ich wäre eine. Die Blacks – Schwartzes – kamen Mitte des neunzehnten Jahrhunderts aus Yorkshire. Die Familie meiner Mutter kommt aus Irland. Mein Haar kommt von Gott.

Dafür danke ich ihm, sagte ich und küsste ihre Armbeuge. Und meinst du, dass Moses fähig ist, gegen seine superarischen ehemaligen Arbeitgeber anzutreten?

Das ist er, und mit dem größten Vergnügen, erwiderte sie, aber ich weiß nicht, ob es überhaupt so weit kommen wird.

Ich bin an der Reihe, sagte ich am nächsten Morgen, als Kerrys Wecker um sieben klingelte. Jetzt zeige ich dir, dass ich Orangen auspressen, Kaffee machen und Vier-Minuten-Eier kochen kann wie ein Profi. Geh du unter die Dusche und zieh dich an. Sie protestierte nicht. Ich war stolz auf sie, denn am Frühstückstisch erschien sie überraschend ausgeruht – wir waren bald zu Bett gegangen, hatten uns aber noch zweimal geliebt, so dass wir am Ende doch nicht früh zum Schlafen gekommen waren –, eine kampfbereite Staranwältin vom Scheitel bis zur Sohle. Ich sagte ihr, dass ich hoffte, mit dem Umzug in die Fifth Avenue gegen Mittag fertig zu sein, und fragte sie, ob sie Zeit für einen Lunch mit mir habe. Leider nicht; die auf Prozesse spezialisierten Partner trafen sich zum wöchentlichen Lunch und erwarteten von ihr einen Bericht über die Verhandlung vor Judge Fiori, aber wir würden uns am Abend sehen. Wie sie gesagt habe: Sie werde ein ausgiebiges Bad nehmen und auf mich warten.

Und ich lade dich zu einem sehr guten Abendessen ein, sagte ich. Um acht Uhr?

Früher, wenn du möchtest. Halb acht?

Ich nickte und entschied mich, gleich jetzt zu fragen, ob sie nicht zu mir ziehen wolle. Du würdest sehen, ob ich ein guter Mitbewohner bin, fügte ich hinzu. Wenn ich dir je auf die Nerven gehe, kannst du dich hier von mir erholen.

Jack, lass uns heute Abend darüber reden, sagte sie. Natürlich möchte ich mit dir leben. Nichts lieber als das. Aber ich habe den Verdacht, dass die Einladung ein Teil deines Kindermädchen-Jack-Programms ist. Du möchtest mich in dem Gebäude mit Portiers und Fahrstuhlführern haben, ganz zu schweigen von Jack persönlich. Stimmt's?

Sie hatte mich durchschaut, und lügen würde ich nicht.

Das wäre noch ein zusätzlicher Vorteil, antwortete ich.

Das bestreite ich nicht, sagte sie, aber ich versichere dir, dass ich es gewohnt bin, vorsichtig zu sein, und von jetzt an noch vorsichtiger sein werde. Ich werde sogar den Fahrdienst der Kanzlei nutzen, wenn ich nach Einbruch der Dunkelheit heimgehe, und den Fahrer bitten, an der Bordsteinkante zu warten, bis ich im Haus bin. Ich weiß, ich weiß, womöglich lauert einer im Gebäude, und das ist ein Risiko. Aber da ist noch etwas anderes zu bedenken: Jetzt in die Fifth Avenue zu ziehen, auch inoffiziell, ist der falsche Zeitpunkt für mich. Hobson sieht dich als

Feind. Das wird wahrscheinlich nicht besser, wenn du Moses beauftragt und Schritte unternommen hast, das Scheusal zu finden.

Den Verbrecher, warf ich ein.

Also gut, den Verbrecher. Der Punkt ist: Falls ich bei Jones & Whetstone bleiben will – und ich weiß nicht, wohin ich sonst gehen sollte –, dann ist es im Moment ungünstig für mich, wenn Hobson mich mit dir in Verbindung bringt. Es reicht schon, dass ich ihm jedes Mal, wenn er an Harry denkt, als die Anwältin in den Sinn komme, die am engsten mit ihm zusammengearbeitet hat. Besser belasten wir meinen Fall nicht noch mehr, lassen wir Hobson nicht merken, dass ich deine Freundin, also mit dir, Harrys Neffen, Erben und Helden, verbunden bin.

Was willst du dagegen unternehmen?, fragte ich.

Nicht viel, nur dass ich nicht jetzt gleich mit dir zusammenziehe. Nicht mit dir in Restaurants zu Mittag esse, wo wir höchstwahrscheinlich auf andere J & W-Partner treffen; dich bitte, mich nur auf meinem Handy anzurufen, damit meine Sekretärin nicht zwangsläufig erfährt, dass ich mit dir telefoniere; nächste Woche allein zur Cocktailparty der Kanzlei gehe, statt dich zum Mitkommen einzuladen.

IX

Das Anwaltsbüro von Moses Cohen, Esq., lag in der Park Avenue, vier Querstraßen südlich der Kanzlei J & W, und war im gleichen pseudominimalistischen Stil möbliert. An den Wänden hingen Schwarzweißfotos vom alten New York und von Jerusalem. Jerusalem kam bei Jones nicht in Frage, ganz klar. Ich rief ihn aus Kerrys Wohnung an, und er gab mir einen Termin noch am gleichen Morgen. Moses war nicht klein und rundlich, wie ich erwartet hatte, sondern hochgewachsen und sportlich, sah gut aus und hatte ein offenes Gesicht. Er trug eine Kippah, die mit einer Haarklemme in seinem dichten, gut geschnittenen blonden Haar befestigt war.

Er hörte mir zu, schüttelte ungläubig den Kopf über die Geschichte von dem Nachtrag zum Testament, den Minot angeblich vergessen oder verlegt hatte – und riet mir, Hobsons Brief nicht zu beantworten.

Es reicht, wenn ich ihm in Ihrem Auftrag schreibe und ihn bitte, mir Harrys Testament, Treuhandverfügung und was sonst noch in seiner Nachlassakte liegt, schnellstmöglich zu schicken sowie alles, was Minots Bestellung zu seinem vorläufigen Nachlassverwalter betrifft, und alle Unterlagen, die sie etwa eingereicht haben, um Ihre Berechtigung zu beantragen. Ich wette, in dieser Hinsicht haben sie so gut wie nichts unternommen. Sie sagen mir, die Kanzlei habe Harrys persönliche

Dokumente geschreddert. Reizend. Sobald Sie als Testamentsvollstrecker bestätigt sind, haben Sie einen offiziellen Status. Je nachdem, wie sich die Sache entwickelt und wie viel Kampfgeist Sie haben, möchten wir womöglich einen Prozess anstrengen, um uns näher mit dem Schreddern zu befassen.

Obwohl ich einen positiven Eindruck von Moses hatte, hielt ich mich zurück und erzählte ihm weder von Harrys erzwungenem Ausscheiden aus der Firma noch von meinem Mordverdacht. Es erschien mir besser, ihn, jedenfalls vorläufig, unbelastet von diesem Wissen arbeiten zu lassen. Stattdessen gab ich meine Zustimmung zu seinem Aktionsplan und sagte ihm, dass Minot auch mein Testament habe und aufgefordert werden solle, es zusammen mit Harrys Akte herauszugeben.

Brauchen Sie mein bestehendes Testament, um ein neues abzufassen?, fragte ich. Ich ändere wirklich alles, deshalb scheint mir aus meiner laienhaften Perspektive ein bloßer Nachtrag nicht angemessen.

Damit haben Sie wahrscheinlich recht, sagte Moses. Aber wir müssen ohnehin nicht auf Ihr bestehendes Testament warten. Das neue, das ich gern entwerfen will, wird alle früheren Verfügungen samt Nachträgen und so weiter widerrufen. Wenn uns das bisherige zugeschickt wird, schreiben wir der Ordnung halber einfach »ist widerrufen« darauf.

Ich bin erleichtert, versicherte ich ihm. Meine Vorstellungen sind ganz einfach. Könnten Sie ein solches Dokument bis morgen gegen Mittag fertigstellen, bevor ich den Flieger nach D. C. nehme?

Laut Moses war nichts leichter als das, eine willkommene Abwechslung, nachdem Minot drei Wochen und die Unterstützung eines Mitarbeiters sowie eines Anwaltsgehilfen gebraucht hatte, um mein Testament aufzusetzen.

Großartig, sagte ich. Hier ist mein Plan.

Ich erklärte ihm, dass ich Jeanette ein Legat in der gleichen Höhe hinterlassen wollte wie Harry in seinem Testament, das Copyright an meinem ersten Buch würde ich Yale überschreiben, das an meinem zweiten meinem Internat vermachen, Mary eine Summe vererben, die sich entsprechend der Zahl der Jahre, die sie bis zu meinem Tod für mich gearbeitet haben würde, erhöhen sollte, Scott solle persönliche Gegenstände aus meinem Eigentum erben, auszuwählen vom Nachlassverwalter, und Kerry den gesamten Rest einschließlich der Immobilien. Mein Wunsch sei, sie mit meiner Testamentsvollstreckung zu betrauen.

Moses nickte, beifällig und bewundernd, schien mir. Weiß Kerry davon?

Nein, antwortete ich. Und ich möchte auch nicht, dass sie jetzt schon davon erfährt. Tatsache ist, dass ich sie liebe und heiraten möchte, sobald sie mich haben will. Mein Gesundheitszustand ist ausgezeichnet, aber ich habe mich auf ziemlich gefährliche Unternehmungen eingelassen und muss gewahr sein, dass ich diesen glücklichen Tag vielleicht nicht mehr erlebe. Falls mir etwas zustößt, möchte ich, dass sie fast so gut gestellt ist, wie wenn sie schon meine Ehefrau wäre.

Verstanden, sagte Moses. Ich denke, ich brauche eine

ungefähre Vorstellung von Ihren Vermögenswerten und natürlich die genauen Titel Ihrer Bücher.

Es war klar, dass er sie nicht gelesen hatte. Sehr wahrscheinlich hatte er nicht einmal gewusst, dass es sie überhaupt gab. Ich verzieh ihm und zählte auf, was ich besaß.

Moses nickte wieder. Kerry hat Glück, sagte er, ich hoffe, Sie können heiraten und lange und glücklich zusammenleben. Wenn Sie morgen Mittag vorbeikommen, wartet Ihr Testament hier auf Ihre Durchsicht und – bei Gefallen – Ihre Unterschrift.

Ich dankte ihm und ging in »meine« Wohnung in der Fifth Avenue.

Jeanette hielt ein Sandwich und Salat für mich bereit. Und schüttelte missbilligend den Kopf, als ich eine zweite Portion ablehnte. Ich muss arbeiten, erklärte ich ihr. Das stimmte. Ich hatte gerade die Übertragung der Rechte an zwei Büchern in die Wege geleitet. Das dritte wartete darauf, geschrieben und, wenn es so weit war, ebenfalls urheberrechtlich geschützt zu werden. Man würde denken, jemand, der unter so hoher Anspannung stand und so oft unterbrochen wurde wie ich, könne unmöglich oder nur mit äußerster Mühe den Faden eines begonnenen Buches weiterspinnen. Zum Glück ist das Schreiben eine magische Handlung. Hat sich ein Buch erst einmal in seiner Plazenta eingenistet, wo immer die sein mag, bleibt es am Leben, denn die Geschichte, die der Autor erzählen möchte, reift ununterbrochen weiter, ob er sich dessen bewusst ist oder nicht. Seine Romanpersonen umschwirren ihn und verlangen lauthals Aufmerksamkeit. Schon Minuten nachdem ich den Computer angeschaltet hatte, tippte ich drauflos. Als ich aufhörte, um mich für das Dinner mit Kerry umzuziehen, hatte ich mein Tagessoll übertroffen. Vierzehnhundertzweiundzwanzig Wörter! Ich las durch, was ich geschrieben hatte, überarbeitete es und las den Text noch einmal. Gar nicht schlecht.

Als Student war ich es gewohnt, mich fast ausschließlich auf mein Gedächtnis zu verlassen, so weit, dass ich weder im Seminar noch beim Lesen Notizen machte und keine schriftliche Gliederung brauchte, bevor ich Semesterarbeiten niederschrieb. Ich arbeitete den Aufbau eines Essays im Kopf aus und legte los. Gewohnheitsmäßig Checklisten zu führen war etwas anderes – eine Gewohnheit, die ich mir in der Offiziersschule zugelegt hatte: Mit Sergeant A über X sprechen; Mannschaft Verfahren B und C überprüfen lassen; Munition nachzählen. Diese Listen hielten Ängste in Schach. Also kein Wunder, dass ich die Verspätung des Shuttlefliegers nach D. C. – als die Passagiere an Bord waren, wurde die Maschine erst am Flugsteig und dann an der Startbahn aufgehalten – nutzte, einen von Harrys Notizblocks aus der Computertasche zog und begann, eine Liste mit erledigten und unerledigten Aufgaben aufzustellen.

Das Dinner mit Kerry war kaum eine Aufgabe gewesen und kam nicht auf die Liste. Ich schwelgte in der Erinnerung. Sie hatte mir ihren Triumph im Gerichtssaal geschildert: Der Richter hatte praktisch schon vor dem Ende der Verhandlung zugunsten ihres Antrags entschieden, indem er ihr zur Überzeugungskraft ihrer Präsentation gratulierte. Seine Urteilsbegründung würde noch vor dem Wochenende vorliegen. Der Mandant ist begeistert, sagte sie. Falls der Richter durchkommt, ist das eine echte Energiespritze für mich, meine Stellung in der Kanzlei wird doppelt so stark. Wenn Hobson gegen jemanden intrigiert, dessen Arbeit Western wirklich hoch schätzt, wäre er blöd, ist er ja vielleicht auch, wenn man bedenkt, was er Harry angetan hat. Western Industries bringt nicht so viel Gebühren ein wie Brown, ist aber in der gleichen Preisklasse.

Das war gut, auch wenn – aber das wusste sie nicht – Hobsons Machenschaften ihre finanziellen Möglichkeiten, die Eltern zu unterstützen oder Studiendarlehen zurückzuzahlen, nicht mehr gefährden konnten. Meine Besprechung mit Moses kam auch nicht auf die Liste, aber sie hatte alle meine Hoffnungen erfüllt. Er hatte ein Testament für mich in klaren Worten aufgesetzt und die Legate genau richtig erfasst. Es hatte einiges für sich, wenn Rechtsanwälte sich ebenso Notizen machten, wie Gruppen- und Zugführer der Infanterie es gewohnt waren. Moses hatte mitgeschrieben, sobald ich den Mund auftat. Wir waren gerüstet. Solange ich lebte, würde ich sicherstellen, dass es Kerry und ihren Eltern an nichts fehlte. Und falls ich verschwand, würde gut für sie vorgesorgt sein.

Jetzt kam der schwierige Teil. Ich wollte Scott auf meiner Seite haben, weil unsere Freundschaft und seine Loyalität so unverbrüchlich waren und auch weil ich seinen Verstand und seine Erfahrung so sehr schätzte. Dazu kam seine Verbindung mit der CIA, von der ich mir wider besseres Wissen Wunder erhoffte. Gleichzeitig merkte ich, dass mir nicht klar war, was ich von Scott erwarten konnte und welche Wunder das sein sollten. Hilfe von seinen Kollegen in der CIA und vielleicht beim FBI? Eine Möglichkeit, die CIA offiziell einzuspannen? Dass meine eigene Erfahrung so kümmerlich – genau genommen überhaupt nicht vorhanden – und mein Vorsatz, den Profikiller zu finden und umzubringen, so schwer zu verwirklichen war, nahm mir etwas den Mut. Und die Aufgabe, die danach auf mich warten würde, war noch schwieriger: Den Mann, wer immer er war, der den Mörder gedungen hatte, musste ich finden und bestrafen. Endlich startete das Flugzeug. Ich zuckte die Achseln und stellte meine Prüfliste auf.

1. Den Akzent der Stimme identifizieren.
2. Gibt es auf dem Briefumschlag Fingerabdrücke, die weder von Harry, Mary, Kerry noch von mir stammen?
3. Das Haus in Sag Harbor nach Finderabdrücken und DNA-Spuren durchsuchen.
4. Harrys Kleidung und den Strick im Gewahrsam der Polizei für den Bezirk Suffolk – an mich bringen (wie?) und ebenfalls untersuchen?
5. Die Antwort der Stimme auf Harrys Frage, wer ihn geschickt habe: Wer will dich tot? Denk nach. Wie von diesem Ausgangspunkt so weiterkommen, dass ich meinen Verdacht bestätigen kann, Abner Brown habe Harrys und vielleicht Barbara Diamonds Tod gewollt und den Killer geschickt?
6. Warum wollte Minot unbedingt Harrys Papiere an

sich bringen? Antwort: Hobson gab ihm den Auftrag. Befolgte Hobson Browns Befehle, oder hatte er einen anderen Grund?

Ich hielt inne. Wie ich weiter vorgehen sollte, wusste ich nicht, und was mir bis jetzt eingefallen war, erschien mir auch wertlos. Da ich als Offizier der Marineinfanterie ausgemustert war, sollte ich vielleicht bei meinen Büchern bleiben. Wie tief würde ich in Scotts Achtung sinken, wenn er mich angehört hatte? Das würde ich bald herausfinden. Die Würfel waren gefallen. Ich zahlte für einen Bourbon auf Eis, trank ihn und schlief ein.

Auf Scotts Rat fuhr ich vom National Airport direkt nach Alexandria: Er wollte zu Hause auf mich warten. Sein Haus in der Altstadt, ein »Flounder House«, war ein architektonisches Juwel. Sobald ich mich frisch gemacht hatte, führte er mich durch die Räume, wies mich auf die alte Täfelung, die Wandschränke und Fußböden hin, die er sämtlich liebevoll restauriert hatte. Als wir uns mit Drinks hinsetzten, schaute er auf die Uhr und sagte, den Tisch habe er erst für neun Uhr reserviert, wir könnten uns also ohne Eile unterhalten und auch im Restaurant weiterreden; er habe es ausgesucht, weil es sehr ruhig sei.

Ich gab ihm eine Zusammenfassung der Ereignisse und der Schlüsse, die ich daraus gezogen hatte, dann bat er um das iPhone und Harrys Brief. Ich gab ihm beides.

Als wir mit dem Abhören begonnen hatten, sagte Scott: Mal sehen, ob ich den Ton nicht verstärken kann, und stöpselte das iPhone in ein Gerät auf seinem Schreibtisch.

Plötzlich waren die Stimmen laut und vervielfachten das Entsetzen.

Du armer Kerl, sagte Scott. Dass du dir dies allein anhören musstest, mag ich mir nicht vorstellen. Ich denke, du hast recht. Der Typ kommt sehr wahrscheinlich aus dem Balkan. Wir haben in der Agency Spezialisten für die Erkennung von Akzenten und Sprachmustern. In meiner Gruppe ist auch einer. Der reinste Henry Higgins. Der soll sich das mal genau anhören.

Ich weiß nicht, ob dir klar ist, dass es auf dem Balkan von kriminellen Banden wimmelt, es ist wie Läusebefall. Ein echter Abschaum der Gesellschaft: Berufsverbrecher und demobilisierte Soldaten zu Tausenden, die im Krieg nicht nur Töten, sondern auch Vergewaltigen und Foltern gelernt haben. Alle Arten von Verbrechen gegen die Menschlichkeit. Diese Banden bieten Chancengleichheit. Sie nehmen Christen und Muslime, Serben, Bosnier, Kroaten, Montenegriner auf. An Bruderkriegen haben sie kein Interesse. Ihnen geht es nur ums Geld, sonst nichts. Es ist sogar eine überwiegend kosovarische Bande dabei, ein Ableger der UÇK – der ehemaligen Befreiungsarmee des Kosovo –, eine terroristische Gruppe, wie sie im Buch steht, die es geschafft hat, vielen Leuten Sand in die Augen zu streuen. Alle diese Banditen treiben das gleiche Geschäft: Drogen, in der Hauptsache Heroin aus Afghanistan, das über die Türkei auf den Balkan geschleust wird, Waffen, Menschenhandel mit Frauen und Kindern, ja, Kindersklaven, und

Vermittlung von Auftragsmördern. Sie haben sich nach Mittel- und Westeuropa ausgebreitet und fangen an, in Lateinamerika und seit Kurzem auch in den USA ernsthaft aktiv zu werden.

Wieso weißt du so viel darüber?, fragte ich.

Sie haben jetzt schon Verbindungen zu Terroristen, und ihr eigenes terroristisches Potential ist noch größer, deshalb sehe ich sie mir näher an. Das passt zu meiner Arbeit in Afghanistan. Wir werden die Suche nach möglichen Herkunftsländern dieses Kerls einengen und unsere Datenbanken nach wahrscheinlichen Kandidaten durchforsten. Du weißt: ein Auftragsmörder, wahrscheinlich mittleres Alter, arbeitet für eine Organisation, die ein Arbeitgeber der Oberklasse beauftragen würde. Dieser letzte Faktor könnte der Schlüssel sein. Wenn ich probeweise von deiner Brown-Hypothese ausgehe, dann müssen die Bosse des Mörders von einem Schlag sein, dem Typen wie Brown heikle Jobs zutrauen. Erhoffe dir nicht zu viel. Wenn wir fündig werden, dann wohl eher aus purem Zufall.

Was hältst du von meiner Idee mit den Fingerabdrücken und DNA-Spuren?

Das ist leicht und wird erledigt. Ich habe Freunde mit den entsprechenden Kenntnissen, denen eine Nebentätigkeit am Wochenende in Sag Harbor nichts ausmacht, wenn du zum Beispiel dein Haus freundlicherweise einer kleinen von mir empfohlenen Gruppe überlässt. Da es dein Haus ist und du die Erlaubnis erteilst, haben wir keine rechtlichen Komplikationen. Wir brauchen keinen gerichtlichen Durchsuchungsbefehl! Ich muss dich nur um eines bitten, eigentlich eine Selbstverständlichkeit: zu niemandem ein Wort darüber. Wir dürfen unser Gewerbe nicht zu Hause treiben. Das können wir organisieren, wenn ich dich am kommenden Wochenende besuche. Übrigens: Ist Kerry dann da?

Das hoffe ich, sagte ich.

Aus reinem Eigennutz könnte ich mir nichts Besseres wünschen, trotzdem: Sei bitte vorsichtig. Je mehr sie in die Sache hineingezogen wird, desto exponierter ist sie.

Aber Scott, sie steckt schon mittendrin! Niemand weiß mehr über Harrys Arbeit. Davon abgesehen, liebe ich sie, sie liebt mich, und ich möchte sie heiraten, und du sollst mein Trauzeuge sein!

Damit hatte ich zum ersten Mal laut gesagt, dass sie mich liebte. Aber wem außer Scott und vielleicht Jeanette hätte ich es auch sagen können?

Gratuliere, alter Freund! Dein Trauzeuge will ich sehr gern sein, also möchte ich, dass ihr beide am Leben bleibt. Jetzt hör mir zu, fuhr Scott fort. Dass du eine Freundin hast, dass du verliebt bist – na gut, das ist, wie es ist. Versuche, diskret damit umzugehen. Der nächste Punkt ist wichtiger. Frag mich nicht, wie und warum ich es weiß, glaub mir, ich weiß, dass Wissen irgendwie Gefahr anzieht. Besonders in einem Fall wie diesem. Sie weiß schon jetzt zu viel. Überleg dir also gut, wie gründlich und zu welchem Zeitpunkt du sie einweihst, wenn du neue Indizien findest.

Ich nickte und sagte, ich hätte verstanden.

Gut! Mit meinem Kumpel Martin Sweeney, dem pensionierten FBI-Agenten, habe ich übrigens über das

Problem gesprochen, ob man jemanden schützen kann, der nicht beschützt werden will. Er sagte, das sei mühsam, aber möglich. Kein wesentlicher Unterschied zu einer normalen Beschattung, und er sei bereit, es zu machen. Was meinst du? Ich habe das Gefühl, es wäre gut investiertes Geld, auch wenn Gott sei Dank die Chancen gleich null sind, dass wir je herausfinden, ob er seinen Job gut gemacht hat. Trink doch mal einen Kaffee mit ihm. Dann kannst du dir einen Eindruck von ihm verschaffen.

Das fand ich eine gute Idee, und wir waren uns einig, dass ich Martin gleich nach meiner Rückkehr in die Stadt anrufen würde.

Dieser Brief, fuhr Scott fort. Dein Onkel war außerordentlich geistesgegenwärtig. Dass er sich so viele Hinweise ausgedacht und in den Brief aufgenommen hat, um dich zu alarmieren! Den Brief werden wir auch analysieren. Man weiß nie, welche Spuren ein geeignetes Mikroskop und geübte Augen entdecken können. Übrigens ist mir die Anspielung auf die Familienbibel aufgefallen. War dein Onkel besonders religiös?

Um Gottes willen, nein!, erwiderte ich. Ab und zu ging er in die Kirche – wenn er den Pfarrer gut fand. Und eine Familienbibel haben wir nicht! Das war wieder ein Trick, damit ich auch ganz bestimmt merke, was los war. So wie er sagte, ich sei in Chile gewesen, wohin ich gar nicht gefahren war, so wie die grotesken Ausdrücke, die er sonst nie gebrauchte, das Mark-Twain-Zitat und der blaue Kugelschreiber, obwohl er blaue Tinte und Kugelschreiber verabscheute.

So gelassen im Kugelhagel, sinnierte Scott, aber als er auf der Leiter stand, hat er sich nicht von oben hinunter auf den Kerl geworfen und alles auf eine Karte gesetzt, statt sich selbst die Schlinge um den Hals zu legen. Er war doch ein großer schwerer Mann. Wie erklärst du dir das?

Ich bin mir nicht sicher, antwortete ich. Ich habe hin und her überlegt. Kann sein, dass der Profi wirklich massig und voller Kraft war und Harry sah, dass er gegen den Kerl nichts ausrichten konnte. Vielmehr selbst übel verletzt würde. Vergiss nicht die Schläge, die der Typ ihm versetzte. Wenn Menschen in einem Kampf wissen, dass sie nicht gewinnen können, werden sie manchmal von Verzweiflung übermannt. Sie wollen nur noch, dass es vorbei ist – je eher, desto besser. Vielleicht hat er auch gefürchtet, dass der Kerl die Katze furchtbar quälen würde, und das wollte er nicht. Du hast keinen Hund und keine Katze, deshalb kannst du dir wahrscheinlich schwer vorstellen, wie sehr Harry seinen Kater liebte. Man kann ohne Übertreibung sagen, dass Harry für Plato sein Leben riskiert hätte, ach verdammt – für ihn gestorben wäre. Nehmen wir mal an: Das Haus brennt. Hast du Zweifel, dass Harry sich in Rauch und Flammen gestürzt hätte, um seine Katze zu retten? Vielleicht hat ihn das Ganze auch nur noch angewidert. Er hatte einfach genug. Er wollte sich nicht mit dem Gangster gemeinmachen, wollte das Offensichtliche nicht sehen, dass jemand – fast mit Sicherheit Abner Brown – ihn genug hasste, um ihn von einem Profi ermorden zu lassen; und so ließ er es lieber geschehen, dass der Typ seinen Job erledigte.

Es gab noch eine andere Erklärung, sie war beschämend, aber ich konnte sie mir nicht ganz aus dem Kopf schlagen. Dass Harry auch ängstlich sein mochte, die Mutmaßung meines Vaters und Großvaters. Er hätte sich zur Wehr setzen müssen, aber der Mut verließ ihn. Diese Mutmaßung mochte ich mit niemandem teilen, auch mit Scott nicht.

Sehr merkwürdig, fuhr Scott fort. Ein Jammer.

Aber den Zusammenhang mit Brown, hältst du den für möglich?

Das ist eine schwierige Frage, antwortete Scott. Gehen wir zum Dinner. Beim Essen können wir weiterreden.

Aber dann sprachen wir erst über Scotts Leben. Ich wusste, dass er sich kurz vor unserer Expedition nach Patagonien von einer Frau getrennt hatte, die in der Strategieplanungsgruppe des State Departments arbeitete. Sie waren über ein Jahr zusammen gewesen. Der Bruch war ihre Idee, und damals sagte er mir, den Grund dafür verstehe er nicht. Er sei sich sicher, dass er sie liebe. Nach seinem Eindruck kamen sie gut miteinander aus, hatten den gleichen Geschmack, viele gemeinsame Bekannte. Sie war wie er am Yale College gewesen, drei oder vier Jahre nach ihm. Sie weigerte sich, ihm zu erklären, warum. Aber vor ein paar Wochen hatte er sie zufällig auf einer Party in Georgetown gesehen. Sie war in Begleitung eines Mannes, der ebenfalls zur CIA gehörte, als Fachmann für russische Angelegenheiten; den Mann hatte er immer für einen Freund gehalten. Bevor die beiden ihn bemerkten, konnte er sie ein paar Minuten lang beobachten. Es sei quälend gewesen, sagte er, sie hätten die Hände nicht voneinander lassen können. So sei sie mit ihm nie gewesen. Die Party war nicht groß, und irgendwann ließ sich die übliche Begrüßung nicht mehr vermeiden, und man musste ein paar Worte wechseln.

Wir sind erwachsen, stimmt's?, sagte er. Ich treffe ständig auf diesen Kerl, in Sitzungen, im Fahrstuhl, in der Cafeteria. Also musste ich mich höflich und distanziert geben. Nur haben sie sich die ganze Zeit beim Reden so schuldbewusst, wirklich so beschissen aufgeführt, dass sie damit bestätigten, was ich bei ihrem Anblick sofort intuitiv wahrgenommen hatte. Die beiden hatten schon als sie noch mit mir zusammen war, eine Affäre. Ein läppischer Betrug, so was wird wohl dauernd passieren, aber mir hat es die Stimmung verhagelt, ich bin seitdem bitter und misanthropisch. Genau in der richtigen Verfassung für Mr. Abner Brown und seine Machenschaften. Also, was hast du gegen ihn in der Hand?

Was ich hatte, fasste Scott wie folgt zusammen: Erstens hast du den Beweis, dass Harry ermordet worden ist. Zweitens Kerrys Bericht, dass Harry ein Muster von Gesetzwidrigkeiten entdeckte, als er einige von Browns Gesellschaften für eine mögliche Börsennotierung vorbereitete, dass Brown sich außerdem, vermutlich weil er erkannte, was Harry entdeckt hatte und welche Konsequenzen er wahrscheinlich daraus ziehen würde, von ihm abwendete und den Chef von Jones & Whetstone aufforderte, ihn von der Arbeit für die Brown'schen Unternehmen abzuziehen – nachdem Harry so viele Jahre lang sein Freund und persönlicher Berater gewesen war. Schließlich schon die Tatsache, dass der Gangster ein Auftragsmörder war, und dazu sein Gerede, dass jemand Harry tot sehen wollte. Dieser letzte Punkt ist kein Produkt deiner Phantasie. Er ist hier in der Aufnahme festgehalten. Berufskiller werden eingesetzt, wenn Drogendealer und andere Berufsverbrecher miteinander abrechnen, aber sonst? Ich gehe davon aus, dass Harry mit Drogen nichts zu tun und auch keine hohen Spielschulden hatte.

Natürlich nicht, erwiderte ich.

Also müsste der Killer aufgrund einer anderen Verbindung mit einer kriminellen Aktivität großen Stils geschickt worden sein. Darauf läuft es doch hinaus. Beruht deine Beweisführung, wenn du es so nennen willst, nicht direkt auf der Annahme, dass Abner Brown ein Schwerverbrecher ist, der sich nicht entlarven lassen will?, fragte er.

Ich nickte.

Hobsons Lügen über Harrys angebliche Demenz sowie seine und Minots Versuche, sich Harrys persönliche Dokumente zu verschaffen, das sind wahrscheinlich Dummheiten, die mit der Firmenpolitik zu tun haben, fuhr er fort. Wie wird man einen geachteten, vielleicht sogar beliebten Seniorpartner los, dem man nichts anhängen kann? Hätte Hobson zugeben können, er müsse gehen, weil ein wichtiger Mandant sagt: Ich will nicht, dass er meine Angelegenheiten betreut, und ich will ihn nicht mehr in der Kanzlei haben? Vielleicht musste man einen Grund erfinden. Wie er Harry dazu gebracht hat, dass er ausschied, steht auf einem anderen Blatt. Gut möglich, dass wir das nie erfahren. Die persönlichen Dokumente sind ein gewichtigeres Problem. Womöglich hat Brown erst gesagt: Harry Dana soll die Finger von meinen Angelegenheiten lassen, und dann nach Harrys Selbstmord – nennen wir es in diesem Fall einmal so – noch mehr von Hobson verlangt: Bitte, stellen Sie sicher, dass sich in Harrys persönlichen Unterlagen nichts Nachteiliges über mich oder meine Angelegenheiten findet. Ich würde nicht wollen, dass derartiges Material Personen in die Hände fällt, die nicht von Berufs wegen der Schweigepflicht unterliegen. Andernfalls müsstest du davon ausgehen, dass Hobson weiß, auf welche Rechtswidrigkeiten Harry gestoßen ist und dass er Beihilfe zu ihrer Vertuschung leistet. Damit gehst du vielleicht zu weit.

Das bestreite ich nicht, murmelte ich, aber vergiss Barbara Diamond nicht.

Nein, sagte Scott. Aber vielleicht weißt du nicht oder hast vergessen, dass jedes Jahr in New York hunderte von Menschen von U-Bahnen getötet werden. Manche springen unter den einfahrenden Zug, manche werden gestoßen, manche fallen vom Bahnsteig, und es sieht aus wie ein Unfall, und so weiter. Du hast die zeitliche Koinzidenz und die sehr plausible Prämisse, dass jemand, der Harry ermorden wollte, weil der zu viel wusste, vielleicht auch Barbara loswerden wollte, und zwar so bald wie möglich nach Harrys Tod. Aber Abner Brown mit diesen Scherben dingfest machen – ich weiß nicht, wie du das schaffen willst, es sei denn, du erfährst Genaueres über das, was Harry entdeckte. Vielleicht kann Kerry dir dabei helfen. Wenn wir natürlich eine Spur zu dem Gangster oder seinen Bossen finden …

Sicher, wir können mit Kerry reden, erwiderte ich. Aber ich bezweifle, dass sie mehr weiß, als sie mir schon gesagt hat. Ganz ehrlich, ich weiß nicht, wie du ihn erwischen kannst, wenn nicht über Abner. Mir scheint, es ist leichter, eine Nadel in einem Heuhaufen zu suchen, als deine Datenbanken zu durchforsten, wenn du keinen Anhaltspunkt außer seinem Akzent und Sprachmuster hast.

Vielleicht kommt dabei irgendwas zum Vorschein, sagte Scott. Wir verbringen viel Zeit damit, den Warenfluss in Verstößen gegen Embargos zu verfolgen, vor allem den rechtswidrigen Warenfluss aus dem Iran und Nordkorea, und den Geldfluss. Sie sind wie mächtige Ströme. Und eine ganze Reihe von Browns Unternehmen, Abners Gesellschaften, liegen ganz zufällig am Flussufer. Womit genau handeln diese Gesellschaften? Offenbar vertreiben sie nichts, was in irgendeinem Staat offengelegt werden müsste, ganz sicher nicht in den USA, denn eine Offenlegung hat nicht stattgefunden. Das ist ein Aspekt von Browns Unternehmen. Und wie gut ist das interne System, das die Einhaltung gesetzlicher Vorschriften überwacht? Sind diese Unternehmen überprüft worden? Nicht wirklich. Es gab Probleme mit der Umweltschutzbehörde, aber die Verfahren haben nichts ergeben. Das kann an Browns politischer Macht liegen, aber auch daran, dass die Behörde generell beschissene

Arbeit leistet. Du wärst entsetzt, wenn du wüsstest, wie viele Kongressabgeordnete und Senatoren de facto auf Abners Gehaltsliste stehen. Vielleicht auch nicht, wenn du die Artikel gewisser investigativer Journalisten genau gelesen hast. Es würde dich erschüttern, wie weit sein Arm reicht, bis in die höchsten Ränge des Justizministeriums, und wie viele der hohen Tiere im FBI und ja, auch in der CIA, ihm seinen politischen Scheißdreck abgekauft haben. Oder aus anderen Gründen unter seiner Knute stehen. Also müssen wir Fußsoldaten ganz leisetreten. Trotzdem werde ich überlegen, wie das, was Kerry greifbare Gesetzwidrigkeiten im Ausland wie auch hier nennt, sich mit unseren Interessen überschneidet.

Nach Sotts Andeutungen über Browns potentielle Macht, unsere Regierung nach seiner Pfeife tanzen zu lassen, stutzte ich, als er vorschlug, ich solle ihm Harrys iPhone und Brief mitgeben zwecks gründlicher Untersuchung durch Experten – vor allem der auf dem Telefon gespeicherten Aufnahme – und zur Sicherheit. Er werde mir ein paar CDs und Kopien des Briefs zum Mitnehmen nach New York anfertigen lassen.

Würdest du bitte, wenn deine Experten ihre Arbeit getan haben, Telefon und Brief in einem abgeschlossenen Schrank oder Safe in deinem Büro aufbewahren ?, fragte ich. Ehrlich gesagt, fürchte ich, dass du, sagen wir, einen Verbündeten Browns nicht daran hindern kannst, sie an sich zu bringen.

Ganz so weit ist es mit der CIA hier noch nicht gekommen, sagt Scott lachend, aber mach dir keine Sorgen, dies hatte ich nicht vor. Ich wollte Brief und Telefon in dem von mir gemieteten Safe in der Filiale der Wells Fargo Bank deponieren, deren Kunde ich hier in Alexandria bin. Wenn du mir vertraust, kannst du die beiden Beweisstücke als Versicherung gegen zumindest einige der Gefahren sehen, die du wahrscheinlich herausforderst.

Am folgenden Nachmittag war ich wieder in Manhattan. Kerry war zu einem Treffen mit einem neuen, von Western Industries vermittelten Mandanten nach Boston geflogen und wollte am Freitagabend mit dem Shuttle um neunzehn Uhr zurückkommen. Wir hatten verabredet, dass ich sie im Marine Terminal abholen würde. Sie würde alles bei sich haben, was sie für das Wochenende auf dem Land brauchte, und wir konnten ohne den Umweg über ihre Wohnung gleich nach Sag Harbor weiterfahren. Das verschaffte mir zwei volle Tage für mein Buch und zwei andere Vorhaben. Das erste davon erledigte ich gleich, als ich nach Hause kam. Es verschlug mir den Atem, so aufregend war es, und ich beschloss, vorläufig mit niemandem, auch nicht mit Kerry oder Scott, darüber zu reden. Das zweite war unkompliziert: Ich rief den FBI-Mann Martin an. Er hatte Zeit für mich und willigte ein, später am Nachmittag auf einen Drink zu mir zu kommen.

Wie sich zeigte, war er ein auffallend unauffälliger mittelgroßer, solide gebauter Mann. Unter einem schwarzen Parka, den ich im Schrank in der Diele verstaute, trug er einen marineblauen Blazer mit Messingknöpfen, ein Brooks-Brothers-Buttondown-Hemd aus Oxfordstoff, eine marineblau und rot gestreifte Krawatte und graue Flanellhosen. Nur die braunen Stiefel mit verstärkten Spitzen passten nicht zur Uniform eines mittleren Ivy-League-Verwaltungsbeamten. Ein Tritt mit diesen Stiefeln konnte tödlich sein, vermutete ich.

Was ich tun werde, ist nicht narrensicher, das wissen Sie, sagte er. Personenschutz kann nie hundertprozentige Sicherheit garantieren, und dass die junge Dame von ihrem Schutz nichts weiß und nicht damit einverstanden wäre, ist eine Komplikation. Aber ich werde sie im Auge behalten, von dem Moment an, da sie ihre Wohnung verlässt, und bis sie Feierabend macht. Es wäre hilfreich, wenn Sie mir im Voraus alles mitteilen, was Sie von ihrem Tagesplan wissen. Wenn ich zum Beispiel sicher bin, dass sie plant, nur zum Lunch auszugehen, aber abgesehen davon in ihrem Büro zu bleiben, weiß ich, dass ich mir ein paar Stunden frei nehmen kann. Verstehe ich richtig, dass wir weder etwas über Art der Bedrohung noch über das Profil der Person wissen, nach der ich Ausschau halten soll?

Nichts wissen wir, antwortete ich, nur eines: dass mein Onkel von einem Profikiller ermordet wurde, der anscheinend zu erheblicher Brutalität fähig ist. Der seine Hände benutzt, und nicht nur als Waffen. Einer, der fließend, aber fehlerhaft und mit einem unbestimmten slawischen Akzent Englisch spricht. Die Gefahr muss aus dieser Richtung kommen, vom Auftraggeber des Mörders, wer immer er sein mag. Aber wir haben keinen Grund, anzunehmen, dass zwangsläufig derselbe

Mann auf Kerry angesetzt wird, falls man sie angreifen will. Es könnte irgendeiner sein.

Na dann mal los, erwiderte Martin. Ich plane, am Montag anzufangen. Ich will nicht indiskret sein, aber hat die junge Dame vor, die Nacht hier oder in ihrer Wohnung zu verbringen? Geben Sie mir Bescheid, wenn Sie es herausfinden, alles was Sie mir von ihrem Tagesablauf sagen können, ist eine große Hilfe. Wir tun unser Bestes und bleiben in Kontakt. Wenn ich einmal nicht ans Telefon gehe, schicken Sie mir einfach eine SMS. In manchen Situationen kann man ja nicht frei sprechen.

Ich arbeitete ununterbrochen bis in den Abend hinein, aß die kalte Mahlzeit, die Jeanette mir vorbereitet hatte, und saß noch einmal ein paar Stunden lang am Schreibtisch. Am nächsten Morgen um fünf ging ich aus dem Haus und machte meinen ersten richtigen Morgenlauf der Woche. Da das Wetter rau und bis zum Wochenende keine Besserung vorhergesagt war, schlüpfte ich in meine Nike-Windjacke. Das Springmesser passte bequem in die vordere Jackentasche. Auf dem Flug nach und von D.C. steckte es in meinem Übernachtungsgepäck, das ich wegen derWaffe aufgab. Davon abgesehen, hatte ich es ständig bei mir gehabt. Ich durchquerte den Central Park auf der Seventy-Ninth Street und lief auf dem West Drive nach Norden bis zu den North Woods, dann nach Osten in Richtung Harlem-Meer. Dafür, dass ich eine ganze Reihe von Tagen nicht mehr ernsthaft trainiert, weniger geschlafen und mehr getrunken hatte als gewöhnlich, war ich ganz gut in

Form. Ich lief mühelos und schnell und überholte die wenigen anderen armen Irren, die sich in die graue Morgendämmerung und die Kälte hinausgewagt hatten. Als ich mich vom Meer zurück nach Süden wandte, überkam mich eine Empfindung ähnlich dem irrationalen Hochgefühl und der Aura, die manchmal auf Patrouillen Leben rettet. Ich glaubte zu spüren, dass ich nicht mehr allein war, dass ein Läufer, dessen Silhouette und Klamotten und graue Skimaske mir sehr vertraut waren, unaufhaltsam näher kam. Du Clown vom Strand!, schrie ich heraus. Ha, diesmal schnappe ich dich. Ich lege Tempo zu – meine Kraftreserven sind unbegrenzt –, aber ich weiß, dass du mich einholst, Arschloch, und noch eine Minute, dann wirst du mich überholen. Doch vorher drehe ich mich plötzlich zu dir um und gehe in die Hocke, das offene Messer gezückt. Dann treibt dich das Trägheitsmoment mit solcher Kraft voran, dass du über mich fliegst und kopfüber auf den Asphalt stürzt. Dann trample ich zuerst auf dir herum, und wenn du auf die Füße torkelst, steche ich mit dem Messer zu!

Drei Läufer, zwei Männer und eine Frau, nach Norden unterwegs, kamen in Sicht und setzten meiner Halluzination oder meinem Wachtraum ein Ende. Ich lief auf dem East Drive weiter nach Süden, verließ an der Seventy-Ninth Street den Park und trabte nach Hause.

Unter einer ausgiebigen heißen Dusche überdachte ich die vermeintliche Herausforderung. Was hätte ich getan, wäre der Clown mir wirklich in den Park gefolgt? Diesmal hätte ich ihm die Stirn geboten, das Messer hätte die Waagschale zu meinen Gunsten gekippt.

Hätte ich ihn umgebracht? Nicht ohne die Sicherheit, dass die Stimme auf der iPhone-Aufnahme seine war, und das kam mir inzwischen unwahrscheinlich vor. Auf dem Mitschnitt war die Stimme eines Profis. Hätte Brown – oder wer immer ihn ausgeschickt hatte, Harry zu ermorden – ihm den Auftrag gegeben, hätte er mich mit der gleichen erbarmungslosen Effizienz erledigt. Undenkbar, dass Brown die Dümmlichkeit des Clowns dulden würde. Aber wer war er dann, und warum hatte er mich am Strand verfolgt? Das war wieder eine Frage, die ich, wenigstens im Augenblick, nicht beantworten konnte. Womöglich war er nur ein Spinner, der Streit suchte. Warum nicht? Der größte Teil der Weltbevölkerung ist nicht ganz richtig im Kopf.

Manches war mir klarer geworden. Falls ich den Killer fand, oder falls er mich fand, was wahrscheinlicher war, wollte ich auf jeden Fall, auch mit Gewalt, versuchen, ihn dazu zu bringen, dass er den Namen seines Auftraggebers ausspuckte und die Wahrheit über Barbara Diamond sagte. Hatte er nicht nur Harry, sondern auch sie ermordet? Und noch etwas wusste ich: Dieses Ziel erreichen und den Profi – in Notwehr, ha, ha, ha – töten konnte ich nur, wenn ich mich nicht vom Gerechtigkeitseifer meiner Freunde in meiner Rache beirren ließ.

Dieser letzte Gedanke braucht ein Wort der Erklärung.

Auf dem Rückweg nach New York gingen mir meine Gespräche mit Scott durch den Kopf, und ich war bestürzt über meine hilflose Antwort auf seine Frage, ob Harry religiös gewesen sei. Er sei in die Kirche gegangen, wenn er den Pfarrer gut fand, hatte ich gesagt, und eine Familienbibel hätten wir nicht! Gleich als ich wieder zu Hause war, stürzte ich in Harrys Bibliothek. Es ist wahr, wir Danas haben keine »Familienbibel«, oder jedenfalls wäre keiner von uns und Harry am allerwenigsten so hochgestochen gewesen, eine Bibel mit diesem Wort zu bezeichnen. Es war – begriff ich jetzt – wieder einer seiner anrührend mutigen Versuche gewesen, mich auf etwas aufmerksam zu machen. Wir besaßen eine Bibel, und sie war kein zerfleddertes Taschenbuch. Ich erinnerte mich, in seiner Bibliothek ein Exemplar mit einem außergewöhnlich feinen Ledereinband gesehen zu haben, das, so erzählte Harry mir, seinem und meines Vaters Großvater Ezekiel Dana gehört hatte, dem Gründer und langjährigen Rektor eines Internats der Episkopalkirche im südlichen Massachusetts. Und da stand die Bibel, an der Stelle, die ich erinnerte, neben einer schönen Dickens-Gesamtausgabe. Suchet und ihr werdet finden. Ich blätterte die Seiten um, bis ich zum Matthäusevangelium kam. Und dort, im siebten Kapitel, fand ich ein paar sorgfältig zusammengefaltete Blätter. Oben auf das erste Blatt hatte er geschrieben: Ein jeglicher guter Baum bringt gute Früchte; aber ein fauler Baum bringt arge Früchte. Wieder Matthäus, passend zum Ort des Verstecks. Der Rest des Blattes und auch das zweite waren bedeckt mit zwei kompliziert gezeichneten Diagrammen, die in der Tat Bäumen glichen. Die Wurzeln des ersten breiteten sich unter der Erde aus, und seine Äste reichten in den Himmel, der zweite dagegen, ein Spiegelbild des ersten, wie ich bei genauerem Hinsehen merkte, war umgekehrt eingepflanzt, seine Äste bohrten sich in die Erde, seine Wurzeln ragten in die Luft. Handschriftliche Randbemerkungen waren durch gepunktete Linien mit den einzelnen Ästen verbunden. Dann folgten zusätzliche handschriftliche Notizen in Form von nummerierten Paragraphen. Ich sah mir Randbemerkungen und Text genau an und erkannte die Namen von bekannten Firmengruppen und Personen, Unternehmern und Politikern aus dem In- und Ausland, sowie Zitate aus Gesetzbüchern. Unten auf der zweiten Seite stand ein Aphorismus, den ich nicht kannte, womöglich ein Produkt Harrys: Jedes Ding hat sein Double, und jedes Double ist faul. War das wieder ein Hinweis oder Harrys Urteil über Abner Browns Unternehmen oder beides?

Kerry mit ihrem Wissen und ihrer Begabung würde diese Seiten interpretieren können. Wenn die Aufzeichnungen, wovon ich fest überzeugt war, der Stein von Rosetta waren, der die Verbrechen Abner Browns und seiner Gesellschaften entschlüsselte, dann könnte meine geliebte ehemalige Assistentin des Generalstaatsanwalts es kaum erwarten, sie zwecks Strafverfolgung an die Behörde weiterzuleiten. Das war auch mein Wunsch, so dass Harrys Botschaft, zu deren Überbringer er mich gemacht hatte, Browns Machenschaften entlarven und ihn hinter Gitter bringen würde. Aber mit dem Killer konnte ich nur dann abrechnen, wenn ich Abner Brown so provozierte, dass er den Mann ausschickte, mich zu ermorden, und das würde er nur tun, wenn er meinte mich zum Schweigen bringen zu müssen. Erfuhr er aber, dass ich Onkel Harrys Katze schon aus dem Sack gelassen hatte – bei dem Ausdruck zuckte ich zusammen, konnte ihn mir aber nicht aus dem Kopf schlagen –, würde er nicht mehr denken, es sei in seinem Interesse, den Profi auf mich zu hetzen, und allein aus Bösartigkeit würde er es nicht tun, dazu war er nach meiner Einschätzung zu gerissen. Ja, ich musste ihn so reizen, dass er den Kerl zu mir schickte, denn allein auf mich gestellt würde ich den Killer nie finden. Stand er dann vor mir, würde ich ihn umbringen. Oder er mich, die Möglichkeit konnte ich nicht von der Hand weisen. Das höhere Ziel, Abner Brown und sein Unternehmen zur Rechenschaft zu ziehen, würde das Werk anderer sein, ob ich nun lebte oder tot war, und wenn die Inkompetenz, Feigheit und Korruption von Regierungsbeamten es nicht durchkreuzten, würde es auch erreicht werden.

X

Als ich mich am nächsten Morgen gerade an die Arbeit gesetzt hatte, klingelte das Telefon. Ich erkannte die Nummer von Johnson & Whetstone auf dem Display und nahm den Anruf an. Eine Frauenstimme fragte geschäftsmäßig, ob sie mit mir spreche. Auf meine Versicherung, dass dies der Fall sei, sagte sie:

Bitte warten Sie, Mr. Lathrop möchte Sie sprechen. Gleich darauf vernahm ich seinen aristokratischen Tonfall.

Oh Jack, sagte er, Sie werden sich vielleicht nicht an mich erinnern, aber ich bin einer der ältesten und besten Freunde Ihres armen Onkels Harry. Lathrop mein Name, Simon Lathrop. Harry war im College und an der Law School ein Jahr über mir, und wir beide waren immer schon bei Jones. Ich hatte das Vergnügen, Gast der Party zu sein, die Harry zu Ehren Ihres ersten Buches gab, und Sie waren so freundlich, mir das Buch zu signieren. Jennie – meine Frau – und ich sind tieftraurig über das Geschehene, und ich hätte schon eher von mir hören lassen, wenn ich nicht bis vor zehn Tagen in der Reha-Klinik in Burke gewesen wäre. Hätten Sie zufällig Zeit, heute mit mir zu Mittag zu essen?

Ich versicherte ihm, selbstverständlich wisse ich, wer er sei, und könne mich an unsere Begegnung erinnern, und ich würde gern mit ihm essen, worauf er mich einlud, ihn in seinem Club zu treffen. Das war der Club, in dem auch Harry Mitglied gewesen war, und ich hatte häufig dort mit ihm Lunch oder Dinner verzehrt.

Simon, die Anrede bot er mir an, als wir uns die Hand schüttelten, holte mich in einem kleinen Raum im Erdgeschoss hinter dem Pult des Portiers ab und schlug vor, den Aufzug zum Speisesaal zu benutzen.

Diese elenden Dinger, sagte er und wedelte mit einer seiner beiden Unterarmkrücken. Die machen das Treppensteigen zur Hölle.

Als wir am Tisch saßen, brachte er noch einmal sein Beileid, seinen Schock und sein Entsetzen zum Ausdruck und erklärte mir dann, er sei eine Woche vor der Party für mein zweites Buch ins Krankenhaus gekommen. Die künstliche Hüfte, die man ihm vor fünf Jahren eingesetzt hatte, war schadhaft geworden und machte ihm starke Beschwerden. Sie musste ausgetauscht werden; er habe versucht, die Operation aufzuschieben, um die Feier zur Buchpremiere nicht zu versäumen, aber der Terminkalender seines Chirurgen habe das nicht erlaubt. Es musste entweder sofort sein oder zwei Wochen nach Weihnachten, und so lange habe er nicht warten können. Die Beschwerden waren zu stark.

Er hatte meinem Gedächtnis aufgeholfen.

Jetzt weiß ich es wieder, sagte ich ihm. Harry erwähnte die Operation. Dabei fällt mir etwas ein, was mich damals wunderte und jetzt im Rückblick auf alles, was geschehen ist, bedeutungsvoller erscheint, dass nämlich nur ein einziger J & W-Partner zur Party kam. Zur Feier meines ersten Buches waren etliche da gewesen.

Wirklich sehr merkwürdig, stellte Simon fest.

Damals dachte ich, man habe die Gästeliste gekürzt, weil der Verlag der Gastgeber war, erzählte ich ihm. Jetzt bin ich mir nicht mehr so sicher.

Wirklich, sagte er noch einmal und ließ sich dann darüber aus, dass die Operation zum Austausch des defekten künstlichen Gelenks weit umfangreicher war, als er erwartet hatte, und die Rehabilitation überraschend schwierig, obwohl seine physische Verfassung vor der Operation, abgesehen von der Hüfte, ziemlich gut gewesen sei. Harry habe ihn zweimal in der Klinik besucht und nichts davon gesagt, dass er Probleme in der Kanzlei habe. In der Folgezeit bei einem seiner Besuche im Reha-Zentrum in Westchester habe Harry ihn mit der Nachricht überrascht, er sei entschlossen, in den Ruhestand zu gehen, weitgehend deshalb, weil er nicht mehr für Brown arbeite.

Als ich versuchte, ihm das auszureden, fuhr Simon fort, war eines meiner Argumente, dass man Probleme mit einem Mandanten manchmal aus der Welt schaffen kann, besonders, wenn der Mandant ein Mann vom Kaliber Browns ist, der eigene Entschlüsse fasst, mit dem man freundschaftlich verbunden ist: Ihr könnt ein ausführliches Gespräch führen und einen Lösungsweg finden. Aber Harry sagte so deutlich, er sei nicht an einer Versöhnung interessiert, sondern froh und erleichtert, eine Beziehung zu beenden, die zu einer schweren Last geworden war, dass ich allmählich den Verdacht hatte, naiv zu wirken. Er sagte, er sei dankbar, dass es vorbei war. Sonst hätte er sich nie dazu durchringen können, mit der Arbeit aufzuhören, bevor der Pensionsplan ihn dazu gezwungen hätte, aber jetzt sei ihm klar geworden, dass er sich nach dem Ruhestand gesehnt habe. Jetzt könne er wieder lesen, wieder Klavier üben, reisen und Cupido spielen. Und hier kommen natürlich Sie ins Bild, mein Lieber.

Simon hielt inne und sah mich an, als erwarte er eine ganz spezifische Erwiderung. Ich begriff nicht, worauf er hinauswollte, und sagte nichts.

Na, kommen Sie, gluckste Simon. Was er meinte, ist doch nicht so schwer zu raten. Zugegeben, die Rolle passt eigentlich nicht zu Harry. Ich musste damals auch lachen, denn meine Frau Jennie und ich hatten selbst ein-, zweimal versucht, für ihn Cupido zu spielen – nicht bevor die Inka auf der Bildfläche erschien, denn in früheren Zeiten hatte er immer etwas mit der einen oder anderen glamourösen Dame –, sondern nach dem Unglück, als er zuerst so voller Gram und dann so einsam war. Wir hätten ihm sehr gern einige wirklich ganz wunderbare Frauen vorgestellt, aber er ließ es nicht zu. Und in Burke, in der Reha, erzählte er mir, er werde dafür sorgen, dass Sie und eine gewisse junge Dame, von der er sehr viel hielt, zueinander finden. Er ging sogar noch weiter, er sagte, er freue sich schon darauf, Großvater zu spielen, wenn er mit der Rolle des Cupido Erfolg gehabt habe.

Jetzt musste ich lachen.

Allmählich dämmert mir, wen Harry im Sinn hatte, erwiderte ich. Wenn ich richtig vermute, hat der Pfeil sein Ziel nicht verfehlt.

Kerry?, fragte er.

Ich nickte.

Er wäre so glücklich, sagte Simon, ich wünschte, ich könnte glauben, dass er es weiß. Dieses Glück ist einer der Gründe, warum ich es so absolut befremdlich finde, dass er – kaum zwei Wochen nach meinem letzten Besuch – Selbstmord begangen haben soll. Wäre es nicht wirklich geschehen, hätte man gesagt, es sei das Letzte, was er tun würde. Noch etwas anderes beunruhigt mich. Ein Partner, der in einigen meiner Angelegenheiten für mich arbeitet, erzählte mir, Harry leide an Demenz, und deswegen sei er aus der Kanzlei ausgeschieden und offenbar aus demselben Grund aufgefordert worden, die Arbeit für Brown einzustellen. Das kann ich wirklich nicht akzeptieren. In der Zeit meiner Rekonvaleszenz haben wir lange und weitgreifende Gespräche geführt. Wir redeten über die Vergangenheit, über aktuelle Probleme der Kanzlei, über Politik und sogar über unsere Investitionen – über das Leben und den Tod, wenn Sie so wollen –, und ich bin fest überzeugt, dass Harrys geistige Präsenz und sein emotionales Gleichgewicht nicht den geringsten Schaden genommen hatten. Seine Intelligenz war wie immer herausragend!

Ich nickte wieder und berichtete ihm, dass ich mit Harrys Arzt gesprochen hatte, der auf seine Empfehlung hin auch mein Arzt geworden war. Er hatte mir versichert, die jährliche Kontrolluntersuchung, der sich Harry zwei Wochen vor Weihnachten unterzog, habe bestätigt, dass sein Gesundheitszustand ausgezeichnet war. Keine neurologischen Probleme und ganz sicher kein Anzeichen für Demenz oder Ähnliches.

Unglaublich, sagte Mr. Lathrop. Haben Sie irgendeine Erklärung für das, was passiert ist?

Keine für die Vorgänge in der Kanzlei, antwortete ich. Als ich nach meiner Rückkehr aus Brasilien mit Will Hobson sprach, erzählte er mir, Abner Brown habe an Harry Anzeichen von Demenz bemerkt, deshalb sei ihm die Arbeit für Brown entzogen worden, und aus dem gleichen Grund habe man ihn aufgefordert, vorzeitig in den Ruhestand zu gehen. Die Demenz scheint mir der erfundene Teil der Geschichte zu sein

Eine faule Lüge, warf Mr. Lathrop ein.

Dem widerspreche ich nicht, sagte ich, im Gegenteil, ich würde es genauso sagen. Weder Sie noch Harrys Arzt, noch andere, die ihm nahestanden und bis kurz vor seinem Tod Kontakt mit ihm hatten, glauben diesen Unsinn. Ich weiß nicht, warum Mr. Hobson darauf verfiel, mich anzulügen und die Lüge in der Kanzlei zu verbreiten.

Ich könnte mir einen Grund denken, erwiderte Mr. Lathrop.

Den würde ich gern hören.

Und den Selbstmord, wie erklären Sie sich den?

Ich fand diesen feinen alten Herren sympathisch und vertrauenswürdig und erinnerte mich, dass Harry ihn tatsächlich als seinen besten Freund bezeichnet hatte. Trotzdem fasste ich sofort den Entschluss, ihm weder zu sagen, dass Harry meiner Meinung nach ermordet worden war, noch, dass ich wie Kerry und Scott überzeugt war, ich könne das Verbrechen schlüssig beweisen. Zu viele Mitwisser lehnte ich ab, sie tun so wenig gut wie zu viele Köche in der Küche. Wie ich den Killer finden und umbringen würde, wusste ich noch nicht, und wenn dieser wunderbare alte Rechtsanwalt auf den Gedanken käme, Teil des Teams zu sein und vielleicht die Verantwortung für meine geplante Tat mittragen zu müssen, würde das die Sache nur noch komplizierter machen.

Einigermaßen beschämt über mich und in der Hoffnung, es sei mir nicht anzumerken, sagte ich also nur, dass ich mich weder mit der Tatsache noch mit der Art und Weise von Harrys Selbstmord abgefunden hätte. Aber könne er mir erklären, welchen Grund er für Mr. Hobsons Handlungsweise vermute?

Eine verzwickte Sache, nämlich Eifersüchteleien innerhalb der Firma, antwortete er. Jones & Whetstone ist eine der ganz wenigen Kanzleien, die noch am Lockstep System der Vergütung für die Partner festhalten. Ist Ihnen das Prinzip vertraut?

Ich nickte.

Gut, dann wissen Sie, dass Ihre Vergütung nicht widerspiegelt, wie viele gebührenpflichtige Stunden Sie ansammeln oder wie viele Mandanten Sie anwerben. Sie richtet sich allein nach der Anciennität, ausgenommen natürlich den Fall, dass ein Partner wirklich Mist macht, was in der Geschichte unserer Kanzlei zum Glück nur ganz selten vorgekommen ist. In einem solchen Fall kann die Verwaltungsleitung die Vergütung des Partners oder der Partnerin ein bis zwei Jahre lang aussetzen, manchmal leitet das ein erzwungenes Ausscheiden aus der Kanzlei ein. Das erzähle ich Ihnen nur, damit Sie die Voraussetzungen für Will Hobsons Problem mit Harry kennen. Er und Harry wurden im selben Jahr in die Kanzlei aufgenommen. Deshalb haben sie als Partner gleich viel verdient. Nun ist Will ein ausgezeichneter Anwalt mit einem scharfen analytischen Verstand, aber die Unterschiede in Produktivität und Einträglichkeit für die Firma waren gewaltig – und stachen ins Auge. Als ein kompetenter, sogar bemerkenswert effizienter Bürokrat hat Will das Seine geleistet, das ist nicht zu übersehen. Von Anfang an saß er in allen Ausschüssen, war die treibende Kraft hinter jeder Initiative zur sogenannten strategischen Planung und dergleichen. Alles Dinge, die Harry und ich im Grunde immer für Zeitverschwendung hielten. Aber das, was eine Kanzlei belebt, nämlich die Fähigkeit, Mandanten zu gewinnen und zu halten, ging ihm ganz und gar ab. Ich glaube nicht, dass Will jemals auch nur einen wirklich bedeutenden eigenen Mandanten hatte. Er hat immer nur an Aufträgen gearbeitet, die andere Partner, solche mit eigenen Mandanten – an herausragender Stelle Harry –, der Kanzlei einbrachten. Schlicht gesagt, war Harry wie ein Magnet für Mandanten und leistete beständig brillante Arbeit für sie, während er die bürokratischen Verwaltungsaufgaben Leuten wie Hobson überließ. Ich bin der Meinung, dass Hobson ihm dies nie verzeihen konnte, so wenig wie die Großzügigkeit, mit der Harry ihn an der Arbeit für Brown beteiligte. Denn da befanden sie sich in der wirklichen Welt, da war Harry Nummer eins und

Hobson, der Firmenchef, trug ihm, bildlich gesprochen, die Schleppe. Und glauben Sie nur ja nicht, der Kontrast zwischen diesen beiden und ihr jeweiliger Wert für die Firma sei den älteren Partnern entgangen! Abner Brown hat ihn vermutlich auch registriert.

Wie außergewöhnlich!, sagte ich.

Der arme Harry meinte es gut, und er hatte einen so wunderbaren Charakter, dass es sich für ihn verbot, Wills Missgunst wahrzunehmen, denke ich mir. Oder Wills geballten Ehrgeiz. Sie haben wahrscheinlich gemerkt, worauf ich hinauswill: Es ist nicht ausgeschlossen, dass Will an passender Stelle eine Bananenschale fallen ließ, auf der Harry in seiner Beziehung zu Brown ausrutschen musste. Oder dass er etwas aufgriff, was Harry gesagt oder getan hatte, und es Abner Brown so weitergab, dass es den in Wut brachte. Was genau Hobson getan hat, weiß ich nicht, aber zweifellos war seine Hand bei Harrys Sturz im Spiel. Als er das geschafft hatte, musste sein nächster Schritt sein, Harry aus der Kanzlei zu drängen, Harry war vermutlich so angewidert, als er diese Machenschaften sah, dass er gar nicht schnell genug gehen konnte. Dann streute Hobson dieses üble Gerücht aus, um seine Spuren zu verwischen.

Entsetzlich, Harry so zu Fall zu bringen, falls er das wirklich getan hat, sagte ich. Aber warum die Lüge? Warum das Gerücht?

Weil die Partner protestiert und Harry gebeten hätten, zu bleiben, wenn es geheißen hätte, dass Harry gehe, weil Brown ihn nicht mehr als Anwalt haben wollte, sondern ihm Hobson vorzog. Sein Wert für die Firma war so hoch. Noch gefährlicher: Sie hätten wissen wollen, welche Fehler er gemacht habe. Wenn man ihnen aber sagte, schaut mal, Leute, er verliert langsam den Verstand oder hat ihn schon so gut wie verloren, bringt ihn nicht in Verlegenheit, indem ihr mit ihm darüber redet, lasst ihn in Frieden ziehen … Das ist etwas ganz anderes.

Verstehe, sagte ich, verblüfft, weil Simons und Scotts Analysen so viel Ähnlichkeit hatten.

Ja, und ich bin schuld, fuhr Simon fort, oder genauer, meine gottverdammte Hüfte. Wäre ich in der Kanzlei gewesen statt im Krankenhaus, hätte Harry mit mir gesprochen, und ich hätte Schritte unternommen – was ich sage, hat in der Firma ein gewisses Gewicht –, den Schaden in der Brownsache zu reparieren, auch wenn die Chancen, damit etwas zu erreichen, unter fünfzig Prozent lagen, und ich hätte sicherlich versucht, dem Unsinn, sich von Browns und Hobsons Intrigen aus der Firma treiben zu lassen, ein Ende zu machen. Und es hätte weder eine Rufmordkampagne noch die Lügen über eine Demenz gegeben.

Ich wünsche mir wirklich, Sie wären da gewesen. Sie haben mir sehr zu denken gegeben und viel Grund, mich zu grämen.

Wir bleiben in Kontakt, sagte er. Jennie und ich würden Sie und Kerry gern zum Dinner einladen. Über Kerrys Stellung oder Zukunft in der Kanzlei müssen Sie sich übrigens keine Sorgen machen. Da sie für Harry wie eine Tochter war, können Sie sich denken, dass Hobson sie hasst, aber ihr Ansehen bei J & W ist Gold wert, und für den Fall der Fälle bin ich zu ihrem Schutz da. Ich hatte diese kaputte Hüfte, aber davon abgesehen bin ich in guter Verfassung und werde noch eine ganze Weile in der Kanzlei bleiben, vielleicht länger als Hobson. Das können Sie ihr gern sagen, ich habe kein Problem damit.

Während des Wochenendes mit Kerry und Scott dachte ich viel und mit wachsender Dankbarkeit über das Gespräch mit Simon Lathrop nach, denn seine Erklärung, dass die Katastrophe, die über Harry hereingebrochen war, viel mit der Dynamik unter den Kollegen in der Kanzlei zu tun habe, gab mir eine wichtige Handhabe. Sie würde mir für die Konfrontation mit Abner Brown, die ich nun als den notwendigen nächsten Schritt ansah, von großem Nutzen sein. Aber ich war jetzt mehr denn je überzeugt, dass ich recht daran getan hatte, Simon nicht in meine Pläne einzuweihen, und ich fand es auch nach wie vor vernünftig, Kerry und Scott zu verschweigen, was ich im Matthäusevangelium gefunden hatte. Für den Fall, dass meine Mission scheiterte und der Killer oder ein anderer von Browns Gangstern mich umbrachte, war es jedoch notwendig, diese Aufzeichnungen, Harrys Botschaft, an einem sicheren Ort aufzubewahren, den Browns Helfershelfer nicht finden würden. Das war eine unbedingte Notwendigkeit. Außerdem hatte ich auch einen Wunsch, der Lesern, wenn sie nicht selbst Schriftsteller sind, frivol vorkommen mag: den Wunsch, mein drittes Buch zum Abschluss zu bringen. Ich dachte, wenn ich hart und vollständig konzentriert arbeitete, könne ich meiner Agentin innerhalb von drei Wochen einen publizierbaren Entwurf aushändigen. In vier Wochen könnte ich dann Abner Brown in seinem Bau in Houston aufstöbern. Ich hatte mir nur noch nicht ausgedacht, wie ich ihn dazu bringen würde, mich zu empfangen. Mir fiel ein, dass mir Simon Lathrop dabei vielleicht raten konnte.

Diese drei Wochen Pause waren auch auf anderen Gebieten nützlich, die nichts mit Literatur zu tun hatten. Scotts Kriminaltechniker würden am nächsten Wochenende in Sag Harbor eintreffen. Sie würden das Haus durchsuchen und ihre Tricks anwenden, um Harrys Kleidung und das Hanfseil– wie Scott sagte – auszuleihen, zwecks Prüfung im Labor in Langley. Die Abgleichung der Stimme mit der Datenbank war noch in Arbeit, Scotts sprachkundige Freunde hatten bestätigt, dass der Mann fast mit Sicherheit ein bosnischer Serbe war. Aller Wahrscheinlichkeit nach einer von den Schweinehunden, die mit der ethnischen Säuberung in Bosnien zu tun hatten. Man wusste, dass eine Reihe von Subjekten, auf die diese Beschreibung passte, zu Banden gehörten, deren Aktivitäten in den USA aufgedeckt worden waren. Es lief ein Einkreisungsverfahren zur Identifizierung von Bandenmitgliedern, die sich derzeit vermutlich oder mit Gewissheit im Land aufhielten, und möglichst ihrer Kontakte. Nach einer Adresse braucht man gar nicht erst zu suchen, lachte Sott. Sie sind ganz und gar illegal hier, bewegen sich im Untergrund, dazu können auch Suiten in Luxushotels gehören und sichere, von Drogendealern, Geldwäschern und Auftragsmördern bewohnte Häuser.

Eine Bemerkung Scotts ließ mich aufhorchen: Wenn wir eine Verbindung zwischen Brown und Geldwäschern finden, könnte sich daraus eine Verbindung mit terroristischen Gruppen ergeben. Sobald sich ein Beweis dafür abzeichnet, werden CIA und FBI ihn mit allen Mitteln jagen. Und die lassen ihn nicht aus den Fängen, glaub mir.

Mir wurde schlagartig klar: Der gesuchte Beweis konnte sehr wohl auf den in meinem Safe verstauten Blättern stehen.

XI

Ich beendete Buch Nummer drei fristgerecht. Es war eine verfremdete Nacherzählung vom Glück und Ende meiner Liebe zu Felicity, die mich einfach fallenließ – fühllos und grausam, wie ich damals fand –, als ich in den Krieg gezogen war. Beim Schreiben sah ich ihr Verhalten anders und fairer. Mir wurde klar, dass sie gegen den Krieg gewesen war und ihn unsinnig fand und dass ich in ihren Augen kein Ritter ohne Furcht und Tadel war, der dem Ruf seines Lehnsherrn folgt, sondern ein aufgeblasener Wichtigtuer, der auch nicht einen Moment innehielt, um ihren Blickwinkel oder unsere erhoffte gemeinsame Zukunft zu bedenken. Ich fand ihr Urteil über mein Verhalten nicht richtig, aber es stand mir vor Augen. Wegschieben konnte ich es nicht. Niemand hätte mein neues Buch besser verstanden als Harry. Was für ein Unglück. Da saß ich in seiner Wohnung, arbeitete in dem Studio, das er so liebevoll für mich ausgestattet hatte, und konnte nie mehr an die Tür zur Bibliothek klopfen, sein »Herein« hören und ihm mein Manuskript in die Hand legen, während er sich halb aus seinem ledernen Lieblingsclubsessel erhob, um mich zu begrüßen. Kerry wusste von Felicity nur, dass sie eine Frau in meinem Leben gewesen war, und wenn ich mich an meinen Zeitplan hielt, würde ich wohl keine Gelegenheit haben, ihr so viel zu erzählen, dass sie auf das neue

Buch vorbereitet war und es akzeptieren konnte. Wenn meine Agentin und mein Verleger meinten, es sei publizierbar, würde Kerry es später lesen. Wenn die Zeit dafür gekommen war. Jetzt war nicht der richtige Moment, sie zu beunruhigen. Aber ich schickte das Manuskript als E-Mail an Scott. Er rief mich zwei Tage danach an und sagte, er habe die beiden Nächte lang nur gelesen. Er meine, es sei das Beste, was ich je geschrieben hatte, noch besser als mein Buch über den Krieg. Ich dankte ihm überschwänglich und aufrichtig, wünschte mir aber, er hätte keinen Vergleich gezogen. Autoren sind wie Eltern, merkte ich: Sie haben etwas dagegen, dass ihre Sprösslinge miteinander verglichen und in eine Rangordnung gebracht werden. Trotzdem gab mir Scotts Lob die Ermutigung, die ich nötig hatte. Ich druckte meinen Text aus, schickte ihn meiner Agentin und begriff, dass ich nun frei war, meine Aufmerksamkeit auf den Verbrecher zu richten. Der Plan, Simon Lathrop um Rat zu fragen, wie Abner Brown zu einem Treffen überredet werden könne, kam mir immer noch vernünftig vor. Kerry und ich waren zum Dinner bei ihm und seiner Frau gewesen, und seine Freundschaft und Hilfsbereitschaft standen zweifelsfrei fest.

Er lud mich wieder zum Lunch in seinen Club ein und begrüßte mich, übers ganze Gesicht schmunzelnd, mit den Worten: Sieh mal, Mami, ohne Krücken! Er sei vom Büro zum Club zu Fuß gegangen, die Hüfte habe sich richtig gut benommen, fuhr er fort und schlug vor, wir sollten die zwei Treppen zum Speiseraum hinauf laufen und den Fahrstuhl den Greisen überlassen. Er habe sich sogar etwas einfallen lassen. Nach dem Essen würden wir zusammen zur Kanzlei hinüberwandern. Er habe sein Büro im selben Stockwerk wie Hobson, seines liege in der Nordostecke, Hobsons in der Nordwestecke. Wir würden eine Tasse Kaffee trinken, und er werde dafür sorgen, dass Hobson *au courant* sei. Ein Spaß, ihm einen Schuss vor den Bug zu geben. Ob ich mitspielen würde?

Natürlich wäre ich begeistert, sagte ich.

Ausgezeichnet, ausgezeichnet, gab er zurück und füllte den Zettel für unsere Essensbestellung aus. Als er damit fertig war, schilderte ich ihm das Problem. Ich wolle Abner Brown in seinem Büro aufsuchen oder auch an einem anderen Ort, den Simon ratsam finde, und ich wolle ihn allein sprechen. Keine Anwälte, keine PR-Typen oder sonst irgendwelche Berater sollten dabei sein. Wie könne ich am ehesten vermeiden, abgewimmelt zu werden?

Welchen Zweck hat Ihr Besuch?, fragte Simon. Das wird Brown oder derjenige, zu dem Sie durchgestellt werden, als Erstes wissen wollen.

Darauf würde ich antworten, dass ich verstehen müsse, was mit Harry passiert ist, erwiderte ich. Weiter würde ich sagen: Er war bei bester Gesundheit und hatte keinerlei Probleme oder Sorgen, aber er muss sehr enttäuscht gewesen sein, als Sie, Abner Brown, nach all den Jahren der Zusammenarbeit verlangten, er solle sich nicht mehr um Ihre Angelegenheiten oder die Ihrer Unternehmen kümmern. Sie kannten Harry so lange, deshalb frage ich Sie: War diese Enttäuschung Grund genug für ihn, sich zu erhängen? Ich möchte auch wissen, würde ich dann zu ihm sagen, ob wahr ist, was William Hobson behauptet, dass Sie Harry entließen, weil Sie zu dem Schluss gekommen waren, er sei dement. Ich würde außerdem gern einige andere damit zusammenhängende Fragen mit Ihnen besprechen. Und das ist ungefähr alles, was ich ihm am Telefon mitteilen möchte, falls Sie einen Anruf ratsam finden, erklärte ich Simon dann, oder ihm in einem Brief darlegen will, falls Sie denken, ich solle schreiben. Ein, zwei Trümpfe muss ich im Ärmel behalten, denke ich.

Als da wären ?, fragte Simon.

Zum Beispiel, wie eilig es Hobsons Helfer Minot hatte, sich, unter Missachtung des Testamentsnachtrags, der mich zum Testamentsvollstrecker bestimmte, als vorläufiger Nachlassverwalter ernennen zu lassen, wie er Harrys Safe zu Hause und in der Bank durchsuchte und in seinen Papieren in der Kanzlei und in Sag Harbor wühlte, wie sämtliche persönlichen Dokumente Harrys in der Kanzlei verschwanden – geschreddert wurden. Ich würde Brown gern fragen, ob das auf sein Geheiß geschah, und wenn ja, warum.

Von diesem faulen Zauber – wie soll man es sonst nennen – habe ich nichts gewusst, sagte Simon sehr langsam. Und was wird jetzt hinsichtlich Harrys Nachlass unternommen ? Ist Minot dafür zuständig ? Vermutlich hatte er Harrys Testament im Banktresor der Firma.

Als ich ihm erklärte, dass ich Moses Cohen beauftragt hatte, versicherte Simon mir, das sei richtig gewesen. Minots Verhalten komme ihm unprofessionell vor. Nach einer Pause sagte er dann: Essen wir unseren

Salat. Diese Geschichte erschüttert mich, nicht nur Ihretwegen und Harrys wegen, sondern auch, weil sie ein so schlechtes Licht auf die Kanzlei wirft, in der ich mein gesamtes Berufsleben verbracht habe und der ich tief verbunden bin. Ich werde nicht so tun, als sei dies nicht passiert oder als wüsste ich nichts davon, das können Sie sich ja vorstellen. Aber jetzt müssen Sie essen.

Wir aßen in düsterem Schweigen.

Als wir fertig waren, sagte Simon. Ihr Plan ist gut. Verbessern kann ich ihn nicht, glaube ich. Wenn wir in meinem Büro sind, gebe ich Ihnen Abner Browns Durchwahlnummer. Der Zugriff auf diese Nummer wird von seinen Leuten streng beschränkt, und ich habe sie erst seit der Zeit, als er sich unbedingt Sitz und Stimme im Aufsichtsrat des Museums kaufen wollte und sich damit auch durchsetzen konnte. Der Vorsitzende und ich waren beauftragt, mit ihm zu verhandeln, und wir haben ihm die höchste Summe abgepresst, die in der Geschichte des Museums je ein Spender gegeben hat. War es richtig, dass wir sein Geld genommen haben, auch wenn das bedeutete, dass wir seinen Namen auf einen Flügel des Gebäudes schreiben und diesen Mann in den Aufsichtsrat aufnehmen mussten? Weder der Vorsitzende noch ich sind uns dessen vollkommen sicher. Wie auch immer, Ihr Anruf wird garantiert angenommen, womöglich von ihm selbst. Oder jedenfalls von einer Person, die ihm die Nachricht sofort übermitteln wird. Wenn einer von seinen Assistenten am Apparat ist, bleiben Sie bei der Version, dass Sie Harry Danas Neffe sind und dringend mit Brown sprechen müssen.

Aus welchem Grund? Ihre Gründe sind von einer Art, die Ihnen nicht gestattet, mit irgendjemandem außer Mr. Brown selbst darüber zu sprechen.

Simons Plan, meinen Besuch in seinem Büro in der Kanzlei zum ersten Geplänkel des Krieges mit Will Hobson zu machen, ging nicht auf. Der Feind war in Texas und wurde am nächsten Tag zurückerwartet.

Wenigstens das wissen wir, sagte Simon. Rufen Sie Brown nicht an, bevor Hobson aus Houston verschwunden ist. Ich will jetzt mehr über das erbärmliche Benehmen in Erfahrung bringen, das Sie mir geschildert haben, und dann entsprechend aktiv werden. Hier ist die magische Telefonnummer. Meine Privat- und meine Handynummer haben Sie?

Ich nickte.

In Ordnung. Viel Glück, und halten wir uns auf dem Laufenden.

Auf dem Heimweg von Simons Büro hielt ich bei einem RadioShack an der Third Avenue, um mir für meinen Anruf in Abner Browns Firma ein Prepaid-Handy zu kaufen. Während ich wartete, dass ein Verkäufer frei wurde, entschied ich mich gegen den Kauf. Ich hatte inzwischen die Chancen abgewogen und glaubte nun, dass Brown den Anruf, wenn sein Telefon ihm meinen Namen anzeigte, eher annehmen würde als einen anonymen Anruf. Meine Identität zu verbergen würde mir keinen Vorteil verschaffen.

Kerry und ich aßen in ihrer Wohnung früh zu Abend und standen am Morgen entsprechend früh auf. Sie musste einen Shuttleflug nach Boston erreichen. Ich blieb noch, räumte das Frühstücksgeschirr ab und machte das Bett. Acht Uhr in New York City. Sieben in Houston. Irgendwo hatte ich gelesen, dass Brown einer von diesen Workaholics sei, die schon um fünf Uhr morgens im Büro sind. Wenn das stimmte, war es nicht unmöglich, dass er allein dort war und seine Anrufe selbst annahm. Es sei denn, er ging nicht an den Apparat und die Mailbox schaltete sich ein. Ich nahm mein normales Handy und tippte die Nummer ein. Es folgte eine Pause, die länger dauerte als üblich, dann zwei, drei, vier Klingeltöne, und ich hörte eine Männerstimme sagen: Brown hier. Was zum Teufel wollen Sie? Er sprach mit einem ganz leichten texanischen Akzent, der aufgesetzt war, darauf hätte ich tausend Dollar gewettet. Der Widerling war in Groton, Princeton, und an der Harvard Business School gewesen. Die Ranch der Familie lag in der Nachbarschaft der King Ranch, und ich konnte mir gut vorstellen, dass er seine Sommerferien teilweise dort mit Cowboyspielen verbracht hatte. Aber die Familie besaß auch ein Anwesen in Maine. Ein Wunder, wenn er nicht jeden Südstaatenton, den er in seiner Grundschulzeit vielleicht hatte, mit dem Wechsel auf weiterführende Schulen verloren und sich erst später diesen unechten Singsang zugelegt hätte, passend zu seinen Eidechsenlederstiefeln und dem anderen Beiwerk texanischer Ölmagnaten und Rancher, mit dem er sich schmückte.

Ich möchte Sie wegen meines Onkels Harry sehen, antwortete ich.

Scheißdreck. Was soll denn das jetzt noch?, gab er zurück. Er ist tot. Schnee von gestern; hat sich erledigt.

Warum und wie er starb, ist kein Schnee von gestern. Dazu habe ich Fragen, die können nur Sie beantworten, und ich brauche Antworten.

Dann schreiben Sie mir einen Brief.

Nein, erwiderte ich, einige Dinge, die ich weiß, und einige Dinge, die Sie wissen, kann man nur von Angesicht zu Angesicht besprechen. Ich bin bereit, nach Houston zu kommen, und ich werde nicht mehr als zwei Stunden Ihrer Zeit in Anspruch nehmen. Und ich möchte Sie allein sehen.

Geben Sie mir Ihre Nummer, sagte er. Meine Sekretärin wird Sie anrufen und Ihnen einen Termin geben.

Damit legte er auf.

So wird man auf die weiche Tour abgeschmettert, sagte ich mir. Rufen Sie mich nicht an, meine Sekretärin wird zurückrufen. Von dem Mistkerl werde ich nie wieder hören, also muss ich mir den Weg zu ihm anders freisprengen. Vielleicht weiß Simon, wie. Aber ich irrte mich. Um neun Uhr fünfzehn klingelte mein Handy. Brown Enterprises. Aha! Seine Sekretärin kam um acht Uhr zur Arbeit. Ein Ton, klebrig süß wie Pekan Pie.

Captain Dana?, säuselte sie.

Am Apparat.

Hier ist Mr. Abner Browns Assistentin Eileen, Captain. Mr. Brown würde sich freuen, Sie nächsten Mittwoch um zwei Uhr mittags in seinem Büro im Brown Tower zu empfangen. Kennen Sie den Weg? Wenn Sie mir Ihre E-Mail-Adresse geben, schicke ich Ihnen die

Wegbeschreibung zusammen mit allen anderen Hinweisen.

Ich dankte und gab ihr meine E-Mail-Adresse, worauf sie fragte, ob ich ihr meine Flugdaten schicken würde, wenn ja, würde sie mich selbstverständlich gern am Flughafen abholen lassen. Auch die Hotelreservierung würde sie mit Freude vornehmen.

Sehr freundlich, sagte ich und dachte mir dabei, dass ich meinen Reiseplan besser für mich behielt, auch wenn Brown Enterprises sicher Mittel und Wege hatten, sich Informationen dieser Art zu verschaffen. Aber das ist nicht nötig. Wie lange ich bleibe, weiß ich noch nicht, und mit Mr. Hertz und Mr. Avis kann ich ganz gut umgehen.

In Ordnung, erwiderte sie, es wäre mir jedenfalls ein Vergnügen gewesen, Captain. Wenn Sie es sich anders überlegen, genügt ein Anruf. Darf ich noch etwas Persönliches sagen? Es tut mir so leid, alle hier bei Brown Enterprises sind sehr traurig wegen Ihres Onkels Mr. Dana. So ein reizender Herr!

Das gab mir eine Woche Zeit für eine wichtige Vorsichtsmaßnahme. Passieren konnte alles Mögliche. Es war anzunehmen, dass von dem Moment an, da ich Abner Browns Büro verließ, keine Versicherungsgesellschaft im Vollbesitz aller Fakten noch eine Lebensversicherung mit mir abschließen würde. Deshalb musste ich, für den Fall, dass der Killer oder sonst ein Handlanger Browns mich erwischten, bevor ich sie erwischen konnte, unbedingt sicherstellen, dass der Stein von Rosetta für

Browns Schandtaten in Kerrys und Scotts Hände kam. Die Frage, wieweit und wann Simon Lathrop eingeweiht werden solle, hielt ich für ein Problem, das davon getrennt und später zu behandeln war. Im Safe in meiner Wohnung wollte ich das Dokument nicht lassen. Jeanette würde bei Kerry vermutlich nicht auf juristischen Feinheiten bestehen, sondern ihr, ohne zu warten, bis sie als meine Nachlassverwalterin bestätigt wurde, den Zugang zum Safe erlauben – Minots Manöver waren mir noch gut in Erinnerung –, aber es war nicht vorherzusehen, welche anderen Faktoren diese einfache Lösung blockieren mochten, zum Beispiel würde die Polizei womöglich die Wohnung versiegeln. Vielleicht war die Wahrscheinlichkeit dafür gering. Ich wusste es nicht und wollte keine Zeit mit Spekulationen verschwenden. Die beste Lösung, die mir einfiel, war, in der Filiale meiner Bank an der Madison und Eightieth ein Tresorfach zu mieten, mit Schlüsseln für Kerry, Scott und mich, und Harrys Notizen dort zu deponieren. Ich entschied mich gegen Kopien. Wo und zu welchem Zweck hätte ich sie auch verstecken sollen.

Scott wollte am Donnerstagabend in die Stadt kommen und bei seiner Mutter wohnen. Ich würde ihn und Kerry am Freitag zum Lunch in meine Wohnung einladen, und danach würden wir zur Bank hinübergehen, so dass sie sich als Personen eintragen konnten, die Zugang zum Tresorfach hatten. Sollte ich ihnen erklären, worum es sich bei dem Dokument handelte, das wir in das Fach legten? Ich tendierte dazu, es zu verschweigen. Sie würden erkennen, dass ich mich in Lebensgefahr begab, wenn ich meinen Plan umsetzte, und besonders Kerry würde sich alle Mühe geben, mich davon abzubringen, mit dem Argument, dass wir, falls der Stein von Rosetta brauchbar war, sofort und ohne erst hohe und unnötige Risiken einzugehen, gegen Brown als den Kopf der kriminellen Bande einschreiten sollten. Ich sah ein, dass das ein schlagendes Argument war, aber wenn es um den Auftragsmörder ging, versagte es, jedenfalls was mich betraf. Was wir gegen Brown in der Hand hatten, mochte, nach langwierigen Verfahren und Revisionen, zwar reichen, ihn hinter Gitter zu bringen, aber würde es, selbst in Kombination mit dem iPhone und Harrys Brief, den Killer dingfest machen? Wahrscheinlich nicht, und dieses Risiko war das einzige, das ich nicht eingehen wollte. Andererseits waren Kerry und Scott so intelligent und so besorgt um mich, dass sie nicht zustimmen würden, gemeinsam Treuhänder eines Dokuments zu werden, ohne den Inhalt zu kennen. Ich entschied mich für einen Kompromiss. Ich würde ihnen sagen, ich hätte Harrys schriftliche Anschuldigungen gegen Brown und sein Unternehmen gefunden, und sie bitten, mir feierlich zu versprechen, dass sie das Dokument weder lesen noch aus dem Banktresor holen würden, außer mit meiner Zustimmung oder falls mir etwas zustieß, das mich endgültig aus dem Weg räumte. Bis zum letzten Moment war ich mir nicht sicher, ob sie einwilligen würden. Am Ende taten sie es, und ich hatte das relativ beruhigende Gefühl, dass sie ihr Wort hielten.

Aber noch einmal zurück zu diesem Nachmittag: Als ich meine E-Mails durchging, fand ich eine Nachricht von Kerry. Ihre Besprechung laufe tadellos. Sie werde wohl den Rückflug um sieben Uhr erwischen. Wie wäre es mit einem gemeinsamen Dinner plus Übernachtung? Mich überschwemmte eine solche Woge von Glück, dass ich laut Hurra schrie.

Komm direkt zur Fifth Avenue, antwortete ich. Dinner und noch Besseres warten auf dich.

Dann rief ich Simon an und berichtete, dass ich eine Audienz ausgehandelt hatte. Er wollte alles darüber erfahren, und ich schilderte ihm das Telefonat mitsamt Abners Grobheiten.

Ich wäre gern nächste Woche mit Ihnen dort, sagte er, und nicht nur als Fliege an der Wand. Ich wäre gern als Harrys ältester und bester Freund dabei. Aber vielleicht ist es am besten, wenn Sie ihn allein sprechen. Doch untätig war auch ich nicht. Wir Seniorpartner hatten ein Gruppentreffen und sind zu dem Schluss gekommen, dass Harrys erzwungenes Ausscheiden aus der Kanzlei nicht mit unseren Führungsprinzipien oder Traditionen vereinbar ist. Hobson hat gegen das Interesse der Kanzlei gehandelt. Wir wollen ihm die Gelegenheit geben, seinen Fall darzulegen. Er müsste schon eine verblüffend gute Verteidigung vorbringen, sonst wird er aufgefordert, als Vorsitzender zurückzutreten. Vielleicht wird man ihm nahelegen, die Kanzlei zu verlassen. Ich muss Sie, Jack, sicher nicht bitten, dies streng vertraulich zu behandeln und an niemanden weiterzugeben, auch an Kerry nicht. Die jüngeren Partner haben wir noch nicht eingeweiht.

Natürlich, sagte ich, aber auch ich habe ein Anliegen. Bitte, unternehmen Sie nichts, bis ich aus Houston zurück bin. Und bitte verhindern Sie solange, dass Ihre Gruppe etwas unternimmt. Abner Brown würde ohne Zweifel von allen Schritten gegen Hobson erfahren. Vielleicht würde Hobson ihm berichten und ihn um Unterstützung ersuchen. Es würde mich maßlos ärgern, wenn die Vorgänge in der Kanzlei meinen Besuch bei Brown aus dem Gleis bringen würden.

Sehr einleuchtend, erwiderte Simon. Sie haben mein Wort.

Damit war das erledigt, danach traf ich mich in einem Starbucks mit Martin, dem Leibwächter, gab ihm bei einem Caffè Latte Bescheid, wann Kerry aus Boston zurückkommen werde, und sagte ihm dann, dass sie nach meiner Einschätzung vom nächsten Mittwoch an in erhöhter Gefahr sei. Ich werde aggressiv gegen den Mann vorgehen, den ich für den Auftraggeber des Killers halte, der meinen Onkel ermordet hat. Ich werde ihm erklären, sagte ich, ich wisse, dass mein Onkel ermordet wurde, das könne ich beweisen, und mir sei klar, dass er den Profi geschickt habe. Und zum Schluss werde ich sagen, ich würde alles aufdecken, es sei denn, er schickt den Kerl zu mir, um mich loszuwerden. Schickt ihn zu mir, so dass ich ihn killen kann.

Ganz schön wagemutig, erwiderte Martin kopfschüttelnd, ich weiß nicht, ob ich es empfehlen würde, aber das ist Ihre Sache. Wenn Sie mit dem Auftraggeber und dem ganzen Szenario recht haben, ist die junge Dame auf jeden Fall in größerer Gefahr. Ich werde meine Vorsichtsmaßnahmen danach richten. Ein Vorschlag: Bitte raten Sie ihr, sich von der U-Bahn fernzuhalten. Wenn sie einen anderen Weg nimmt als den von ihrer Wohnung zum Büro und zurück, sagen Sie ihr bitte, sie soll diesen Fahrdienst rufen.

Er gab mir eine Karte. Darauf stand der Name *Safe and Sound Limousines* und eine Handynummer.

Das ist kein Fahrdienst, fuhr Martin fort, es ist mein Partner Lee, auch ein pensionierter Spezialagent, der sie fahren und mich ablösen wird, wenn nötig. Und bitte, schärfen Sie ihr ein, nicht einkaufen zu gehen, sondern sich bringen zu lassen, was sie braucht, und im Voraus mit Kreditkarte zu bezahlen, einschließlich Trinkgeld. Auf die Weise kann sie dem Lieferanten sagen, er solle das Bestellte draußen vor die Tür legen, es sei denn, sie kennt ihn. Dagegen wird sie sich wehren, ich weiß, aber Sie können ihr erklären, es sei nur für ein paar Tage. Was Sie vorhaben, weiß sie doch, oder? Dann wird sie verstehen, dass dies ein guter Rat ist.

Abgetrennt von der Empfangshalle der Brown Towers war eine kleine würfelförmige Kabine, durch die man zwecks Sicherheitskontrolle geschleust wurde, bevor man in den Fahrstuhl zu Abner Browns Büro stieg. Der Würfel erinnerte mich an den Raum in unserer Botschaft in Kabul, der dem gleichen Zweck diente. Eine Kabine mit einem Körperscanner, Regale mit Fächern zur Aufbewahrung von Geräten, zum Beispiel Handys, die nicht ins Innere mitgenommen werden durften, drei ununterscheidbare blonde junge Männer in Overalls mit der Beschriftung *Brown Security*, die aussahen, als wären sie im Irak gewesen und heil zurückgekommen. Da ich vermutet hatte, dass mein Handy kontrolliert werden würde, bevor ich zu Brown hinaufging, und da ich keine Lust gehabt hatte, seinen Inhalt inspizieren zu lassen, hatte ich es mit meinem Handgepäck in einem Schließfach im Flughafen untergebracht. Auf das Scannen folgte ein fachkundiges Abtasten. Nicht auf Waffen, da alles Derartige vom Scanner erkannt worden wäre, sondern – kein Zweifel – auf Verkabelung.

Was ist das?, fragte einer von den dreien, als er die CD-Box aus meiner Manteltasche fischte.

Eine CD-Box mit einer CD, antwortete ich.

In Ordnung, lassen Sie sie hier. Auf dem Rückweg können Sie sie wieder mitnehmen.

Geht nicht, sagte ich, die CD bringe ich Ihrem Boss mit.

Einer seiner Kollegen nahm ihm die Box ab, zog die CD heraus und schickte sie durch ein Gerät, das ich für eine Art Sprengstoffdetektor hielt, sagte, die ist okay, steckte die CD wieder in die Box und schob sie in meine Richtung. Ich packte sie wieder in die Manteltasche.

Startklar, sagte er in sein Walkie-Talkie, drückte auf einen Knopf, und die Fahrstuhltür öffnete sich.

Eileen nahm mich in dem Vorraum in Empfang, in den der Fahrstuhl mich entließ, und sagte, noch honigsüßer als am Telefon, Abner werde mich sofort hereinbitten. Ob ich eine Tasse Kaffee oder ein anderes Getränk wünsche?

Kaffee bitte, sagte ich, ohne Milch und Zucker.

Alles klar, gurrte sie und sprach in ein goldfarbenes Telefon, Captain Dana für Sie, Abner.

Ein knurrendes Geräusch kam aus dem Hörer. Sie lächelte und forderte mich auf, ihr zu folgen.

Ich hatte ihn gegoogelt und eine ganze Reihe Bilder gefunden – auf den Websites des Metropolitan Museums, der Kliniken und der Stadtbücherei von New York City, in deren Aufsichtsräten er saß –, war also auf das schwammige fahle Gesicht, den gewölbten Kahlkopf und die randlose Brille vorbereitet. Aber dass er so klein war, sah ich erst und mit Überraschung, als er vom Schreibtisch aufstand und mich auf einen Stuhl ihm gegenüber winkte. Er streckte mir nicht die Hand zum Gruß entgegen. Ich setzte mich und sagte: Danke, dass Sie mich empfangen.

Ein unnützer Besuch, also machen wir's kurz, antwortete er.

Er hätte von mir aus gern bei diesem Ton bleiben können, aber er wurde durch ein leises Klingeln unterbrochen: Eileen kam herein, begleitet von einem Kellner mit einem Glas Eistee, das er vor Brown hinstellte, und meinem Kaffee. Ich warf einen Blick auf die Tür, durch die sie – wie vorher Eileen und ich – hereingekommen waren, und bemerkte, dass sie gepolstert war. Wahrscheinlich eine gute Idee, sagte ich mir, wenn man Browns Ausbrüche und seine Ausdrucksweise bedenkt, und vielleicht auch in anderer Hinsicht sinnvoll.

Sie hatten Gründe, hierherzukommen, sagten Sie, fuhr Brown fort. Legen Sie los.

Ich brachte alles vor, was sich Simon Lathrop zur Probe angehört hatte.

Sie vergeuden meine Zeit, erwiderte Brown. Ich weiß nicht, warum zum Teufel Harry Dana sich erhängt hat. Eine saublöde Idee, mich danach zu fragen. Und dass ich Hobson eingeredet hätte, Harry wäre dement, das ist reiner Schwachsinn.

Und warum haben Sie Hobson dann erklärt, Sie wollten meinen Onkel nicht mehr für sich arbeiten lassen?

Das geht Sie nichts an, aber meinetwegen kann ich's Ihnen auch erzählen. Ihr Onkel war ein guter Anwalt, solange er bei seinem Job blieb. Sein Problem war, dass er sich maßlos überschätzte. Er wollte mir befehlen, was ich zu tun habe, statt zu tun, was ich ihm auftrug und wofür ich ihn bezahlte. Und ich zahlte eine Menge. Also habe ich ihm gesagt, er soll seine Scheißnase nicht in Sachen stecken, die nichts mit seinem Auftrag zu tun haben, und dann zeigte sich, dass er diese simple Anweisung nicht verstehen konnte. Vielmehr hatte er die Frechheit, in meinem Flieger hierherzukommen und mir einen Vortrag über mein Benehmen zu halten! Sagte, er werde Maßnahmen ergreifen – den Ausdruck hat er benutzt, das hat er gewagt –, wenn ich nicht dies und das und jenes tun würde! Erpressen wollte er mich, verdammt! Das lassen Sie sich gesagt sein, junger Mann, mich erpresst keiner. Und da habe ich ihn rausgeworfen und angeordnet, dass er alles, woran er für mich arbeitete, Will Hobson zu übergeben habe oder den Leuten in der Kanzlei, die Hobson dafür vorsah.

Verstehe, erwiderte ich. Und obendrein ließen Sie Harry ermorden.

Brown erhob sich. Auf seinem Schreibtisch stand eine der Bronzestatuen aus der italienischen Renaissance, die Kerry bewundert hatte, ein Hermes in der klassischen Haltung, auf einem Fuß stehend und den anderen, ebenfalls mit einer geflügelten Sandale bekleideten, in der Schwebe. Der göttliche Bote, bereit zum Flug auf Zeus' oder Heras Geheiß. Brown packte ihn am Standfuß und steuerte auf mich zu.

Immer mit der Ruhe, sagte ich, stellen Sie diese hübsche Statuette wieder hin. Wenn Sie mir zu nahe kommen, breche ich Ihnen den Arm.

Brown trat ein paar Schritte zurück, umklammerte jedoch die Bronze, um nur ja nicht sein Gesicht zu verlieren, nahm ich an. Aber genau das wollte ich, dass er sein Gesicht verlor, also sagte ich: Ich zähle jetzt bis drei. Entweder Sie stellen den Hermes ab, oder ich nehme Ihnen das Ding weg. Und versuchen Sie nicht, auf irgendwelche Knöpfe zu drücken, denken Sie nicht mal dran. Ich bringe Sie mit bloßen Händen um, bevor einer von Ihren Gorillas zur Tür hereinkommt. Eins, zwei …

Er stellte die Bronze auf den Schreibtisch zurück.

Gut, sagte ich, hiermit halte ich fest, Sie leugnen nicht, dass Sie Harry ermorden ließen.

Natürlich leugne ich das, antwortete er langsam, Sie reden irre.

O nein, sagte ich, ich zeige Ihnen jetzt ein paar Dinge, die werden Sie ein anderes Lied lehren. Erstens habe ich hier eine Kopie des Briefes, den Harry schrieb und in einem verschlossenen Umschlag mit meiner Adresse auf dem Schreibtisch in dem Zimmer liegen ließ, in dem er erhängt aufgefunden wurde. Lesen Sie. Sie kannten Harry sehr gut. Sagen Sie mir, ob das ein Abschiedsbrief ist, den er freiwillig schrieb oder einer, zu dem er gezwungen wurde.

Ich legte das Blatt Papier vor ihn auf den Schreibtisch. Er hob es auf, und an seinen Augenbewegungen konnte ich sehen, dass er es wirklich las.

Na und, was soll der Mist, erwiderte er. Klingt wie ein Brief von einem Scheißschwulen. Hab ich mir immer gedacht, dass er einer ist. Wie soll ich denn wissen, was für einen Abschiedsbrief er schreiben würde?

Man hat mir erzählt, Sie seien hochintelligent, und ich dachte, Sie würden Ihre Phantasie und Ihre Urteilskraft benutzen. Aber egal. Ich habe noch etwas für Sie, das ist direkter und leichter zu verstehen. Ich sehe, Sie haben hier eine beeindruckende Stereoanlage.

Ich zeigte auf die Bang & Olufsen-Komponenten, die in den Bücherregalen standen.

Hier habe ich einen Mitschnitt der Mordszene, fuhr ich fort und gab ihm die CD in die Hand, da können Sie sich anhören, wie Harry gezwungen wurde, sich zu erhängen. Die Szene wurde von Harrys iPhone aufgenommen, was der Mörder, den Sie schickten, nicht gemerkt hat. Nur zu, legen Sie die CD auf. Gut zu hören, das werden Sie merken. Aufschlussreich.

Wie in Trance legte Brown die CD ein und drückte auf Play. Die Stimme des Verbrechers füllte den Raum.

Brown hatte stehend, an das Regal gelehnt, zugehört. Danach schüttelte er den Kopf, ging mit energischen Schritten zu seinem Schreibtisch und setzte sich.

Was wollen Sie, fragte er. Diese Aufnahme beweist nicht, dass ich den Kerl geschickt habe. Sie haben keinen Beweis. Warum setzen Sie sich nicht einfach in Ihren Hertz-Mietwagen, fahren zum Flughafen wie ein braver Junge, nehmen das nächste Flugzeug nach New York und hoffen, dass Ihnen nichts Unangenehmes zustößt? Verstanden?

Ich lachte. Er hatte mich tatsächlich amüsiert.

Es ist ganz in Ihrem Interesse, dass mir nichts Unangenehmes zustößt. Andernfalls würden das Original dieser Aufnahme auf Harrys iPhone und das Original des Briefes samt zusätzlichen Informationen dem Strafverfolger ausgehändigt. Weder Sie noch ich könnten irgendetwas tun, um das Prozedere aufzuhalten. Sie sehen, Beweis hin oder her, ich bin überzeugt, dass dieser Kroate oder Serbe von Ihnen geschickt wurde, und ebenso überzeugt, dass Sie den Mord an Harrys Sekretärin Barbara Diamond veranlasst haben. Sie sind durch und durch bösartig, Brown.

Schluss mit dem verfickten Schwachsinn, Dana, gab er zurück.

Zu meiner Genugtuung zeigte sich eine Spur Farbe in seinem Gesicht.

Das ist kein Schwachsinn, sagte ich, es ist die Wahrheit, und sie hat Konsequenzen. Sehen Sie, Harry hat etwas noch Interessanteres hinterlassen als diesen Brief. Ein detailliertes Verzeichnis Ihrer Verbrechen – und der Verbrechen Ihrer Unternehmen. In diese Verbrechen hat er seine Nase gesteckt, das war's, richtig? Weil er Ihnen auf die Schliche gekommen ist, deshalb wollten Sie ihn loswerden, weil er die weitreichende und systematische Korruptheit und Rechtsverstöße in Ihren Gesellschaften entdeckt hatte, ließen Sie ihn und Barbara Diamond ermorden. War es nicht genau so?

Das ist auch Schwachsinn, erwiderte er, und Sie stehlen mir viel zu viel Zeit. Noch mal: Was wollen Sie?

Ich will, dass Sie diesen Kerl zu mir schicken. Mit dem Auftrag, mich zu töten, weil ich dann ihn töten werde, und genau das will ich. Ich will ihn umbringen. Ich will ihn sterben sehen. Und beeilen Sie sich. Ihnen bleibt nur noch eine Frist von Tagen, bis ich das Material an die Staatsgewalt weitergebe.

Jetzt war Brown mit Lachen an der Reihe. Und er lachte – hysterisch: Ich soll zugeben, dass ich was mit dem Tod Ihres Onkels zu tun habe? Dass ich den Blödmann auf der Aufnahme kenne, soll ich gestehen, und Sie möchten, dass ich Slobo zu Ihnen schicke?... Dana, ich bin kein Idiot, aber Sie sind offenbar verdammt viel dämlicher, als Sie aussehen. An Ihrer Stelle wäre ich von jetzt an verflucht vorsichtig. Und das gilt auch für alle die Scheißkerle, die Sie bequatscht haben, bei Ihrem irren kleinen Komplott gegen mich mitzumachen. Ein Kriegsheld sind Sie ja vielleicht, aber jetzt haben Sie den Mund zu voll genommen, und Sie lassen mir nur eine einzige Option.

XII

Er hatte den Namen gesagt! Er hatte ihn tatsächlich gesagt. Er weiß, dass der Profi Slobo heißt.

Also war jetzt Krieg, ein Zustand, der mir durchaus vertraut ist. Und in dem ich mich durchaus wohlfühle, das gebe ich zu. Will man seinen Feind töten und selbst überleben, braucht man eine gute Ausbildung, geschärfte Aufmerksamkeit für Details und Glück. Meine Ausbildung im Marine-Corps war die beste der Welt, und mir entgeht nichts. Glück hatte ich bei einer ganzen Reihe gefährlicher Aufträge gehabt, dass ich dabei Wunden davontrug, war nicht anders zu erwarten. Ob das Glück mir treu blieb? Das würde sich gleich zeigen.

Mein Hertz-Lexus stand auf dem Parkplatz der Brown'schen Firmengruppe. Ich näherte mich ihm vorsichtig, ließ mich auf ein Knie nieder und inspizierte das Fahrgestell. Nichts Ungewöhnliches zu sehen. Bevor ich zum Brown Tower hinaufgegangen war, hatte ich einen Streifen Tesafilm quer über die rechte Ecke der Heckklappe geklebt. Er war unversehrt. Am Kofferraum hatte sich niemand zu schaffen gemacht. Der Lexus war mit einer neuen Elektronik ausgerüstet, die es möglich macht, aus einer Entfernung von sechs bis sieben Metern die Wagentüren zu entriegeln und den Motor zu starten. Ich sah mich um. Kein Mensch in der

Nähe, den ich in Gefahr bringen würde. Ich zog den elektronischen Schlüssel aus der Tasche, drückte auf die Knöpfe für »öffnen« und »Zündung« und ging hinter einem SUV in Deckung. Für alle Fälle. Ich nehme an, Brown hatte es entweder nicht eilig oder keine Lust, einen Mord auf seinem Parkplatz erklären zu müssen. Es gab keine Explosion. Ich fuhr zum Flughafen, lieferte den Wagen ab und nahm den Zubringerbus zum AA-Terminal. Ein paar Minuten vor dem planmäßigen Start meiner Maschine zum JFK ging ein Flug nach Washington D. C. Ich hatte reichlich Zeit, buchte um, checkte ein und suchte mir ein Münztelefon, da ich nicht sicher war, ob Brown mein Handy, dessen Nummer er bestimmt gespeichert hatte, anzapfen konnte. Zuerst telefonierte ich mit Scott, kündigte ihm an, dass ich in D. C. Station machen würde, und fragte, ob ich ihn treffen und bei ihm übernachten könne. Er bejahte beides. Als Nächstes rief ich Kerry auf ihrem Blackberry an, wie sie mir empfohlen hatte. Sie war in einer Besprechung, und als ich sie fragte, wann ich zurückrufen könne, sagte sie, in fünf Minuten sei sie frei. Die Zeit nutzte ich, um Martin, ihren Bodyguard, anzurufen.

Ich hatte eine Verabredung mit dem Auftraggeber, berichtete ich ihm, und ich habe die Botschaft fast genau wie geplant übermittelt. Der Herr hörte sich alles an und sagte dann, in etwas anderen Worten: Sie sind tot, und genauso jeder, den Sie in diesen Bullshit mit reingezogen haben.

Martin stieß einen langen Pfiff aus. Waren Sie verkabelt, als Sie mit ihm redeten ?, fragte er.

Das habe ich gar nicht erst versucht, antwortete ich. Ich wusste, ich würde damit bei seinem Sicherheitsdienst nicht durchkommen.

Richtig, warf er ein, das war eine dumme Frage, aber gewünscht hätte ich es mir.

Wie auch immer, fuhr ich fort, wir wissen beide, das ist eine schlechte Nachricht für Kerry. Höchste Alarmstufe für Sie.

Richtig, sagte Martin wieder, und meinen Partner Lee werde ich auch in höchste Alarmbereitschaft versetzen. Wenn die junge Dame unsere Anwesenheit hinnehmen und mit uns zusammenarbeiten könnte, wäre das eine große Hilfe. Wenn Sie sie dazu bringen können, sollten Sie mich auf meinem Handy anrufen. Dann sehe ich weiter und treffe die nötigen Vorkehrungen.

Genauso denke ich es mir auch, versicherte ich ihm. In ein paar Minuten spreche ich mit ihr.

Ich erreichte Kerry in ihrem Büro, wo sie auf meinen Anruf wartete. Ich sagte ihr, ich würde über D.C. zurückfliegen, um Scott zu besuchen, und erst morgen wieder in der Stadt sein, und gab ihr dann eine Zusammenfassung des Gesprächs mit Brown.

Das ist ja 'n Ding, meinte sie. Sich so zu verraten!

Aber vielleicht ist es ihm auch ganz egal, erwiderte ich. Jedenfalls ist er bösartig und gefährlich. Ich muss mich bei dir entschuldigen: Als du sagtest, du wolltest keinen Leibwächter, tat ich so, als habe sich das Thema erledigt. In Wirklichkeit gibt es diesen Kerl – er ist ein sehr fähiger und zivilisierter ehemaliger FBI-Agent –, der dich beschattet. Ich nehme Browns Drohung sehr ernst, und ich möchte wirklich, dass du mit dem Mann – er heißt Martin Sweeney– und mit seinem Partner Lee kooperierst. Bitte, ruf Martin an und sprich dich mit ihm ab, so dass du größtmöglichen Schutz hast, ohne deinen normalen Tagesablauf und so weiter übermäßig einschränken zu müssen. Das ist absolut notwendig. Es war ein Leichtes für sie, Barbara zu töten, und es würde ihnen nichts ausmachen, dich zu ermorden.

Sie protestierte, aber nur schwach, und wir verabredeten uns für den Abend meiner Rückkehr zum Essen und einer Nacht in ihrer Wohnung.

Was kann ich für dich tun, außer meinen Leuten den Namen dieses Kerls durchzugeben, womit ich jetzt sofort anfange?, fragte Scott.

Er tippte eifrig auf seinem Handy.

Schick eine Drohne!, erwiderte ich und hielt ihm mein Glas hin, damit er mir Bourbon nachfüllte.

Du redest, als wäre das alles ein Riesenspaß, regte er sich auf, aber ich meine es todernst. Ein Predator wäre genau das Richtige, aber in den Staaten setzen wir die nicht ein.

Die Zeit wird kommen, und nur zu bald, lachte ich … Aber ganz im Ernst, ich habe mir Gedanken gemacht, wie sie es anstellen wollen, mich loszuwerden. Irgendwie glaube ich nicht an einen offenen Mord. Der würde einen massiven Polizeieinsatz provozieren. Und dass sie versuchen, mich zum Selbstmord zu zwingen, glaube ich auch nicht. Es wäre schwierig, Leute davon zu überzeugen, dass so etwas bei uns in der Familie liegt.

Also denke ich, sehr wahrscheinlich wird man diesem Kerl auftragen, er soll, was immer mir passiert, wie einen Unfall aussehen lassen. Ich sehe nicht, wie sie so etwas in meiner Wohnung an der Fifth Avenue inszenieren wollen oder in Kerrys Apartment – dort verbringe ich morgen die Nacht, wie ich gern und froh vermelde.

Ist Martin an der Arbeit?, unterbrach mich Scott.

Ja, sagte ich, und sie spielt mit, jedenfalls vorläufig. Also, noch mal zu dem möglichen Unfall, da liegt es nahe, mich von einem Auto oder Motorrad überfahren zu lassen, das bei Rot über die Straße prescht oder auf den Bürgersteig ausschert. Solche Sachen passieren dauernd, und in vielen Fällen schaffen es die Fahrer sogar bei echten Unfällen, zu flüchten. Das macht mir mit Recht oder zu Unrecht keine Sorgen. Die U-Bahn ist etwas anderes, aber die benutze ich sehr selten und werde es gar nicht tun, bis das hier vorbei ist. Natürlich steigt die Zahl der Möglichkeiten exponentiell, wenn sie mich einfach nur umlegen wollen. Es kann sein, dass einer mich im Mafiastil von hinten abknallt oder aus einem fahrenden Auto oder wenn ich im Park laufe. Der Kerl könnte auch ein Messer nehmen. Ich werde aufpassen.

Scott nickte.

Wenn ich bei der Vorstellung von einem fingierten Unfall bleibe, könnte ich mir denken, dass ein Sadist wie Slobo nichts dagegen hat, an den Ort eines früheren Triumphes zurückzukehren. Würde er die Tat in dem Fall nicht im Sag-Harbor-Haus begehen wollen, und zwar so, dass sie ihm Zeit gibt, sein Spiel mit mir zu treiben? Das bringt mich auf die Frage nach dem Zeitpunkt. Geht es nach der Logik, würde Brown mich am liebsten heute Abend oder morgen tot sehen, je eher, desto besser, um die Chancen, dass ich mit meinem Beweismaterial an die Öffentlichkeit gehe, möglichst gering zu halten. Aber es muss sauber erledigt werden. Wenn du meine Hypothese akzeptierst, dass Sag Harbor der vorgesehene Tatort ist, wären Slobo und ich am nächsten Wochenende verabredet – denn dieses Wochenende fahre ich nicht hinaus.

Kerry nimmst du doch nicht mit, oder?

Ich schüttelte den Kopf.

Dann lass mich mitkommen. Dies muss ja kein Duell sein.

Ich würde dich sehr gern dabeihaben, sagte ich, aber er würde merken, dass du da bist, und beschließen, dass es kein Einmannjob mehr ist, besonders wenn es aussehen soll wie ein Unfall. Du würdest ihn abschrecken. Und dann ist da noch etwas. Ehrlich gesagt, möchte ich es allein tun.

Scotts Pager, oder was auch immer, piepte, und er ging in die Küche.

Das war das Büro, sagte er. Neuigkeiten, druckfrisch. Womöglich kennen wir deinen Slobo sogar. Der Vorname Slobo ist die übliche Abkürzumg für Slobodan; das Profil, soweit wir es erschließen können, deutet auf einen Slobodan Milić. 1975 geboren, bosnischer Serbe, kämpfte in einer von Karadžić' Einheiten, ein Gangster und Killer auf der Interpol-Liste der gesuchten Personen. Wie er sich 2008 mit einem Touristenvisum ins

Land gemogelt hat, ist vorläufig noch ein Rätsel – eines, das ich aufzuklären versuche. Wieder ein Beispiel für die Leistungsfähigkeit des Ministeriums für innere Sicherheit und des Heimatschutzes. Natürlich ist nirgendwo verzeichnet, ob er das Land verlassen hat oder wo er sich aufhält, was für sich genommen nichts besagt. Aber das wird jetzt umgehend untersucht. Seine Fingerabdrücke haben wir, aber in Sag Harbor muss der Mistkerl Handschuhe getragen haben und verdammt vorsichtig gewesen sein. Du weißt ja, dass wir im Haus nichts gefunden haben, weder am Seil noch an den Kleidern deines Onkels, nichts an der Schere, mit der er der armen Katze die Schnurrhaare abgeschnitten hat. Immerhin haben wir sein Polizeifoto, die Kollegen mailen es mir. Das wird uns nützlich sein, denke ich. Sobald ich es habe, leite ich es an Martin weiter. Arbeitet er mit Lee zusammen?

Ich nickte.

Der ist auch ein guter Mann. Wenn sie wissen, wie der Kerl aussieht, werden sie es leichter haben, denke ich, sie sollten aber nicht davon ausgehen, dass Brown zwangsläufig Slobo einsetzt; du solltest dich auch nicht darauf verlassen. Vergiss nicht, dass Slobo einen Riesenfehler beging: Er hätte vor der Tat sicherstellen müssen, dass er nicht überwacht wird. Womöglich hat er jetzt großen Ärger.

Ich nickte wieder.

Wir wissen auch, wie viel er wiegt, fünfundachtzig Kilo, und wie groß er ist, einen Meter dreiundachtzig. Kleiner, aber massiger als du. Und vergiss nicht, dass jeder, der unter Karadžić kämpfte, kampferprobt im schmutzigen Krieg ist. Nicht so wie du, aber auf die leichte Schulter nehmen sollte man es trotzdem nicht.

Danke, sagte ich. Ich frage mich, ob sich Slobos und meine Wege nicht schon gekreuzt haben. Darüber können wir beim Abendessen reden – falls Essen auf dem Programm steht.

Ist mir recht. Ja, ist geplant, sagte Scott, und jetzt lass uns zum Kern des Problems kommen. Du bist mein bester Freund, wahrscheinlich mein einziger wirklicher Freund. Also werde ich dir nicht mit einer CIA-Masche kommen und das Dokument, was immer es sein mag, das wir im Safe verwahrt haben, an mich bringen. Ich könnte es, und vielleicht habe ich die Pflicht, es zu tun, denn wenn ich dich richtig verstehe, ist es ein verdammter Schlüssel zu Browns illegalen Geschäften. Ich habe mich mit seinen Aktivitäten befasst, und wenn zutrifft, was du mir über deinen Onkel erzählt hast und wenn meine Ahnung richtig ist, dann gefährden diese Aktivitäten wahrscheinlich die Sicherheit der Vereinigten Staaten. Warum sollten wir in dem Fall die Übergabe des Dokuments hinauszögern und Browns Verfolgung vertagen? Und warum solltest du dich unterdessen in Todesgefahr bringen, wo du doch allen Grund zum Leben hast? Kerry, dein neues Buch. Die Liste kannst du verlängern.

Ich schwieg eine Weile, bevor ich antwortete. Schließlich sagte ich: Ich kann dir sagen, warum: Ich will den Scheißkerl umbringen. Das weißt du, und wir beide wissen, wie groß die Chancen sind, dass er entwischt, während du eure Maschinerie ankurbelst. Nicht, weil du es hinauszögern willst, sondern weil Bürokratien schwerfällig sind. Und zweitens wird Slobo, selbst wenn die Feds oder wer auch immer, ihn erwischen, mit einer Gefängnisstrafe davonkommen. Das kann ich nicht hinnehmen. Drittens haben wir das Problem, dass Brown sehr einflussreich ist. Dass er Senatoren und Gott weiß wen in der Tasche hat, erwähntest du. Nimm an, er sorgt dafür, dass die Strafverfolgung im Sande verläuft. Was dann? Deshalb will ich vorpreschen. Wenn ein paar Wochen verstreichen und nichts passiert, kannst du Harrys Dokument haben, oder du und Kerry könnt es haben und unternehmen, was immer unter den gegebenen Umständen am wirksamsten ist. Und wenn ich ermordet werde, gehören die Dokumente euch. In Ordnung?

Jetzt brauchte Scott Bedenkzeit, bevor er sprach.

Noch einen Drink, bevor wir ans Essen denken?, fragte er.

Klar, sagte ich. Dann sind wir uns also einig?

Er nickte.

Als er mit den Getränken zurückkam, sagte ich: Ich möchte nicht, dass du glaubst, ich würde dich für Q und mich für 007 halten, aber ein paar Teile aus seiner Trickkiste könnte ich schon brauchen.

Sprechen Sie, Captain!

Ich frage mich, ob ihr mit einer Pistole oder einem Revolver dienen könnt, die explodieren, wenn sie abgefeuert werden. Eine kleine Explosion. Genug, um dem Schützen die Hand abzureißen, aber nicht so stark, dass sie ihm oder jemandem, der einen knappen Meter entfernt steht, größeren Schaden zufügen. Der zweite Gegenstand wäre ein Blasrohr oder eine Betäubungspistole und dazu Pfeile, die einen Mann von Slobos Größe lähmen würden, auch dann, wenn sie ein paar Lagen Stoff durchbohren, und möglichst so, dass er noch sprechen kann. Dass er noch sprechen kann, ist nicht wichtig, wenn die Lähmung nur relativ kurze Zeit vorhält. Aber das Gift, mit dem der Pfeil präpariert ist, müsste sehr schnell, innerhalb von Sekunden wirken.

Die Pistole kann ich dir mit ziemlicher Sicherheit besorgen, sagte Scott. Zufällig weiß ich, dass wir so ein Gerät haben. Der sedierende Pfeil ist ein Problem. Es ist schwierig, ihn einzusetzen. Ich muss prüfen, wie wir Ihre besonderen Bedürfnisse erfüllen können, Captain. Da du an diesem Wochenende in der Stadt bleibst, komme ich bei dir und Kerry vorbei und bringe die Sächelchen mit, die ich auftreiben kann.

Bevor wir zum Essen gingen, checkte Scott seine Mails. Auf dem Monitor erschien das Foto. Ein volles bleiches Gesicht mit einer überraschend dünnen Nase, einer Narbe auf der linken Wange, wahrscheinlich von einem tiefen Schnitt mit einem Messer, der nicht sofort vernäht worden war, kleine blaue Augen, braunes Haar, glatt zurückgekämmt, eine Frisur, die ich von Reisen in Griechenland und der Türkei kannte.

Ziemlich markant, sagte ich, kein Gesicht, das man vergisst, wenn man es genau angesehen hat.

Wir gingen in dasselbe Restaurant wie bei meinem vorigen Besuch. Während wir Blaukrabben und Erbsen verzehrten, erzählte ich Scott von dem Clown am Strand und sagte, nach Größe und Gewicht zu urteilen, könne es durchaus Slobo gewesen sein. Diese Nase, die Narbe, fuhr ich fort, kein Wunder, dass er eine Skimaske trägt, wenn er nicht möchte, dass sein Publikum ihn im Gedächtnis behält.

Interessant, interessant, sagte Scott nachdenklich. Das war, bevor du deine Entdeckungen machtest. Mit Sicherheit, bevor Brown von deinem Interesse an ihm Wind bekam. Warum nimmst du an, dass Slobo da schon an deinem Fall dran war? Und wenn das stimmt, warum, glaubst du, gab er auf, als diese Bonacker sich mit dir aus dem Staub machten?

Nächstes Mal frage ich ihn und lasse dich wissen, was er mir erzählt.

Eine explodierende Pistole. Sedierende Pfeile. Und dann?, fragte ich mich. Langsam und verschwommen gingen mir Teile eines Plans durch den Kopf, hatten sich aber noch nicht zu etwas Vollständigem oder deutlich Erkennbarem verfestigt. Wahrscheinlich würde ich bei meiner Begegnung mit Slobo den Spieß nur dann umdrehen können, wenn ich ihn überraschte, das wusste ich, aber sobald ich mir die Szene bildlich vorzustellen versuchte, sah ich gar nichts, und die Leere in meinem Kopf blieb, auch wenn ich annahm, das Ganze würde sich in Harrys Haus in Sag Harbor abspielen, wie ich vorausgesetzt hatte, als ich mich vor Scott als knallharter Bursche aufspielte. Im Wechsel mit diesen Überlegungen schweiften meine Gedanken wie zwanghaft ab und richteten sich auf die Szene des Rachemordes in Mato Grosso. Alberto Ferreira lässt verlauten, dass er jeden Abend auf seiner Veranda den Verbrecher erwarten wird, der seinen Vorgänger ermordet hat. Prompt stellt sich der Kerl eines Abends ein, wirft eine Handgranate und schießt obendrein das Magazin seiner Smith & Wesson leer. Ist Ferreira tot? Von wegen: Die Gestalt im Schaukelstuhl war nur eine Puppe, so angezogen, dass sie aussah wie er. Unterdessen leuchtet Ferreira dem Mörder heim – mit der vollen Ladung seiner Zwölf-Kaliber-Flinte. Einfach brillant. Warum sollte das für mich nicht auch funktionieren? Große Feldherren versuchen nicht, das Rad zu erfinden. Sie studieren berühmte Feldzüge, etwa Hannibals Alpenüberquerung oder Napoleons Marsch auf Ulm. Warum konnte ich nicht eine Schaufensterpuppe aus dem Ralph-Lauren-Laden für Herrenmoden ausleihen, wo ich ein Vermögen für einen Lammfellmantel ausgegeben (und dem Verkäufer und seinem Lebenspartner eine Widmung in meinen zweiten Roman geschrieben) hatte, ihr eine Perücke aufsetzen und ein paar Kleider anziehen, sie im Studio in Sag Harbor genau an den Platz setzen, an dem Harry gesessen haben muss, und Slobo hereinlocken?

Die Antwort lag auf der Hand. Das Gelände und der Feind waren viel zu unterschiedlich. Schon die Tatsache, dass es in Sag Harbor keine Veranda gab, auf der ich im Schaukelstuhl sitzen und mich Slobos Feuerhagel aussetzen konnte, sprach dagegen. Nur das Muster, eine Falle mit mir als Köder aufzustellen, ließ sich anwenden. Der Rest war ein Bündel von Unwägbarkeiten, denen ich mit Flexibilität und Waffenvielfalt begegnen musste. Den Pfeil, den ich vielleicht brauchte, würde Scott wohl nicht beschaffen können. Wenn er doch einen auftrieb, war der womöglich zu schwach oder zu stark. Als ich mich im rückwärtigen Schlafzimmer seines Flounder-Hauses bettfertig machte, fiel mir eine andere Beschaffungsquelle ein. Susie, die Tierärztin! Sie war die geschiedene Frau eines Mannes, mit dem ich Lacrosse gespielt hatte, und arbeitete als Spezialistin für große Tiere im Bronx Zoo. Ich rief sie am Morgen an und fragte, ob ich sie auf meinem Weg vom Flughafen besuchen könne. Selbst eine bescheidene Berühmtheit ist in Kombination mit einem Hollywood-Erfolg eine große Hilfe, wenn man die Zeit vielbeschäftigter Leute verschwenden muss. Sie beschrieb mir den Weg zum Wild Life Health Center auf dem Zoogelände und sagte, sie werde in ihrem Büro sein.

Ja, warm hier, sagte sie, wir halten die Temperatur wegen unserer kleineren Patienten so hoch. Die Großen, meine besonderen Schätzchen, sehen wir hier normalerweise nicht. Bei denen machen wir Hausbesuche, lachte sie. Zieh die Jacke ruhig aus; ich tue das auch.

Hübsch hatte ich sie schon immer gefunden, aber noch nie so gutaussehend wie jetzt. Sie legte den weißen Mantel ab, stand in einem grauen ärmellosen Top da, und ich bemerkte, dass sie ihre Achselhöhlen nicht rasierte. War das eine neue Entwicklung, oder hatte ich noch nie Gelegenheit gehabt, hinzusehen, fragte ich mich. In der Luft hing ein Geruch von frischem

Schweiß, zweifellos ihrem. Ich stellte fest, dass ich stark erregt war, und zwang mich, an den Zweck meines Besuches und natürlich an Kerry zu denken. Unterdessen plauderte sie munter, erzählte mir, die Arbeit mache ihr so viel Spaß wie noch nie, mit meinem ehemaligen Mitspieler Hugh verstehe sie sich gut, gelegentlich träfen sie sich auf einen Drink und machten ein bisschen rum, wegen der alten Zeiten, aber mit einer Ausnahme nie unterhalb der Gürtellinie, ab und zu verabrede sie sich mit Kerlen, meistens in den Bars im East Village, wo sie wohne, und sie plane, zusammen mit ein paar Kollegen nach Patagonien zu reisen.

Wenn du fährst, sag mir Bescheid, schlug ich ihr vor. Ich war im letzten Winter einen guten Monat lang dort. Betrachte mich als deinen persönlichen Reiseberater. Das bringt mich auf Umwegen zum Zweck meines Besuches. Hast du Erfahrung im Umgang mit einem großen Zootier – damit meine ich nicht Elefanten oder Flusspferde, sondern zum Beispiel einen großen Affen, einen Orang-Utan – der aus irgendeinem Grund durchdreht und einen Menschen, zum Beispiel jemanden vom Zoopersonal, in Gefahr bringt? Ich habe den Eindruck, woher, weiß ich nicht, vielleicht aus der *Times*, dass in solchen Fällen eine unerschütterliche Person in weißem Mantel, jemand wie du, herbeieilt und den Angreifer ruhigstellt. Ist es so? Wie funktioniert es?

Sie lachte wieder und fragte, ob ich jetzt Krimis schriebe.

Nicht ganz, erklärte ich ihr, aber mein Interesse geht in eine ähnliche Richtung.

Der Pfeil, sagte sie, ist im Grunde eine fliegende Spritze. Die Spitze – die Nadel, wenn du so willst – durchbohrt die Haut, und ein kleiner Metallball hinten in der Spritze drückt aufgrund des Trägheitsmoments die Flüssigkeit in das Tier. Wir verwenden alle möglichen betäubenden und muskelentspannenden Medikamente. Das berühmteste und beste ist Curare, das Mittel, mit dem die Stämme am Amazonas, die mit Blasrohren schossen, immer die Spitzen ihrer Pfeile präparierten. Wenn die Dosis nicht zu hoch ist, wird der Getroffene vorübergehend gelähmt. Kann sich nicht bewegen, bleibt aber bei Bewusstsein. Die Kunst ist, nicht zu viel zu geben, es sei denn, man hat ein Atemgerät zur Hand, weil eine Lähmung, die zu tief geht, die Lunge in Mitleidenschaft zieht, so dass der Getroffene erstickt. Also ja, der kleine Mann oder die kleine Frau können mit einem Betäubungsgewehr hereinstürzen und die große Katze oder den Orang-Utan oder das Gnu ruhigstellen. Das Kunststück ist, nicht zu wenig oder zu viel zu injizieren, und das hängt natürlich direkt von Größe, Gewicht und so weiter ab.

Musik in meinen Ohren, sagte ich. Wie schnell wirkt dieses Zeug?

Hängt vom Wirkstoff und von der Dosis ab. Man kann die Wirkung beschleunigen, indem man das Gift auf die Pfeilspitze aufträgt. So schleust man das Mittel schneller in den Blutkreislauf. Aber sobald der Pfeil in der Haut steckt und die Flüssigkeit in die Blutbahn pumpt, geht es ohnehin ziemlich schnell.

Sie sah meinen Gesichtsausdruck und fügte hinzu: Du bist ganz begeistert von diesem Zeug, oder?

Bin ich, bin ich, antwortete ich, aber eins verstehe ich nicht: Warum benutzt die Polizei nicht Pfeile statt scharfer Munition?

Überwiegend aus Dummheit, sagte sie, jedenfalls meiner Meinung nach. Sie erklären lang und breit, dass eine Standarddosis eine unterdurchschnittlich große Person töten könnte und dass die Zeit, bis ein Pfeil wirkt – es dauert nur Sekunden –, zu lang ist. Jemand muss mir mal erklären, warum das Risiko einer Überdosierung weniger hinnehmbar ist als fünf Kugeln aus einer Glock und wie massiv man feuern muss, um einen entschlossenen Kriminellen zu bremsen, der mit einer Schusswaffe oder einer Machete angreift. Wenn du mein Fazit hören willst: Bullen wollen Eindruck schinden, aber kein Betäubungsgewehr schwingen. Sie wollen ganz großes Kino.

Susie, fragte ich, kannst du mir zwei bis drei Pfeile, möglichst mit Curare präpariert, basteln oder auch besorgen, falls sie fertig zu kaufen sind, Pfeile, die einen Mann, etwa so groß wie ich, aber massiger, rund sechsundachtzig Kilo schwer, vorübergehend – das heißt zwischen fünf Minuten und einer halben Stunde lang – lähmen? Das Zeug muss schnell wirken, praktisch sofort. Würdest du das für mich tun?

Ach du Scheiße, Jack, rief sie, was hast du vor? Was willst du damit?

Also gut, antwortete ich, jetzt sage ich dir die ungeschminkte Wahrheit. Der Kerl, auf den diese Beschreibung passt, ist ein Auftragsmörder, der versuchen wird, mich umzubringen. Wahrscheinlich in zehn Tagen.

Polizeischutz will ich nicht beantragen, und ich weiß auch nicht sicher, ob ich genug in der Hand habe, um ihn zu bekommen, aber glaub mir, den Verstand habe ich nicht verloren, und ich weiß, wovon ich rede. Natürlich könnte ich den Scheißkerl erschießen oder mit dem Messer erledigen, aber aus allerhand Gründen, von denen keiner humanitär ist, will ich das vielleicht nicht. Deshalb besorg mir bitte die Pfeile. Dann hast du eine Menge bei mir gut.

So viel, dass du mich aus alldem hier zu einem romantischen Wochenende nach Paris entführen würdest?

Bevor ich antworten konnte, glitt sie auf meinen Schoß. Ihre Glut drang zu mir durch. Und ich hatte richtig geraten. Der Geruch kam von ihrem Schweiß. Sie küsste mich, schob mir ihre Zunge tief in den Mund.

Wow, sage ich, als ich mich wieder von ihrem Mund gelöst hatte, dieses Thema müssen wir wieder aufnehmen, wenn ich den Besuch des Scheißkerls überlebe. Also sollten die Pfeile schon in Ordnung sein.

Das werden sie, versprach Susie. Aber versau's bloß nicht. Ich weiß nicht genau, was ich damit meine, aber versau's nicht, lass auf gar keinen Fall jemanden wissen, dass ich dir diese Pfeile gegeben habe. Sonst verliere ich womöglich meine Konzession und lande obendrein im Knast.

Keiner wird es erfahren, versprach ich ihr. Wann kann ich sie haben?

Übermorgen, sagte sie. Gib mir deine Adresse. Ich bringe sie vorbei, und eine Pistole dazu. Und du brauchst nicht unbedingt da zu sein, um das Päckchen in Empfang zu nehmen. Ich warte auf unseren Ausflug.

Heute Morgen hat so ein Spinner angerufen, sagte mir Jeanette, als ich nach Hause kam. Ein Ausländer. Er wollte mit Ihnen sprechen, und als ich sagte, Sie wären nicht in der Stadt, sagte er so was wie: Ach ja? Dann sag ihm, er ist ein Stück totes Fleisch. Ich wollte ihn anschreien, aber er hat einfach aufgelegt.

Das ist ein Spinner, meine liebe Jeanette, sagte ich, und ein sehr unangenehmer. Ich habe vor, mich bald um ihn zu kümmern. In der Zwischenzeit, denke ich, sollten Sie Folgendes tun. Seine Stimme würden Sie doch wiedererkennen?

Ja.

Gut, wenn er wieder anruft, legen Sie einfach auf. Egal, wie oft er anruft. Wenn er eine Nachricht hinterlässt, nicht löschen. Zweitens: Lassen Sie keine Handwerker und dergleichen in die Wohnung, wenn ich nicht da bin, und auch sonst nicht, bevor Sie mich gefragt haben. Wenn es eine Ausnahme von dieser Regel gibt, sage ich Ihnen Bescheid. Drittens: Wenn Essen oder Putzmittel und so weiter angeliefert werden, lassen Sie nur Lieferanten in die Küche, die Sie kennen. Wenn ein Neuer kommt und ich nicht zu Hause bin, sagen Sie dem Fahrstuhlführer, Sie möchten, dass die Lieferung unten bleibt, bis ich wiederkomme. Wenn ich zu Hause bin, rufen Sie mich, damit ich mir den Boten ansehen kann.

Ja, Sir, Captain Jack, sagte sie betrübt. Macht Ihnen dieser Spinner Angst?

Nein, das nicht, antwortete ich, aber ich will nicht, dass Sie oder ich in Schwierigkeiten kommen, weil wir nicht vorsichtig genug sind.

Ich beschloss, Kerry davon zu überzeugen, dass sie für ihre Wohnung die gleichen Vorsichtsregeln und die von Martin aufgestellten beachten müsse, und schlang das Mittagessen hinunter, das Jeanette mir hingestellt hatte. Die *Times* hatte ich schon im Flugzeug gelesen, also nahm ich meine zweite Tasse Kaffee mit ins Studio und rief Simon Lathrop an. Mir war eingefallen, dass Brown seine juristische Flanke für gut gesichert halten musste, solange Will Hobson das Kommando über Jones & Whetstone hatte. Es war Zeit, ihn aufzustören und die Kanzlei zum Handeln zu bewegen.

Abner Brown ist ein widerlicher Dreckskerl, erklärte ich Simon. Erstaunlich, dass Harry so viele Jahre lang mit ihm auskommen – nein, es mit ihm aushalten – konnte.

Zweifellos haben Sie die vulgäre, grobe Version gesehen, erwiderte Simon. Die gibt es, ich weiß. Harry hat sie mir sogar geschildert. Aber Brown hat auch eine andere Seite, skurrilen Charme und Besonnenheit, außerdem einen wirklich bemerkenswerten Geschäftssinn und hohe Intelligenz, das dürfen Sie nicht vergessen, weil es besonders wichtig ist, wenn Sie Harry verstehen wollen. Abner ist außerdem ein Sammler mit viel Fingerspitzengefühl und sicherem eigenständigem Geschmack! Und das gilt nicht nur für seine wunderbaren

Renaissance-Bronzen. Auch für die ansehnliche Sammlung früher florentinischer Gemälde. Das ist die eine Seite der Gleichung. Auf der anderen Seite stand Harrys Freude am Lösen anspruchsvollster unternehmerischer Probleme, und davon hatte Brown viele, sowie sein Ehrgeiz, den Mann und seine Unternehmen als Mandanten zu gewinnen und zu halten, und schließlich seine Einsamkeit. Viele Jahre lang, so lange, bis Sie aus Afghanistan zurückkamen, füllte Brown Harrys Leben aus.

Und nach alldem ist er Harry in den Rücken gefallen, warf ich ein. Auf die übelste Weise.

Simon lachte und sagte: Das ist definitiv nicht untypisch für ihn. Im Gegenteil!

Alles in allem verlief mein Gespräch mit ihm ziemlich genau wie erwartet, fuhr ich fort. Es wird Sie interessieren, dass er rundheraus abstreitet, die Zusammenarbeit mit Harry deswegen abgebrochen zu haben, weil er dachte, Harry sei nicht mehr bei Trost. Vielmehr gab er mir zu verstehen, er habe Harry gefeuert, weil Harry ihn wegen der Rechtsverstöße, die er entdeckt hatte, zur Rede gestellt habe. Das klingt ganz anders als die Geschichte, die Will Hobson mir aufgetischt hatte.

Allerdings, sagte Simon nach einer Pause, ganz anders. Was Sie sagen, passt zu anderen Regelwidrigkeiten in Hobsons Aktivitäten. All das hätte nicht passieren können, wenn wir noch wie richtige Partner agieren und wenn wir – vor allem die Seniorpartner – im Blick behalten würden, was in der Kanzlei vor sich geht. Jetzt können der Vorsitzende und sein handverlesener Verwaltungsausschuss verhindern, dass ihnen jemand in die Karten sieht. Aber ich bin entschlossen, die Seniorgruppe in der Kanzlei wieder zu einer Sitzung zusammenzutrommeln, um eine förmliche Untersuchung vorzubereiten. Es wäre nicht unüblich, einen hoch angesehenen Außenstehenden, einen ehemaligen Bundesrichter oder US-Staatsanwalt zu bitten, sie zu leiten. Dass ich dies hinauszögere, wollen Sie jetzt nicht mehr?

Ganz und gar nicht, erwiderte ich. Von mir aus je eher, desto besser.

Ich erzählte Kerry fast alles, was bei meinem Besuch im Brown Tower vorgefallen war und was ich von Scott über Slobo erfahren hatte, ließ nur meine Spekulationen über Slobos mutmaßliches Vorgehen aus. Sie wurde sehr ernst und fing an zu weinen, zum zweiten Mal, seit ich sie kannte. Ich habe solche Angst, solche Angst, ich will nicht, dass sie dich töten, wiederholte sie wieder und wieder. Warum kannst du nicht vernünftig sein? Nehmen wir doch lieber, was du hast – auch Harrys im Tresor eingeschlossene Notizen – und gehen damit zum US-Staatsanwalt. Wenn du mir die Notizen zeigst, werde ich bestätigen, dass sie das Dynamit sind, das wir vermuten, aber auch ohne sie gesehen zu haben, bin ich sicher, dass sie hoch belastendes Material sind, ich kenne Harry doch. Lass zu, dass sie wegen Harrys Tod gegen Brown ermitteln, und lass dir Polizeischutz geben. Das schuldest du mir, Jack. Du hast gesagt, du liebst mich, du hast gesagt, du möchtest mich heiraten, und ich möchte dich auch heiraten, du hast kein Recht, dich aufzuführen wie ein wahnsinniger Wildwest-Sheriff, der seinen Mann unbedingt erwischen muss. Du warst im Irak, du warst in Afghanistan, es ist genug!

Mir fiel nur eine einzige Antwort ein: Sie müsse mir vertrauen. Slobo würde mich nicht töten, ich würde ihn töten. Und dann wäre alles gut, für immer.

Und wenn Slobo dir nicht allein auflauert, jammerte sie, wenn es nun kein Schusswechsel wird, bei dem du zeigen kannst, dass du der schnellste Schütze im ganzen Wilden Westen bist, was, wenn du nach Sag Harbor gehst und sie Handgranaten durchs Fenster werfen oder andere Sachen machen, bei denen es überhaupt keine Rolle spielt, wie stark, wie mutig, wie schlau du bist? Meinst du, Harry würde wollen, dass du so stirbst?

Jetzt kann ich nicht mehr zurück, antwortete ich. Nachdem ich Brown aufgefordert habe, er solle mir Slobo schicken, damit ich ihn umbringe, kann ich keinen Rückzieher machen.

Dann bist du tot, und er lacht und lacht nur.

Da war nichts zu machen.

Ich erzählte ihr, dass Scott am Wochenende in die Stadt käme, und wir verabredeten, am Samstag mit ihm ins Ballett und anschließend essen zu gehen. Am Wochenende danach veranstaltete Western Industries, ihr bedeutender Mandant, in Edgartown auf Martha's Vineyard eine Klausurtagung für Manager. Sie war eingeladen worden, einen Vortrag über die Sicherung der Regelkonformität in Unternehmen zu halten, und musste hinfahren. Ich gratulierte ihr und sagte, da sie beschäftigt sei, würde ich das Wochenende für einen Abstecher nach Sag Harbor nutzen und mich darum kümmern, dass im Garten ein paar neue Pflanzen eingesetzt wurden. In der Nacht liebten wir uns ohne Freude, klammerten uns nur verzweifelt aneinander, und diese Traurigkeit blieb, bis sie nach Martha's Vineyard abreiste. Ich fuhr sie wieder zum Marine Terminal, wo sie den Shuttle zum Bostoner Logan Airport nahm. Von dort aus brachte der Jet von Western Industries sie und die Geschäftsleitung zur Insel. Auf dem Weg zum Terminal versprach ich ihr, sie am Sonntagabend wieder abzuholen. Doch sie ließ sich von meinem Versuch, sie zu beruhigen, wohl nicht täuschen.

Gleich nachdem Kerry in die Kanzlei gefahren war, hörte ich meinen Anrufbeantworter ab und fand eine Nachricht vor. Ich dachte, sie sei vielleicht von Slobo. Aber nein, es war meine Agentin, die fragte, ob ich bereit sei, in Lou Brennans Sonntagmorgenshow bei Fox News aufzutreten. Er hat heimlich in Ihr neues Buch geschaut und würde sich wirklich gern mit Ihnen unterhalten. Ich kann mir schon denken, was Sie antworten, aber trotzdem …

Sie dachte, ganz vernünftig, dass keine zehn Pferde mich zu einer Show in Fox News zerren würden – und unter normalen Umständen hätte das auch gestimmt. Aber dies konnte ein Glücksfall sein.

Meinen Sie, jetzt am kommenden Sonntag?

Ja, der Produzent weiß, dass es kurzfristig ist, aber sie würden sich wirklich freuen.

Na gut, sagte ich, teilen Sie ihm mit, dass ich komme!

Kerry oder Scott hätten sicher nichts dagegen, wenn ich am Vormittag für eine Weile verschwand.

Fernsehmoderatoren, die einen Autor interviewen, haben selten einen Blick in seine Bücher geworfen. Dieses Interview war anders. Brennan hatte mein Buch anscheinend gelesen und gut gefunden und war so begierig, darüber zu reden, dass ich dachte, wir würden nie zu dem einen Thema kommen, über das ich sprechen wollte. Schließlich schnitt er es doch an: meine Pläne für die nächsten Wochen und Monate, und ich beschränkte meine Auskunft auf die Pläne für das folgende Wochenende. Diese legte ich in aller Ausführlichkeit dar, ohne mich unterbrechen zu lassen. Dauerredner setzen sich in Talkshows fast so gut durch wie im US-Senat.

Ich fahre in mein Haus in Sag Harbor, kündigte ich an, ganz allein, um etwas im Garten einzupflanzen, aber in der Hauptsache will ich mich um unerledigte Familienangelegenheiten kümmern. Das Haus gehörte meinem geliebten Onkel Harry Dana, der letzten Januar unter Umständen starb, die noch nicht zu meiner Zufriedenheit geklärt sind. Ich arbeite hart daran, sie allgemein bekannt und verständlich zu machen. Das wird meine Routine nicht stören.

Sie folgen einer Routine?, warf Brennan ein.

Unbedingt. Das könnte das Resultat meiner Ausbildung und Erfahrung im Marine Corps sein. Ich werde Freitagabend gegen zehn im Haus ankommen, mir ein paar Rühreier braten, sie mit Bourbon herunterspülen und schlafen gehen. Seit Kurzem habe ich mir angewöhnt, in dem Raum mit Zugang zum Garten zu schlafen, der das Studio meines Onkels war, wo er übrigens auch gestorben ist. Am nächsten Morgen werde ich am Strand laufen. Gibson Lane in Sagaponack. Dann im Garten arbeiten, ein wenig schreiben, kurz im Studio schlafen und zum Dinner ausgehen. Und danach zu Bett. Am Sonntagmorgen das Gleiche, wenn es nicht regnet, in dem Fall werde ich in meinem Studio am Schreibtisch sitzen. Ich lege großen Wert auf meine Routine, und ich habe ein paar Gewohnheiten von meinem Onkel übernommen. Manche sind ausgesprochen dumm. Zum Beispiel, dass ich nie die Haustür abschließe, wenn ich in Sag Harbor bin. Im Haus gibt es nichts zu stehlen, allenfalls einen zwölf Jahre alter Fernseher. Und wenn jemand sich mit mir anlegen will, soll er nur kommen!

Brennan schien zufrieden zu sein, der Produzent ebenfalls, und ich freute mich. Wenn Brown und seine Helfershelfer überhaupt fernsahen, dann Fox News. Ich hatte meinen Tagesablauf laut und deutlich verkündet. Sie mussten nur noch sicherstellen, dass Slobo ihn auch kannte. Ich war auf ihn vorbereitet. Scott brachte den Revolver mit der eingebauten Sprengfalle, wie versprochen. Eine wahre Schönheit, sagte er. Ich habe gesehen, wie sein Bruder getestet wurde. Eine Explosion genau nach deinem Wunsch. Der Kerl verliert eine Hand und sonst nur wenig – oh, wenn er Pech hat, vielleicht ein Auge. Pfeile brachte Scott mir nicht. Das Labor behaupte, die Testergebnisse seien nicht übereinstimmend genug, deshalb könnten sie die Verwendung von Curare nicht empfehlen. Ich dankte ihm und sagte, kein Problem. Susie hatte ihre Pfeile geliefert, und irgendwas sagte mir, was für den Orang-Utan taugt, taugt auch für Slobo.

XIII

Ich hatte Mary Bescheid gegeben, dass ich am Freitagabend erst nach Ladenschluss des IGA-Supermarktes käme, und sie gebeten, ein Dutzend Eier, ein Stück Butter, eine Baguette und drei Becher Schweizer Magerjoghurt zu kaufen und in den Kühlschrank zu legen. Das hatte sie getan und auf den Küchentisch, ins Schlafzimmer und ins Studio Vasen mit Fliedersträußen gestellt, vermutlich den ersten des Frühlings in den Hamptons. Ein kurzer Gang durchs Haus zeigte, dass es wie üblich makellos war. Diese junge Frau war ein Juwel. Das Abendlicht reichte gerade noch für einen kurzen Blick auf den Garten. Die Forsythien standen in voller Blüte; der Flieder hatte dicke Knospen. An der Oberfläche war alles schön und gut, aber das Haus fühlte sich ungeliebt und lieblos an, als schweife Harrys noch nicht zur Ruhe gekommener Geist durch die Räume und der Ort spüre, dass ein Fluch auf ihm lastete. Ich nahm mir noch einmal fest vor, in den beiden kommenden Tagen den Bann zu lösen. Das Auto war noch auf der Straße geparkt. Ich stellte es in die Garage. Ich wollte nicht unbedingt, dass Slobo mich im Schlaf überraschte, und ich spielte mit dem Gedanken, zwar die Haustür nicht abzuschließen, aber die Alarmanlage einzuschalten, ohne den Bewegungsmelder zu aktivieren. Aber ich entschied mich dagegen. Wenn Slobo beim Öffnen der Tür den Alarm auslöste, schreckte die Sirene ihn womöglich ab. Das wollten wir nicht. Auch nicht, dass die Polizei uns überraschte, falls er doch ins Haus eindrang. Ich brauchte den Alarm nicht. Mein leichter Schlaf hatte mich mindestens zweimal gerettet, als die Taliban in Helmand unsere Schutzwälle durchbrachen, und damals war meine Müdigkeit viel größer gewesen.

Die Schaufensterpuppe, der ich den Namen Morris gegeben hatte, lag im Kofferraum des Audi. In meiner Ungeduld, ihn mir ähnlich zu machen, vergaß ich meinen Hunger. Ich holte Morris ins Haus, zog ihm eines von meinen blauen »L. L. Bean«-Leinenhemden an und setzte ihm die Perücke auf. So wie er auf dem Sofa im Studio seitlich mit dem Gesicht zur Wand unter der leichten Decke zusammengerollt lag, konnte er glatt als mein Wiedergänger durchgehen. Das Wort war mir zwar nicht geheuer, aber irgendwie brachte es mich auch zum Lachen. Danach besann ich mich wieder auf den Ernst der Lage und kehrte zu dem Ablauf zurück, den ich über Fox News angekündigt hatte. Ich hatte seit dem Salat mit Thunfisch im Irish Pub, zwei Querstraßen vom Fitness-Studio entfernt, nichts mehr gegessen und kam um vor Hunger. Mein Trainer Wolf und ich hatten eineinhalb energische Stunden lang Krav Maga geübt, die Martial-Arts-Variante des israelischen Militärs. Versuch, mich zu töten, befahl ich ihm. Tu's oder ich mache dich platt. Das schmeckte ihm nicht, und er attackierte mich mit aller Kraft. Wir kämpften, bis wir beide nicht mehr konnten. Das Training sei so gut gewesen, sagte ich ihm, und falls ich eine Verabredung am Wochenende heil überstünde, würde ich ihn zum besten Steak einladen, das man in New York für Geld bekomme.

In der Küche war niemand, der missbilligend mit der Zunge hätte schnalzen können. Ohne jedes Schuldgefühl schlug ich mir sechs Eier in die Pfanne, verrührte sie und verschlang sie mit vier Scheiben gebuttertem Toast. Im Alkoholschrank stand reichlich Bourbon. Ich bediente mich so, dass mein Showmaster Brennan stolz auf mich gewesen wäre. Die *Times* hatte ich aus der Stadt mitgebracht und überflog die erste Seite, während ich meinen Kaffee trank. Nur eine erfreuliche Nachricht fiel auf: Boris Johnson war als Bürgermeister von London für eine zweite Amtszeit wiedergewählt. Wenn es nach mir ginge, könnten er und Mike Bloomberg Bürgermeister auf Lebenszeit sein. Die anderen Nachrichten bestätigten nur die bodenlose Idiotie westlicher Einmischungen im Nahen Osten und Afghanistan, Reflexhandlungen, die zu Demütigungen und Katastrophen führten. Ich versagte mir einen vierten Bourbon und legte meine Ausrüstung bereit. Die Betäubungspistole, die Pfeile und das Curare wanderten in einen Beutel, der an einem Kleiderhaken in der Diele hing. Scotts Revolver war in einer Plastikschachtel angeliefert worden. Ich wusste nicht, ob alle Fingerabdrücke getilgt waren, aber meine wollte ich ganz sicher nicht darauf hinterlassen. Ich hatte auch keine Ahnung, ob die Waffe registriert war, und wenn ja, auf wessen Namen. Vielleicht spielte es auch keine Rolle. Jedenfalls würde ich nicht Scott anrufen und nachfragen. Ich öffnete die Schachtel, zog die Gummihandschuhe aus der Küche an und legte den Revolver auf einen Beistelltisch neben dem Sofa, auf dem mein Freund Morris ruhte. Griffbereit für ihn, falls er aus dem Schlaf gerissen wurde, dachte ich mir. Mein Springmesser hatte ich in der Tasche. Die .45er und mein Ka-Bar steckten zusammen mit der Nachtsichtbrille in meinem Sportbeutel. Der Spruch, ich würde nicht mehr im Schlafzimmer, sondern im Studio nächtigen, war natürlich Unsinn gewesen: eine Fehlinformation zur Irreführung der Fox Zuschauer, besonders Slobos und seiner Bosse.

Ich schlief fest und hätte womöglich jeden Besuch Slobos verschlafen, um acht wäre ich jedenfalls noch nicht aufgewacht, wenn Mary nicht angerufen hätte, um zu fragen, ob alles im Haus zu meiner Zufriedenheit sei. Ob ich es mir vielleicht anders überlegt hätte und sie heute doch im Haus arbeiten ließe? Ich sage, das sei lieb von ihr, aber ich käme gut zurecht, vorausgesetzt, es mache ihr nichts aus, wenn sie das Haus nach meiner Abreise am Sonntag in chaotischem Zustand vorfinde. Widerwillig stand ich auf, machte mir eine Kanne starken Kaffee, trank eine Menge davon gleich, stieg wieder die Treppen hinauf, zog meine Joggingsachen an und steckte das Springmesser in die Windjackentasche. Ich war schon fast an der Haustür, da fiel mir ein, dass ich Morris nicht auf dem Sofa und den Revolver nicht auf dem Tisch liegenlassen durfte. Was, wenn Slobo in meiner Abwesenheit kam und die Lage prüfte? Fluchend räumte ich das Arrangement im Studio ab und verstaute die Puppe in einem Wandschrank im Erdgeschoss, für den mein serbischer Gast sich meiner Meinung nach nicht interessieren würde. Als das erledigt war, holte ich das Auto aus der Garage, zog das Garagentor zu, wie Harry immer, weil er fand, ein offenes Tor sehe unordentlich aus, und fuhr ans Meer.

Es war ein perfekter Strandtag, sonnig, windstill und frisch – das Thermometer im Auto zeigte knapp siebzehn Grad an, und ich wunderte mich, dass am Eingang in der Gibson Lane kein einziges Auto stand. Ich schloss den Audi ab, machte ein paar Dehnübungen und lief nach Osten. Der Bourbon vom vergangenen Abend hatte keine Spuren hinterlassen, mir weder einen Brummschädel noch einen verdächtigen Geschmack im Mund beschert. Da ich viel Zeit hatte, beschloss ich, bis zum Hauptstrand von East Hampton und zurück zu laufen. Ungefähr achtzehn Kilometer. Ich hatte vor, Sasha anzurufen und mich mit ihr zum Dinner zu verabreden, meinte aber, vor halb elf dürfe ich sie nicht stören. Beim Laufen bemühte ich mich, achtsam zu sein, scheuchte aber trotzdem eine Möwenversammlung nach der anderen auf. Bald würde die Zeit der Regenpfeifer kommen, dieser eleganten winzigen Vögel, die in den Dünen nisten und mit hochmütiger Gleichgültigkeit gegen Eindringlinge wie mich am Wassersaum entlanglaufen. Vielleicht sind sie nächstes Wochenende schon da, wenn Kerry mit mir hierherkommt, dachte ich. Wir werden Samstag und Sonntag gleich morgens joggen. Diese Gedanken an kommendes Glück wurden von einer auratischen Wahrnehmung unterbrochen, die mir anzeigte, dass jemand in der Nähe war, den ich weder gesehen noch gehört hatte. Ohne mein Tempo zu drosseln, drehte ich mich um und sah ihn ungefähr hundert Schritt hinter mir. Er war es. Ohne Frage. Derselbe silbergraue Jogginganzug, dieselbe Skimaske. Der Clown vom Strand schon wieder! Oder besser: Slobo, wie ich jetzt wusste. Das war nicht die Begegnung, die ich vorausgesehen oder vorbereitet hatte, aber mich überkam eine große, fast überschwängliche Erleichterung. Warum die Sache nicht gleich hier zum Abschluss bringen, an diesem herrlichen Strand, Harrys Strand? Ich umklammerte das Springmesser, hielt es ungeöffnet in der Hand, drehte mich um und bückte mich. Mit der anderen Hand kratzte ich gerade so viel Sand zusammen, dass ich ihn Slobo in die Augen werfen konnte, wenn er herankam.

Komm her, Scheißkerl, brüllte ich, bringen wir's hinter uns!

Auch er blieb stehen, brüllte etwas zurück, das ich nicht verstehen konnte, und griff in die Tasche seines Kapuzenpullis. Würde er ein Messer oder eine Pistole ziehen, fragte ich mich. Falls es eine Pistole war, hatten er und sein Auftraggeber recht, dann war ich so gut wie tot, war es ein Messer, hielt ich es für wahrscheinlicher, dass ich ihn zum zweiten Frühstück verspeisen würde. Weder noch: Er zog ein Kaugummi aus der Tasche, wickelte es aus, steckte das zerknitterte Papier wieder ein und zeigte mir den Finger. Diese Geste liebte der widerliche Kerl. Dann sprintete er die Düne hinauf, so leicht und schnell, wie man einem Menschen von seiner Größe und Schwere kaum zugetraut hätte, und war außer Sicht.

Ich lief ihm nicht nach. Entweder war es ein Hinterhalt für Vollidioten, aus dem heraus er mich überfallen konnte, oder eine Aufforderung zu einer sinnlosen Verfolgungsjagd. Es gibt eine Zufahrt zu den Häusern hinter der Düne. Zweifellos hatte er dort sein Auto geparkt. So früh im Jahr standen viele dieser Sommerhäuser mit einiger Wahrscheinlichkeit selbst an Samstagen leer. Er hatte wohl eines gefunden, in dem keine Lebenszeichen erkennbar waren, auf einer Terrasse oder in einer Laube Beobachtungsposten bezogen und war von dort zum Strand gerannt, sobald er mich sah. Da ich keine Anstalten gemacht hatte, ihm in die Falle zu gehen, wie immer sie aussehen mochte, saß er sehr wahrscheinlich schon wieder in seinem Auto und genoss den Vorgeschmack auf den Besuch, den er mir, wie ich jetzt wusste, später am Tag oder in der Nacht abstatten würde. Aber warum hatte er mich an diesem Morgen und vor ein paar Wochen, als ich ihn zum ersten Mal sah, hier am Strand belästigt? Ich hatte keine Ahnung. Vielleicht dachte er, er könne mich zermürben.

Ich lief die restliche Strecke ab, nicht mehr sorglos, fuhr nach Hause und rief Sasha an. Sie hatte Zeit, wehrte mein Angebot, sie ins American Hotel oder Thai Restaurant einzuladen, energisch ab und lud mich stattdessen zum Essen in ihr Haus ein.

Sieben Uhr, sagte sie. Ich weiß, das ist zu früh für Sie, aber ich bin eine Landmaus.

Abgemacht, ich komme gern, versicherte ich ihr.

Ein Dinner in Sashas Haus war mir tatsächlich sehr recht: Da ich mein Auto nicht brauchte und den Weg durch das Gartentor nehmen wollte, würde Slobo – zur fraglichen Zeit wahrscheinlich schon in einem geparkten Auto auf Beobachtungsposten – nicht sicher wissen, ob oder wann ich mein Haus verlassen hatte, wohin ich gegangen oder wann ich zurückgekommen war. Die Tage waren schon lang, ich könnte gut ohne elektrisches Licht in meiner Küche zu Abend essen, Dunkelheit im Haus bedeutete also nicht unbedingt, dass ich nicht da war. Mit dem Studio verhielt es sich anders. War ich zu Hause, hatte ich fast mit Sicherheit eine Leselampe eingeschaltet. Aber dieses Licht konnte Slobo von der Straße aus nicht sehen und auch dann nicht, wenn er in der Gasse hinter dem Haus stand und versuchte, durch den Zaun und die Hecke zu spähen, die Harrys Garten umschlossen. Dass Sashas Dinner früh am Abend stattfand, war mir auch recht. Ich wartete ungeduldig, dass der Scheißkerl zuschlug. Wenn am Nachmittag nichts passierte, zum Beispiel während meiner angeblichen Ruhepause, würde er in der Nacht angreifen. Wir würden nach meiner Rückkehr aufeinander treffen. Das frühzeitige Dinner ersparte mir ein bis zwei Stunden von der Wartezeit auf den Moment, da mein Schicksal sich entscheiden sollte. Ich duschte und zog mich an, kaufte im IGA-Supermarkt Apfelsinen und Trauben für das Frühstück am nächsten Morgen, lud sie zu Hause ab und ging wieder los, diesmal, um irgendwo ein Sandwich zu essen. Als ich zurückkam, hielt ich gründlich Ausschau nach Anzeichen für einen zwischenzeitlichen Besuch. Wie erwartet, war nichts in Unordnung. Ich brachte die .45er, die Betäubungspistole samt Zubehör und das Ka-

Bar-Messer ins Studio und legte alles auf den Schreibtisch. Von Kerry hatte ich mir ein Aufnahmegerät geliehen, das sie manchmal benutzte, um in ihrer Wohnung Arbeitszeitnachweise zu diktieren. Da ich nicht wusste, ob es geladen war, stöpselte ich es in die Steckerleiste mit Überspannungsschutz unter dem Schreibtisch, schloss meinen Laptop ebenfalls an und begann zu arbeiten. Ich schrieb das erste von vier Porträts der Männer in meinem Zug in Falludscha, die nicht durchgekommen waren. Das würde mein neues Buch. Ich arbeitete ununterbrochen bis sechs.

Kerry hatte mir gesagt, dass das Programm der Western Industries in Edgartown für den Samstagnachmittag eine Cocktailstunde auf der Veranda des Harbor View Hotels vorsah. Nach meiner Einschätzung konnte niemand etwas dagegen haben, wenn eine Spitzenanwältin während dieser Zeit einen Anruf entgegennahm. Wenn ich mich irrte, würde sie nicht ans Telefon gehen, und ich musste ihr eine Nachricht auf Band sprechen. Aber sie meldete sich fast sofort und klang besorgt und erleichtert.

Warte ein Sekunde, flüsterte sie gegen den Partylärm an. Ich suche mir einen Platz, wo es weniger laut ist.

Als ich sie wieder hörte, fragte sie: Alles in Ordnung mit dir? Mir ist ganz schlecht vor Sorge.

Ich beruhigte sie, ich sei gelassen und unbekümmert, würde zum Dinner zu Sasha gehen und hätte schon Pläne für unseren gemeinsamen Lauf am Gibson-Lane-Strand sowie für häusliche Aktivitäten, die uns womöglich noch mehr Spaß machen würden. Am nächsten

Wochenende, präzisierte ich. Bitte, lass dich nicht auf irgendwelche unmöglich abzusagenden geschäftlichen Verabredungen ein. Auch nicht zum größeren Ruhm von Western Industries oder Jones & Whetstone.

Du machst aus allem einen Scherz, tadelte sie sanft, aber das hier ist nicht zum Lachen. Hast du ihn gesehen?

In gewisser Weise schon, aber nichts passierte, antwortete ich, und hör doch bitte auf, dir Sorgen darüber zu machen. Alles wird gut. Ich hole dich morgen vom Flughafen ab. Und vergiss nicht: Wir sind morgen Nacht und die ganze Woche lang jede Nacht verabredet.

Sie erklärte hundertmal, dass ich vorsichtig sein müsse und sie anrufen solle, bevor ich schlafen ginge, egal wie spät es war. Ich versprach beides.

Ich beschloss, die Betäubungspistole, die Pfeile und das Gegengift in der halb offenen Schreibtischschublade im Studio zu lassen, steckte aber die .45er und das Ka-Bar wieder in den Beutel in der Diele. Dann griff ich mir in der Garage eine Dose WD40-Schmieröl und ölte die Scharniere der Haustür gründlich. Als ich die Tür versuchsweise bewegte, öffnete und schloss sie sich butterweich. Nachdem ich alles im Kopf noch einmal rückwärts und vorwärts durchgegangen war, packte ich Morris wieder auf das Sofa im Studio und legte ihm Scotts Revolver in Reichweite. Wie Slobo auf den Anblick der Puppe reagieren würde, war nicht vorherzusehen. Es bestand eine schwache Chance, dass er sich irreführen ließe, aber was passieren würde, wenn er merkte, dass ich nicht da war, konnte ich nicht voraussehen. Im schlimmsten Fall würde Morris Slobo nur verblüffen oder wütend machen, weil er sich von mir verarscht fühlte. Ehrlich gesagt, war es mir egal. Als das erledigt war, duschte ich, zog mich an und ging durchs Gartentor zu Sasha hinüber, das Springmesser in der Jackentasche und in der Hand eine Orchideenpflanze, die ich auf dem Rückweg vom Lunch gekauft hatte. Und ich ließ die Haustür unverschlossen. So hatte es Harry immer gemacht, so würde ich es machen, hatte ich in Fox News gesagt, und so konnte es Slobo mit gutem Recht erwarten.

Auf dem Rückweg von Sasha betrat ich das Haus durch die Vordertür, blieb stehen und lauschte konzentriert. Grabesstille im Haus. Aber etwas war ungewöhnlich. Ich habe einen sehr empfindlichen Geruchssinn, der sich nach einer Hepatitis, die ich mir als Kind während eines Familienurlaubs in der Türkei zugezogen hatte, noch verschärfte, offenbar eine häufige Nachwirkung dieser Krankheit. Der Geruch, der mir in die Nase stieg, war eine Mischung aus schmutziger Unterwäsche, altem Schweiß und Tabakdunst und konnte nur von einer bestimmten Person stammen. Ich zog die Schuhe aus, griff nach dem Ka-Bar und der .45er und schob sie in meinen Hosenbund. Meine Nachtsichtbrille war auch in dem Beutel. Ich setzte sie auf und schnüffelte wieder. In den Gestank, den ich identifiziert hatte, mischte sich ein anderes Element, Terpentin, ein Geruch, den ich aus Sashas Atelier kannte, wo wir vor dem Essen ihre neuen Arbeiten angesehen und einen Drink genommen hatten. Er kam aus der gleichen Richtung, dem Flur und dem Esszimmer. Lautlos – die Eichenbohlen in Harrys Haus knarrten nicht – folgte ich ihm. Die Terrassentür zum Garten, die ich geschlossen hatte, bevor ich aus dem Haus ging, stand offen. Mit der Pistole in der Hand, dem Ka-Bar im Hosenbund, ging ich durch die Tür in den Garten und langsam weiter zum Studio.

Er hatte die Tür offen gelassen, und in dem Mondlicht, das durch das Oberlicht ins Studio flutete, konnte ich ihn deutlich erkennen. Dieselbe Silhouette: ohne jeden Zweifel der Mann, den ich zweimal am Strand gesehen hatte. Für diesen Anlass trug er Schwarz statt Silbergrau. Eine schwarze Jeansjacke, schwarze Jeans, die sich über schwarzen Chopperstiefeln bauschten, und eine schwarze Skimaske aus einem glänzenden Material. Er muss nur einen Moment vor mir gekommen sein. Breitbeinig, einen ungefähr dreißig Zentimeter langen lederbezogenen Totschläger in der rechten, eine Dose Terpentin in der linken Hand, stand er vor dem Sofa, offenbar verwirrt von der ruhenden Gestalt.

Du schlafen, totes Fleisch, brummte er endlich, gut schlafen? Ich helf dir noch besser schlafen.

Damit schwang er den Totschläger und ließ ihn mit gebremster Kraft so auf Morris Kopf niedergehen, dass ich schätzte, er würde mir zwar nicht den Schädel zertrümmert, aber mich viel länger außer Gefecht gesetzt haben, als für seinen Plan nötig. Ich hatte ihn hinters Licht geführt! Dabei half, dass mein Freund, die Schaufensterpuppe, einen Hartgummikopf hatte. Was Slobo vorhatte, wurde klar, als er den Deckel der Dose abschraubte und anfing, die Flüssigkeit auf den riesigen türkischen Kelim zu spritzen. Tut mir leid, Ian Fleming! Die Männer, die hartgesottene Kriminelle losschicken, sind nicht immer Genies auf Abwegen. Die Idee war so simpel und so dämlich. Ein banaler Unfall: Der Bestsellerautor und hochdekorierte ehemalige Offizier bei den Marines, John Chilton Dana, verbrannte und erstickte, als in seinem zweiten Wohnsitz in Sag Harbor, NY, ein Feuer ausbrach und in kürzester Zeit das Haus vernichtete, in dem sich wenige Monate zuvor sein Onkel Harold Chilton Dana, ein bekannter New Yorker Anwalt, das Leben genommen hatte. Die interessante Frage war, wie Slobo das Feuer entfachen wollte. Eher nicht mit einem Streichholz oder einem Feuerzeug, obwohl er als starker Raucher bestimmt eines bei sich hatte. Wahrscheinlicher war, dass er einen Kurzschluss im Sinn hatte. Da er meinen Doppelgänger auf dem Sofa mit dem Schlag auf den Kopf ruhiggestellt hatte, blieb ihm reichlich Zeit, daran zu arbeiten. Auftragskiller haben oft noch einen anderen Beruf. Vielleicht war Slobo in einer früheren Gestalt, bevor er an Karadžić geriet, Elektriker gewesen. Was für ein Pech aber auch! Ich würde ihm keine Chance lassen, diesen Teil seines Auftrags zu erledigen und zu zeigen, was er draufhatte. Meine Arbeit, so wie ich sie jetzt sah, bestand darin, ihm eine Gelegenheit zum Angriff zu geben und ihn in dem Glauben zu wiegen, er hätte mich geschnappt. Ich schob die .45er in meinem Hosenbund nach hinten, dicht an mein Rückgrat, und zog das Ka-Bar.

Das reicht, Slobo, rief ich. Hör auf, meinen Teppich zu versauen. Und lass den Totschläger fallen.

Er fuhr herum, ließ die Dose fallen, aber nicht den Schlagstock. Mit der freien Hand riss er sich die Skimaske vom Kopf und warf sie ebenfalls zu Boden. Es war dasselbe Gesicht wie auf dem Foto in der E-Mail, jetzt aber wutverzerrt und mit gebleckten Zähnen.

Fick dich, totes Fleisch, zischte er! Mich kriegen, versuch doch! Slobo reinlegen, denkst du! Ich prügel dir Scheiße aus dem Leib. Lass dich in der Scheiße kriechen, bis du nur tot sein willst.

Du wolltest meinen Onkel abschlachten?, gab ich zurück. Jetzt fang ich an, dich zu zerlegen.

Er stürzte auf mich los mit der Schnelligkeit, die ich schon an ihm beobachtet hatte, und wollte mir einen Schlag an den Kopf versetzen. Das Krav-Maga-Training mit Wolf zahlte sich aus. Ich duckte mich unter seinem Arm durch, holte seitlich aus und schlitzte ihm mit dem Messer seinen rechten Arm auf, der den Totschläger schwang.

Gefällt dir das?, fragte ich. Willst du mehr? Du bist geliefert, Slobo Milic. Die Feds wissen, wer du bist. Du bist auf dem Weg zum elektrischen Stuhl, ohne Rückfahrkarte. Jetzt lass den beschissenen Totschläger fallen.

Er antwortete mit einem gezielten Stockhieb. Ich drehte mich weg, so traf er mich nicht mit voller Wucht, aber der Schmerz in meinem Schulterblatt, wo mich der Stock nur gestreift hatte, war dermaßen heftig, dass ich mich fragte, ob er auch Harry mit dem Ding traktiert hatte. In dem Fall konnte ich es Harry nicht verdenken, dass er nicht mehr Schläge hatte aushalten wollen. Ich wich zurück, näherte mich dem Schreibtisch. Slobos von meinem Messerstich verletzter Arm blutete so, dass Blutstropfen aus dem Ärmel seiner Jeansjacke rannen, aber er stürzte sich wieder auf mich, schwang die Keule noch einmal seitlich gegen meinen Schädel. Diesmal duckte ich mich rechtzeitig und stieß ihm das Ka-Bar tief in den Unterarm.

Er stockte, nahm den Totschläger in die linke Hand und zog mit der rechten ein Messer unter seiner Jacke hervor. Komm her, toter Mann!, rief er. Jetzt du bist erledigt.

Ich habe eine bessere Idee, antwortete ich und griff mir die Betäubungspistole. Hör gut zu, Slobo! Ich will, dass du den Totschläger fallen lässt und das Messer auch. Dann setz dich gefälligst auf das Sofa und rede mit mir. Wenn du das tust, gebe ich dir ein Tourniquet für deinen Arm. Wenn nicht, schieße ich dir einen Pfeil ins Fell. Der ist mit Curare geladen und wird dich lähmen. Bewegen kannst du dich dann nicht mehr, aber spüren wirst du alles. Du wirst schon merken, wie es ist, wenn ich dir die Ohren abschneide, die Nase, die Eier, und meine Späße mit dir treibe, so wie du und deine Freunde in Srebrenica mit anderen.

Er reagierte genau so, wie ich verzweifelt gehofft hatte: Langsam und vorsichtig zog er sich zurück, warf sich nach links und schnappte sich, schnell wie eine entriegelte Sprungfeder, Scotts Pistole.

Du blöder Wichser, sagte er, die Pistole in die rechte Hand nehmend. Lässt Pistole liegen, wo ich dran kann?

Du, weg mit dem scheiß Spielzeug, weg mit dem Messer und runter auf die Knie. Hände hinter Kopf.

Das war der Moment, das Risiko einzugehen. Als ich mich wortlos auf ihn stürzte, hörte ich die Explosion und spürte einen Schlag genau über der rechten Augenbraue. Dass ich dankbar sein müsse, kein Auge verloren zu haben, wusste ich irgendwo tief im Inneren, aber mein Blick und meine Aufmerksamkeit waren auf Slobo gerichtet. Er heulte laut auf und hielt den rechten Arm, der nach der Explosion nur noch ein blutüberströmter Stumpf war.

Pech gehabt, Slobo!, brüllte ich, jetzt tu, was ich sage. Lass das Messer fallen, zieh die Jacke aus und setz dich hin. Dann hole ich dir einen Druckverband, und wenn du dich benimmst, wähle ich 911 und hole dir Hilfe.

Er starrte mich benommen an, ließ langsam das Messer fallen und knöpfte sich nach und nach die Jacke auf. Blitzartig wurde mir klar, was jetzt kommen konnte, ich zog meine .45er aus dem Hosenbund und hielt sie so, dass Slobo sie nicht sehen konnte. Mein Instinkt hatte mich nicht getrogen. Die linke Hand kam mit einer Browning unter der Jacke hervor.

Jetzt bring ich dich um, toter Mann, gellte er.

Zur selben Zeit feuerte ich. Ich war treffsicher und schoss ihm die Browning aus der Hand. Einen oder zwei Finger dazu.

Die Schusswaffe auf ihn gerichtet, ging ich rückwärts ins Badezimmer, griff mir ein Handtuch, ging in den Hauptraum zurück und schnitt es in zwei Streifen.

Willst du dir den Arm abbinden, oder willst du weiter bluten?, fragte ich.

Abbinden, stieß er zwischen zusammengebissenen Zähnen hervor, abbinden.

Ich warf ihm den Streifen hin und erklärte ihm, wie er ihn dicht unter dem Ellbogen um den Arm wickeln und mit der linken, zwar verwundeten, aber noch beweglichen Hand festdrehen müsse, bis die Blutung nachließ. Er folgte meinen Anweisungen mit großem Eifer, gutwillig, hätte ich beinahe gesagt. Als er fertig war, befahl ich ihm, die linke Hand auszustrecken. Ich verband sie schnell. Als das geschafft war, forderte ich ihn auf, sich in einen der Sessel zu setzen.

In diesem Moment klingelte das Telefon. Sasha war am Apparat. Sie habe zweimal ein Geräusch gehört, wie von einem Böller – aber dies sei keine Jahreszeit für Böller – oder einer Schusswaffe, es sei aus der Richtung meines Hauses gekommen. Ob mit mir alles in Ordnung sei? Ob sie die Polizei rufen solle? Ich versicherte ihr, dass alles unter Kontrolle sei. Wir würden am nächsten Morgen reden.

O gut, antwortete sie, entschuldigen Sie, dass ich immer gleich das Schlimmste fürchte. Wissen Sie, ich kann mir nicht verzeihen, dass ich in der Nacht, als Harry starb, so untätig war.

Als ich den Hörer aufgelegt hatte, die .45er in der rechten Hand, weil ich Slobos neuer Gefügigkeit nicht traute, schaltete ich das Aufnahmegerät ein und sagte: Jetzt wirst du reden. Ich nehme es auf Band auf. Du weißt es nicht, aber mein Onkel hat deine Stimme aufgenommen. So habe ich herausgefunden, was du ihm angetan hast.

Du, hol Rettungswagen, stammelte er.

Mach ich, sagte ich, mach ich. Aber nicht, bevor du meine Fragen beantwortet hast. Also beeil dich. Dein Name?

Slobodan Milic.

Hast du Harry Dana im Januar in diesem Haus getötet, indem du ihn zwangst, sich zu erhängen?

Den Scheißkerl? Ich kill ihn. Macht mir keinen Ärger.

Und du hast seine Katze gefoltert und getötet. Richtig?

Verfickter Schwuler. Ja, ich kill Katze. Fick Katze auch, aber Arschloch zu eng.

Und Barbara Diamond. Hast du sie am nächsten Tag unter die U-Bahn gestoßen?

Die fette Sau? Stoß ich.

Wer hat dir den Auftrag dazu gegeben? Mr. Abner Brown?

Kenne keinen scheiß Abner Brown.

Für wen arbeitest du dann?

Boss in meinem Land. In Serbien.

Wer ist das? Wie heißt er?

Sag ich nicht. Sag ich dir, töten sie mich. Du tötest mich, die töten mich, kein Unterschied. Ich verrate nicht. Jetzt Rettung?

Und dieselben Leute haben dich geschickt, mich zu töten?

Selben Leute, antwortete er. Der Scheißer hängt sich

auf. Das fette Schwein fällt unter einen Zug. Du stirbst im Feuer. Du rufst jetzt Rettungswagen?

In einer Minute, sagte ich. Erst noch dies: Hast du irgendwas darüber gehört, wer deine Leute in Serbien angeheuert hat?

Reicher Knacker. Reicher Knacker in Texas. Namen weiß ich nicht.

Und warum hast du mich am Strand verfolgt? Wochen, bevor du den Auftrag hattest, mich zu töten?

Weil ich höre, Scheißer ist dein Onkel und du verfickter Offizier bei Marines. Marines töten meinen kleinen Bruder in Bosnien. Hasse Marines wie Pest. Sag ich dir doch am Telefon in deiner Scheißwohnung.

Und warum hast du mich nicht am Strand umgebracht? Beim ersten oder zweiten Mal, du Schmock?

Erstes Mal kein Auftrag. Zweites Mal hab ich Auftrag: Du stirbst bei Unfall. Rettung jetzt?

Ich schaltete das Aufnahmegerät ab und sagte, noch nicht, jetzt nicht. Du hast mir nicht die ganze Wahrheit über Abner Brown gesagt und nicht den Namen deines Auftraggebers in Serbien genannt. Du hast dich nicht an die Abmachung gehalten. Aber ich bin bereit, dir ein, zwei Drinks zu geben.

Whiskey wollte er, ohne Eis. Ich gab ihm einen doppelten und dann noch einen.

Ich stellte den Radiosender für klassische Musik an, und wir saßen friedlich da. Er verlangte noch einen Drink. Den gab ich ihm und schenkte mir auch einen ein.

Ich mache Tourniquet ab, sagte er irgendwann. Arm wird blau.

Gute Idee, erwiderte ich. Mach dir's nur bequem.

Unterdessen beobachtete ich ihn genau. Als alle Farbe aus seinem Gesicht gewichen war und er allmählich zusammensackte, wählte ich 911 und meldete, in meinem Haus sei ein bewaffneter Anschlag auf mich verübt worden, den ich hatte abwehren können. Der Angreifer habe viel Blut verloren. Der Einsatzleiter notierte die Information und sagte, er werde einen Streifenwagen und eine Ambulanz schicken.

Einer der Sanitäter fragte, ob ich bemerkt hätte, dass mein Gesicht voller Blut sei.

Ich sagte wahrheitsgemäß nein. Er reinigte die Wunde und verband sie, anschließend transportierten sie Slobo auf einer Bahre ab. Er lebte noch, war aber bewusstlos. Inzwischen sah sich die Polizei ziemlich planlos im Studio um. Der diensthabende Inspektor nahm meine Aussage auf, prüfte nach, ob die .45er ordnungsgemäß auf meinen Namen eingetragen war, bemerkte dann, ich hätte Glück, dass ich noch am Leben sei, und ermahnte mich, am Tatort nichts zu verändern, falls der Staatsanwalt eine Untersuchung anordne. Ich versicherte ihm, ich würde nichts anrühren. Als die Polizei gegangen war, rief ich sofort Kerry an. Es war nach Mitternacht, aber ich merkte ihr an, dass sie hellwach war.

Alles in Ordnung, sagte ich ihr. Alles ist gut. Wir sehen uns morgen. Ich kann's kaum erwarten.

Jack, sagte sie. Du verschweigst alles. Was ist passiert? War Slobo da?

Ja, antwortete ich, er hat seinen Schwanengesang gesungen, nach einer sicherlich langen und abwechslungsreichen Karriere. Scherz beiseite, er stattete mir tatsächlich einen Besuch ab. Die Sanitäter und die Polizei ebenfalls. Slobo fuhr im Krankenwagen weg, und die anderen sind jetzt auch gegangen. Ich vermute, sie bringen ihn nach Southampton in die Klinik, sie liegt am nächsten, aber darauf kommt es wirklich nicht an. Er schafft es sowieso nicht mehr, dorthin so wenig wie nach Riverhead oder Stony Brook.

Als wir Gute Nacht gesagt hatten und nach meiner zehnten Liebeserklärung wurde mir klar, wie eitel ich geprahlt hatte. Ich hatte es nicht geschafft, die ungeheure, schamlose Selbstzufriedenheit aus meiner Stimme herauszufiltern.

Falls Sashas Schlaf nicht außernatürlich tief war, hatte sie selbstverständlich gehört und gesehen, wie die Polizei und der Krankenwagen in der Nacht vor meinem Haus ankamen. Ich rief sie am nächsten Morgen gleich an – früher als ich unter normalen Umständen gewagt hätte –, versicherte ihr, dass ich wohlbehalten sei, und fragte, ob ich auf eine Tasse Kaffee zu ihr hinüberkommen dürfe, um die seltsamen Vorgänge zu erklären. Als ich ihr die wahre Geschichte von Harrys Tod, der Quälerei Platos und Slobos Besuch in der vergangenen Nacht erzählte, saß sie reglos wie eine Statue an ihrem Küchentisch. Nach dem Ende meiner Erzählung bot sie mir mit dünner, erstickter Stimme noch eine Tasse Kaffee an und brach dann, als sei die Anstrengung des Sprechens über ihre Kräfte gegangen, in Tränen aus. Sie weinte laut, ohne einen Versuch, sich zu beherrschen, es war ein Lamento, wie ich es in Griechenland gehört hatte, aber einer aus Boston stammenden kultivierten Dame ihrer Generation nie zugetraut hätte. Ich versuchte nicht, sie zum Aufhören zu bewegen. Vielmehr rückte ich meinen Stuhl näher zu ihr, legte ihr einen Arm um die Schultern und hielt sie, bis ihr Zittern und ihre Tränen nachließen.

Sie entschuldigte sich und ging, sich das Gesicht zu waschen. Als sie wiederkam, sagte ich: Sasha, da ist etwas, was wir zusammen tun sollten, meine ich. Ich habe Harrys Asche im Haus. Möchten Sie nachher mit mir kommen und seine Asche in die Brandung am Gibson Beach streuen? Ich glaube, das hätte Harry gefallen. Und noch etwas. Mary hat Platos Asche. Ich würde sie gern anrufen und bitten, damit hierherzukommen und sich uns anzuschließen. Katzen sind nicht gerade begeistert vom Ozean, aber in diesem Fall … Ich denke mir, Plato und Harry wären beide einverstanden.

Ja, sagte sie, das würde ihnen gefallen. Machen wir's so. Und danach wollen wir alle drei einen starken Gin Martini trinken. Ganz wie Harry ihn mischte. Und ich bringe einen Toast auf Sie aus und auf das, was Sie getan haben.

XIV

Die Zeit nachdem Slobo das Bewusstsein verloren hatte und bevor die Polizei eingetroffen war, nutzte ich, um etwas Ordnung zu schaffen. Morris verstaute ich im Wandschrank. Eine Begegnung zwischen ihm und den Ordnungskräften hätte meiner Meinung nach wenig Sinn und Zweck gehabt. Die Betäubungspistole, die Pfeile und das Curare wanderten in den Schrank im Esszimmer. Tief im Inneren war ich überzeugt, dass ich nichts zu verbergen hatte. Slobo war gekommen, um mich zu töten. Als ich ihn verwundete, handelte ich in Notwehr. Sein Pech, wenn er starb. Hatte ich ihm widerrechtlich erste Hilfe verweigert? Nein, hatte ich nicht. Ich hatte ihm ein Tourniquet für den einen Arm gegeben und ihm den anderen verbunden. Hatte ich rechtswidrig gehandelt, weil ich die Notrufnummer 911 nicht eher wählte? Ich wusste nicht, ob ich die Pflicht gehabt hätte, schleunigst zum Telefon zu greifen, um Hilfe für einen Berufskiller zu holen, der gerade versucht hatte, mich zu ermorden, aber wenn eine solche Verpflichtung bestand, war es sicherlich nur ein geringfügiger Verstoß, dass ich ihr nicht nachgekommen war. Mein Gespräch mit Slobo – das Verhör, wenn jemand böswillig sein möchte – dauerte nur Minuten. Wenn er auf dem Weg zum Krankenhaus oder in der Intensivstation starb, dann wegen seiner Verwundung, die einer Amputation gleichkam.

Ich hatte Männer auf dem Schlachtfeld an genau diesen Verwundungen sterben sehen. Nur zu oft konnten Mediziner die Blutung nicht zum Stillstand bringen oder für eine hinreichende Transfusion sorgen. Und war ich eines üblen Verbrechens schuldig, des Totschlags oder versuchten Totschlags, weil ich die wunderbare Trickpistole der CIA in Slobos Reichweite gelegt hatte? Ich dachte, ich könne mir nur gratulieren, weil ich Scott darum gebeten und weil ich einen Freund hatte, der mir ein solches Teil besorgen konnte. In meiner langen Zeit mit Harry hatte ich den alten Spruch »Das Gesetz ist ein Esel«, bis zum Überdruss gehört. Ich war bereit, ihn für wahr zu halten, aber selbst das Gesetz des Staates New York leistete sich nicht die Eselei einer Sicherheitsgarantie für einen Berufskiller, der im Begriff ist, seinen Auftrag auszuführen. Eines Versprechens, dass die Pistole, die er auf sein Opfer abfeuert, nicht explodiert und ihm um die Ohren fliegt!

Dass diese Überlegungen nicht unsinnig waren, bewiesen die Ereignisse der folgenden Tage. Slobo starb im Krankenwagen, bevor er Southampton erreichte. Am nächsten Morgen, als ich gerade zu meinem Strandlauf aufbrechen wollte, kam der Polizeiinspektor vorbei, um mir mitzuteilen, dass er keine weiteren Fragen an mich habe. Moses Cohen erwies sich als ein höchst vielseitiger Anwalt, der mit den Problemen von Lebenden und Toten gleichermaßen gut umgehen konnte. Am Montagmorgen, unmittelbar nachdem Kerry sich auf den Weg zur Kanzlei gemacht hatte, rief ich ihn an, schilderte ihm die Ereignisse vom Samstagabend und fragte, ob ich etwas in Hinsicht auf den Bezirksstaatsanwalt von Suffolk County unternehmen solle, und wenn ja, was. Moses wurde sofort aktiv. Es stellte sich heraus, dass in Riverhead ein Anwalt saß, der jeden Anwalt mit guten Verbindungen im County kannte. Moses ersuchte ihn regelmäßig um Hilfe, wenn einer seiner Hedgefonds-Mandanten Probleme mit Baugenehmigungen hatte. Selbstverständlich hatte der Anwalt für Baurecht einen auf Strafrecht spezialisierten Partner – der hauptsächlich eben diese Hedgefonds-Manager, ihre Frauen und ihre Sprösslinge davor bewahrte, dass sie wegen Trunkenheit am Steuer ins Gefängnis kamen oder ihren Führerschein verloren. Er lief eilends zur Distriktstaatsanwaltschaft und kam postwendend mit der guten Nachricht zurück, dass das Verfahren abgeschlossen sei. Es war gar nicht erst eröffnet worden.

Das war das. Später am Vormittag rief ich Abner Brown vom Festnetztelefon in meiner Wohnung an; weder Kerry noch Scott hatte ich etwas davon gesagt, damit sie nicht versuchten, mir meinen Plan auszureden. Die Assistentin mit der honigsüßen Stimme stellte mich sofort zu ihm durch.

Hallo, Brown, sagte ich, ich rufe an, um Ihnen mein Beileid auszusprechen. Und vielleicht habe ich Neuigkeiten. Ich bin gut in Form. Aber Ihr Freund Slobo ist mausetot. Sicher vermissen Sie ihn. Ich nicht. Haben Sie schon einen anderen vorgesehen, der versuchen soll, mich zu töten?

Das kurze Schweigen am anderen Ende der Verbindung brachte mich auf den Gedanken, dass ich ihm vielleicht tatsächlich etwas erzählte, was er nicht wusste.

Dann sprach er, langsamer als gewöhnlich. Hören Sie, Sie blöder Vollidiot. Ich frage Sie jetzt noch mal: Was wollen Sie von mir? Was kann ich tun, damit Sie verschwinden und nie wiederkommen?

Außer einen auf mich anzusetzen, der mich umbringt? Nichts. Aber ich sage Ihnen, was ich will. Ich will Sie hinter Gitter bringen. Und darum kümmere ich mich ab sofort.

Damit legte ich den Hörer auf.

An diesem Morgen erledigte ich noch zwei Anrufe. Mit Scott hatte ich telefoniert, als ich am Sonntag früh von meinem ungestörten Strandlauf zurückgekommen war, um ihm zu sagen, dass ich am Leben und Slobo tot war, und wir hatten verabredet, am Montag telefonisch zu besprechen, wie wir mit dem Inhalt des von mir gemieteten Fachs im Banktresor verfahren sollten. Er sah in seinem Kalender nach. Es sei eine arbeitsintensive Woche, aber er denke, am Mittwochnachmittag könne er nach New York kommen und mit dem Shuttle um sieben am nächsten Morgen wieder nach D.C. zurückfliegen.

Denk bloß nicht, ich sei nicht neugierig, fügte er hinzu. Mittwoch ist auch eine günstige Zeit, mir die Einzelheiten von Slobos Hinscheiden zu erzählen.

Ich begriff, dass wir in unseren Telefongesprächen diskret sein mussten. Er war in seinem Büro, und sein Telefon wurde zweifellos abgehört. Er hatte mir zu verstehen gegeben, dass für sein Dienst-Blackberry sowie für seinen privaten Festnetzanschluss in Alexandria und sein privates iPhone das Gleiche galt.

Als Nächstes rief ich Simon Lathrop an und sagte, ich müsse ihn dringend sehen.

Zum Lunch, fragte er, oder möchten Sie lieber in mein Büro kommen?

Was ich mit Ihnen besprechen möchte, ist derart, dass ich mich gern mit Ihnen in meiner Wohnung treffen würde. Kann ich Sie überreden, zum Lunch in die Fifth Avenue zu kommen? Jeanette kocht dann etwas, was die Reise wert ist.

Jeanette!, rief er, Sie haben sie also behalten. In dem Fall… Wäre ein spätes Mittagessen möglich, sagen wir um halb zwei?

Das wäre perfekt, antwortete ich.

Jeanette war überglücklich: Mr. Lathrop! Ich weiß genau, was ihm schmeckt. Dasselbe, was er und Mr. Harry immer gern aßen, Räucherlachs, Lammkoteletts mit Rahmspinat und in Scheiben geschnittenes Obst. Der arme Mr. Harry! Es war wie ein Feiertag für ihn, wenn Mr. Lathrop zum Essen herüberkam.

Das kann ich mir vorstellen, sagte ich. Ich denke, wir sollten ihm Wein servieren. Ich finde bestimmt eine gute Flasche.

Als wir am Tisch saßen, sagte ich: Simon, aus einer Reihe von Gründen, die Sie verstehen werden, wenn ich Ihnen jetzt die Geschichte erzähle, konnte ich nicht ganz offen mit Ihnen sein. Ich hoffe, Sie verzeihen mir. Dass Harry Selbstmord begangen haben sollte, konnte ich nicht glauben, und es war mit gutem Grund unglaubwürdig. Harry hat sich nicht das Leben genommen. Abner Brown hetzte einen Killer auf ihn, der ihn gezwungen hat, sich zu erhängen. Jetzt, am vergangenen Wochenende, schickte er denselben Killer, mich zu ermorden, nur ging der Schuss diesmal nach hinten los. Ich brachte stattdessen den Profi um. Nach dem Essen führe ich Ihnen die Beweiskette vor. Das ist noch nicht alles, und gleich werde ich Ihnen einen ausführlicheren Bericht geben. Zum Schluss erklärte mir Harry in seinem Abschiedsbrief, den Sie noch nicht gesehen haben, aber nach dem Essen sehen werden, wo er etwas versteckt hatte, das anscheinend ein Stein von Rosetta oder eine Art Leitplan zu den illegalen Aktivitäten Browns und seiner Firmengruppe ist. Das Dokument ist jetzt nicht hier, ich habe es in einem Tresorfach bei einer Bank deponiert. Offen gesagt, kann ich zwar den Zweck der Aufzeichnungen erkennen, aber ich kann nicht behaupten, ich verstünde den Inhalt. Die eine Person, die ihn – abgesehen von Hobson und den Leuten, die für ihn arbeiten – vollkommen verstehen würde, ist natürlich Kerry. Sie weiß, dass es diese Planskizze gibt, aber ich habe ihr keine Gelegenheit gegeben, sie zu studieren. Jetzt, nach Browns missglücktem Versuch, mich zu erledigen, denke ich, ist es an der Zeit, mit dem Dokument an die Öffentlichkeit zu gehen – es dem FBI zu übergeben oder was immer die zuständige Stelle sein mag –, und ich hoffe, Sie erklären mir, ob ich Kerry in eine Zwickmühle oder Schlimmeres bringe, wenn ich ihr Harrys Aufzeichnungen jetzt endlich zeige und sie um

Entschlüsselung bitte. Natürlich ist es mein Ziel, Brown zur Rechenschaft zu ziehen. Nicht nur wegen des Mordes und des versuchten Mordes – das ist vielleicht gar nicht möglich –, sondern wegen aller anderen Verbrechen. Wegen der Übeltaten, denen Harry Einhalt gebieten wollte, wegen der Übeltaten, derentwegen Brown ihn am Ende ermorden ließ.

Meine Güte, sagte Simon, das ist allerhand, das muss ich erst einmal verdauen. Zunächst möchte ich Ihnen zu Ihren Instinkten gratulieren. Und nachdem das gesagt ist, lassen Sie uns dieses köstliche Essen verzehren, und beim Kaffee möchte ich dann alles hören und sehen, was sonst noch zu meiner Aufklärung nötig ist.

So hielten wir es. In der Bibliothek erzählte ich die ganz Geschichte, ließ nur Scotts Anteil an der Beschaffung des Revolvers mit der versteckten Sprengladung aus, zeigte Simon Harrys Brief und spielte die beiden Tonaufnahmen ab, die von Harrys iPhone und die andere, die ich gemacht hatte, als ich Slobo befragte.

Nach langem Schweigen sagte Simon: Mir ist übel. Ich glaube, wenn Abner nächstes Mal bei einer Aufsichtsratssitzung des Museums auftaucht, erwürge ich diesen Scheißkerl. Aber im Ernst: Wenn diese Planskizze das Ergebnis von Kenntnissen ist, die Harry als Anwalt Browns aus vertraulichen Informationen seines Mandanten gewann – und das wird der Rechtsbeistand Browns und der Firmengruppe behaupten –, dann muss die Weitergabe des Dokuments an das FBI, wie Sie vorschlugen, oder an den US-Bundesanwalt im Licht der anwaltlichen Schweigepflicht betrachtet werden.

Darauf hat mich Kerry schon aufmerksam gemacht, warf ich ein. Sie sagte, sie müsse sehr darauf achten, mir keine Berufsgeheimnisse zu verraten.

Ganz recht, ganz recht, fuhr Simon fort. Ich bin froh, dass sie das Problem durchschaut hat. Brown und seine Unternehmen können argumentieren, dass die Informationen, die Sie für Harrys Planskizze halten, vertraulich sind und nicht ohne seine Zustimmung offengelegt, vor Gericht verwendet werden dürfen und so weiter. Ich bin kein Experte im Verhaltenskodex für New Yorker Anwälte, aber es gibt Fälle, die einen Anwalt ausnahmsweise von seiner Schweigepflicht entbinden und ihm erlauben, an die Öffentlichkeit zu gehen, wie Sie es nennen, dann nämlich, wenn der Mandant ein Verbrechen begeht und sein Anwalt vergeblich versucht hat, ihn davon abzuhalten. Ich kann nicht glauben, dass hier nicht eine oder mehr Ausnahmen zutreffen oder dass – vorausgesetzt, was Sie mir erzählt haben, stimmt im Großen und Ganzen – Brown das Recht auf Geheimhaltung geltend machen kann.

Übrigens, fügte er hinzu, mit Sicherheit ist diese Planskizze oder etwas in der Richtung das, was Hobson und dieser Vollidiot Minot finden wollten, als sie Harrys Dokumente durchsuchten.

Ich nickte.

Das Problem hat noch einen anderen Aspekt, fuhr Simon fort, und der betrifft mich ebenso wie Kerry. Abner Brown und seine Firmengruppen sind sehr wichtige Mandanten der Kanzlei. Was Sie vorhaben, wahrscheinlich mit Kerrys Unterstützung und meinem Segen, bedeutet, dass wir Browns Aufträge verlieren. Ich muss Ihnen nicht sagen, dass so etwas bei der heutigen wirtschaftlichen Lage – ehemals berühmte Anwaltsfirmen gehen bankrott, und andere müssen die Zahl der Partner, Mitarbeiter und Angestellten verringern – keine Kleinigkeit ist. Die einfache Antwort lautet jedoch: Wir befassen uns nicht mit Rechtsfragen, um die Augen vor kriminellen Handlungen unserer Mandanten zu verschließen. Das ist übrigens etwas ganz anderes, als jemandem Rechtsbeistand zu leisten, der eines Verbrechens angeklagt ist. Ich bin sicher, dass Sie das verstehen. Straftäter haben ein Recht auf einen Verteidiger. Um es kurz zu machen: Ich denke, Sie sollten Kerry die Planskizze zeigen und abwarten, wie sie den Informationsgehalt für einen sachkundigen Leser einschätzt. Sie ist erwachsen, und Sie können ihr von unserem Gespräch erzählen. Ich würde mir das Papier auch gern ansehen. Natürlich habe ich nichts dagegen – ich bin nicht in der Position, Einwände zu erheben –, dass Sie es Ihrem Freund Scott zeigen, muss Ihnen aber abraten, sich auf die CIA zu verlassen, wenn Sie Brown vor Gericht bringen wollen. Da gibt es zu viele Gegenströme, zu viele Drahtzieher. Ich glaube, Sie wissen, was ich meine. Dies ist eine Aufgabe für das Justizministerium. Kerry wird bestimmte Vorstellungen haben, wie man an den US-Bundesanwalt herantreten sollte.

Ich sagte, ich würde mich genau an seinen Rat halten.

Noch etwas muss ich Ihnen sagen, fügte er hinzu. Sie wissen, dass unsere Gruppe der Seniorpartner sich letzten Freitag mit Will Hobson traf. Er hat eine schwache Vorstellung gegeben, behauptete, er sei aufgrund persönlicher Beobachtungen davon überzeugt, dass Harrys kognitive Fähigkeiten erheblich nachgelassen hätten. Ich glaube nicht, dass er irgendjemanden positiv beeindrucken konnte. Wir treffen uns Mittwoch, übermorgen, wieder, ohne Will. Wann planen Sie, Kerry das Dokument zu zeigen?

Ebenfalls am Mittwoch, nachmittags, sagte ich.

In diesem Fall werde ich um eine Verschiebung des Treffens der Seniorgruppe bitten, meinte Simon. Wir können uns stattdessen am Freitag oder nächsten Montag zusammensetzen. Ich würde der Gruppe gern ankündigen können, dass es diese Planskizze gibt, was Sie damit vorhaben und dass der Ausstieg der Kanzlei aus den Geschäftsbeziehungen mit Brown unmittelbar bevorsteht. Ein gewaltiges Programm. Ich werde Hobsons Kopf fordern. Ich hoffe, sie bieten ihm nicht stattdessen meinen an. Soweit ich es beurteilen kann, ist Hobsons Verhalten in keinem Punkt ohne Schuld. Ob Minot sein Komplize oder nur ein williger Depp ist, bleibt abzuwarten. Wie immer dies ausgeht, es wird ein harter Test für die Kanzlei.

Eins noch, sagte er, schon im Gehen. Die Sache mit der Seniorgruppe bleibt weiter ganz unter uns. Richtig?

Das bestätigte ich ihm.

Einen Anruf musste ich noch erledigen, und das tat ich bald, nachdem Simon sich auf den Weg zur Kanzlei gemacht hatte. Ich wollte mit Susie sprechen. Ich erreichte sie auf ihrem Handy. Zufällig war sie bei den

Orang-Utans. Es musste einen Weg geben, wie ich mich aus der Verabredung zu einem romantischen Ausflug mit ihr herauswinden konnte, und ich meinte, einen gefunden zu haben.

Hey, Curaremann, begrüßte sie mich, bist du am Leben, oder meldet sich jetzt dein Geist aus den ewigen Jagdgründen?

Am Leben und am Telefon in der ultrazivilisierten Fifth Avenue.

Dann haben die Pfeile gewirkt?

Die Drohung, dass ich sie benutzen würde, hat gereicht. Der Bösewicht wird weder mich noch irgendjemanden weiter belästigen. Die Pfeile hebe ich mir für den nächsten Besucher auf, der sie verdient. Wie ist es: Behält Curare seine Potenz?

Das Wort höre ich gern aus deinem Mund, lachte sie. Ja, Curare behält sie. Pass nur auf, wenn wir nicht bald nach Paris fliegen, schieße ich vielleicht einen kleinen Pfeil auf dich ab und tu mit dir, was ich will. Mach nur einen Plan, Curaremann! Cool! Das reimt sich sogar.

Ich habe einen tollen Plan. Ich möchte, dass du am Mittwoch mit zum Dinner kommst. Nobles Dinner, nobles Restaurant, noble Gesellschaft. Ich möchte dir meinen besten Freund vorstellen. D'accord?

Da ist was faul, sagte sie, aber d'accord.

Als ich Kerry vom Flugplatz abholte, konnte sie mich noch nicht ausfragen, was genau sich zwischen mir und Slobo abgespielt hatte, sie war zu glücklich, zu abgelenkt, zu erleichtert gewesen, dass ich nur den Schnitt über dem Auge davongetragen hatte. Aber als sie später am Montag zum Dinner kam, konnte ich dem Thema nicht mehr ausweichen. Ich hatte Jeanette gebeten, eine kalte Mahlzeit vorzubereiten. Servieren und abwaschen würde ich.

Kerry trug ein einteiliges Kleid aus schwarzem Seidenjersey und gefährlich hohe Absätze. Ich verstand ohne Worte, dass sie Lust auf Sex hatte.

Sie schlug die Augen nieder, und ich führte sie ins Schlafzimmer.

Wir waren glücklich und erschöpft und womöglich eingeschlummert, bevor wir uns entschlossen, etwas zu trinken und vielleicht Jeanettes Dinner zu probieren. Als wir endlich am Tisch saßen, war das Thema Slobo und Abner Brown nicht mehr zu vermeiden.

Wir können Martin jetzt gehen lassen, meinst du nicht? Was für eine Erleichterung! Ich mag gar nicht daran denken, wie viel er dich gekostet hat.

Er war jeden Cent wert, erwiderte ich, und ich finde, wir sollten ihn noch eine kleine Weile behalten. Brown ist rachsüchtig. Ich habe das Gefühl, dass solche Gangster wie Slobo leicht zu ersetzen sind. Wer weiß, ob er uns Slobo Zwei schicken will? Lass uns erst überlegen, was wir mit Harrys Planskizze und den unmittelbaren Folgen anfangen, und dann weitersehen.

Sie nickte und sagte, in Ordnung, und jetzt erzähl mir genau, was am Samstagabend passiert ist.

Jetzt war ich an der Reihe zu nicken, und ich versprach, ihr alles erzählen, wolle aber gern vorher noch erwähnen, dass Scott am Mittwochnachmittag in die Stadt komme und dass ich hoffe, sie habe Zeit, damit wir gemeinsam über die Planskizze reden könnten. Von meinem Gespräch mit Simon Lathrop konnte ich ihr auch gleich jetzt berichten, ohne ihr zu erzählen, was er mir über seine Seniorpartnergruppe mitgeteilt hatte. Dieses Vertrauen musste gewahrt bleiben. Sie hörte aufmerksam zu und sagte, dass ich Simon um Rat gefragt und mir Sorgen gemacht hätte, in welche Lage Harrys Dokument sie bringen könne, sei wirklich rücksichtsvoll. Ich bin froh, dass du ihn gefragt hast. Ich denke, er hat recht mit der Gesetzestreue und der Firma. Wir können nicht mehr für Brown arbeiten. Dann sah sie in ihrem Kalender auf dem iPhone nach. Über den Mittwochnachmittag konnte sie frei verfügen.

In dem Fall treffen wir uns am besten hier, sagte ich.

Und dann erzählte ich ihr das Ganze noch einmal – inzwischen so geläufig, dass mir übel wurde – und ließ diesmal nichts aus, auch nicht die Spielzeuge, die ich mir verschafft hatte, Scotts Revolver und Susies Curare, erwähnte sogar den Schlummertrunk, den Slobo und ich zum Schluss genossen hatten. Anschließend spielte ich die Aufnahme mit Slobos Geständnis ab.

Ich hatte mit wachsender Verzweiflung beobachtet, wie eine Art Vorhang zwischen ihr und mir niederging. Sie stocherte in ihrem Nachtisch herum, trank mechanisch, wenn ich ihr Wein nachschenkte, wurde aber von Minute zu Minute distanzierter.

Kerry, liebe Kerry, sagte ich, es ist eine furchtbare, brutale Geschichte. Eine tragische Geschichte, die damit begann, dass dieser Verbrecher Harry ermordete. Aber jetzt ist sie vorbei. Zu Ende. Meine Vermutung, dass Brown vielleicht Slobo Zwei schickt, hat eine Wahrscheinlichkeit von eins zu tausend. Ein Grund, vorsichtig zu sein, mehr nicht. Aber all das liegt wirklich hinter uns.

Nein Jack, das stimmt nicht, antwortete sie. Es wird nie hinter mir liegen. Jack, ich dachte, du hättest diesen Scheißkerl in Notwehr getötet, um dein eigenes Leben zu retten. Aber so war es nicht. Du hast ihn kampfunfähig gemacht, nachdem er dich angegriffen hatte, und das war toll, genau, was ich von einem Offizier der Marines, einem echten Helden, erwarten würde. Aber statt ihn dann der Polizei zu übergeben, hast du ihn ermordet! Jack, das ist es, was du getan hast! Du bist nicht dumm. Du weißt, dass es in diesem Land Gesetze gibt. Du hattest Beweise gegen ihn in der Hand. Sein Geständnis gegen das eigene Interesse hattest du auf Band. Er wäre wegen des Mordes an Harry und des versuchten Mordes an dir sofort ins Zuchthaus gekommen, aber nein, du musstest ihn verbluten lassen, du bist zum Mörder geworden.

Das raffinierte Mahl, das ich ihr aufgetischt hatte, meine Pläne für unser nächstes Wochenende auf dem Land, alles kam mir auf einmal vor wie ein grauenvoll schlechter Scherz. Oder Schlimmeres. Es war wie damals, als ich die toten Iraker sah, denen meine Marines die Nasen und Ohren abgeschnitten hatten. Ich brachte sie nicht vor ein Militärgericht. Ich sorgte nicht einmal für ein Disziplinarverfahren vor einem Truppendienstgericht. Wozu? Die Nasen und Ohren würden nicht nachwachsen. Ich würde den Staatsanwalt von Suffolk County nicht anrufen und keine Selbstanzeige erstatten.

Kerry, sagte ich, was geschehen ist, kann man nicht rückgängig machen. Dieser serbische Scheißkerl hat meinen Onkel gefoltert. Er hat die entzückende Katze meines Onkels gefoltert. Eine Katze, die ich Harry geschenkt hatte und selbst liebte. Der Mann wurde wegen brutaler, abscheulicher Verbrechen gesucht, von Interpol und wer weiß wie vielen – Scott wird es wissen – anderen Polizeiapparaten. Es war mir nicht genug, ihn dem Strafverfolger zu übergeben und zuzusehen, wie er eine Strafmilderung aushandelte und mit zwölf bis fünfzehn Jahren Haft davonkam. Im Innersten wusstest du das. Ich habe nie ein Geheimnis daraus gemacht.

Als wir uns am anderen Morgen trennten, sagte sie nichts, was unsere Verabredungen für die restlichen Nächte der Woche oder unser Wochenende in Sag Harbor in Frage gestellt hätte. Mir war das Herz schwer, und ich gab mir so viel Mühe wie noch nie im Leben, sie sanft und rücksichtsvoll zu lieben. Ich sagte mir, dass es ein extremer Schock für sie gewesen war, zu erfahren, wie ich Slobo umgebracht hatte. Vielleicht hatte sie sogar die selbstgefällige Prahlerei in meinem Ton wahrgenommen, als ich ihr am Telefon erzählte, dass ich ihn erledigt hatte. Ihre Antennen fingen selbst sehr ferne und ganz schwache Signale auf. Dass auch ich in einem Schockzustand war, ihretwegen, lag auf der Hand. Ich merkte, dass ich nicht schreiben konnte.

Ich joggte und trainierte mit Wolf im Fitness-Studio. Wir verabredeten uns zu einem Steakdinner unter Männern in der kommenden Woche.

Wie geplant, holte ich Harrys Dokument – ich war es leid, von einer Planskizze zu reden – aus dem Banksafe, und wir drei setzten uns an den Tisch in Harrys Bibliothek, um es zu studieren. In Wahrheit las Kerry, und sie gab uns beim Lesen fortlaufend Erklärungen. Es war ein Diagramm zweier vollkommen gegensätzlicher Parallelwelten. Die eine bestand aus den Brown'schen Gesellschaften, die der Allgemeinheit vertraut waren. Dazu gehörten Banken und andere Geldinstitute, Schifffahrtsgesellschaften, Bergwerksbetriebe – einige davon standen im Ruf der Umweltverschmutzung, aber alle waren überaus gewinnbringend und voll damit beschäftigt, den Verdacht auf Illegalität abzuwehren – und ein Ackerbau-Imperium, das große Teile Lateinamerikas, Rumäniens und der Ukraine umfasste. Die Parallelwelt, ein grauenhaft verzerrtes Spiegelbild der ersten, machte, je abhängig vom Betätigungsfeld, gemeinsame Sache mit Nordvietnam, dem Iran, der Hisbollah oder den Taliban und ihren Permutationen oder Al Qaida und betrieb mit einem undurchsichtigen Kreml-Ableger Öl- und Gasgeschäfte. Den geheimen Mechanismus dieser Machenschaften, der leicht festzustellen, aber offenbar so verschlungen war, dass er dem scharfen Blick führender Wirtschaftsprüfungsfirmen standhielt, hatte Harry anscheinend fast zufällig entdeckt. Die Konstruktion bestand darin, dass es einen doppelten Satz von Gesellschaften gab, die »guten«, die sich an die, wenngleich schäbigen, Mores des Marktes hielten, und ihre »schlechten« Zwillinge – mit zum Verwechseln ähnlichen Namen und Logos –, die als Schmarotzer auf ihnen wucherten. Die Liste der Verbrechen nahm kein Ende: Drogen- und Waffenhandel, Proliferation von Atomwaffen, Geldwäsche, Verstöße gegen Embargos, Kinderarbeit, Umweltverschmutzung in nie dagewesenem Ausmaß und Menschenhandel. Ein Rattenschwanz von ungeheuren Schmiergeldern der schlechten Zwillinge an Regierungsbeamte und andere Würdenträger, die in den Vorständen und internationalen Beiräten der guten Zwillinge saßen, Nepotismus, also für Kinder, Ehefrauen, Geschwister dieser Beamten hochbezahlte Positionen bei den guten Zwillingen oder anderen Firmen, auf die Abner Einfluss hatte, eine zum Himmel stinkende Kloake der Korruption.

Dass Regierungen und Organisationen beteiligt waren, die allen denkbaren Sanktionen der Vereinigten Staaten unterlagen und Verbindungen zu internationalen terroristischen Gruppen hatten, entlockte Scott einen langen Pfiff. Das werden meine Leute lieben, sagte er. Es wird ein Vergnügen, zum Kern dieser Schiebung vorzudringen.

Aber er und Kerry waren sich schnell einig, dass man den Ball an die Justiz abgeben müsse. Sie kannte den US-Staatsanwalt für den Southern District, hatte sogar unmittelbar für ihn gearbeitet, als sie beide gleichzeitig Assistenten der Staatsanwaltschaft gewesen waren, er allerdings in höherem Rang als sie. Sie sagte, sie werde ihn bitten, uns einen Termin für ein Gespräch zu geben, sobald es ihm möglich sei. Scott hielt es für vernünftig, nicht mitzukommen. Er wollte keine Verwicklungen. Was er dringend brauchte, war eine Kopie des Diagramms und einen Platz im ersten Shuttle nach D. C. am nächsten Morgen.

Mit gemischten Gefühlen, bedrückt und erleichtert zugleich, kündigte ich den Dinnerplan für den Abend an und brachte gerade noch heraus, dass es eine Art Feier sein solle und eine Gelegenheit für Scott, die zauberhafte Pflegerin von Orang-Utans und Tigern kennenzulernen.

Kerry sagte, sie müsse noch einmal ins Büro und dann nach Hause, um sich umzuziehen. Scott wollte bei seiner Mutter hereinschauen.

Wir machten aus, uns im Restaurant zu treffen.

Epilog

Kerry verließ mich. Ich kann es nicht ertragen, wie du riechst, wenn du mich berührst, sagte sie. Du riechst nach Blut.

Sie konnte nicht vergessen, wie ich Slobo umgebracht hatte. Oder mir nicht verzeihen. Du bist krank, sagte sie immer wieder. Und dann kam sie auf ihr altes Thema zurück: Wir leben in einem Land, in dem es Gesetze gibt. Es ist ein Rechtsstaat, schon mal gehört? Aber das war dir nicht gut genug. Du musstest ihn abschlachten.

Ein Rechtsstaat. O ja.

Vielleicht eine Woche nachdem Scott Harrys Aufzeichnungen an seine Kollegen oder Bosse weitergegeben und Kerry und ich sie dem US-Staatsanwalt gebracht hatten, zusammen mit all unseren Indizien für Browns Verwicklung in den Mord an Harry und den Anschlag auf mich, erhielt ich einen Anruf von Brown persönlich. Jemand von der CIA in Langley muss ihn gewarnt haben. Du Arschloch, sagte er, dich krieg ich. Vielleicht nicht diese Woche oder diesen Monat, aber denk bloß nicht, da kommt nichts mehr nach. Ich bring dich zur Strecke, wie du's verdienst, du Ratte. Du aufgeblasener Scheißneffe einer erpresserischen Tunte. Ich pisse auf sein Grab, und auf deins werd ich auch pissen.

Vom Hochsicherheitsknast aus wird das schwierig werden, erwiderte ich. Da ist Eile geboten.

Will Hobson und Minot verließen Jones & Whetstone, laut Simon Lathrop mit Schimpf und Schande, aber nicht ohne erheblichen Profit, denn die Arbeit für Brown nahmen sie mit in eine Anwaltsfirma in Houston, wo sie den Kern eines Teams bildeten, das Brown gegen den von der Grand Jury, der DEA (Drogenvollzugsbehörde), dem EPA (Amt für Umweltschutz), dem Finanzamt und der SEC (Börsenaufsicht) entfesselten Sturm von Strafverfahren und Vollstreckungsmaßnahmen verteidigen sollte. Moses Cohen schickte mir Artikel aus dem *American Lawyer* und anderen Blättern ähnlicher Güte, die die Brown-Prozesse als Rettungsplan für den Anwaltsberuf rühmten.

Rechtsextreme und Fundamentalisten und ihre medialen Sprachrohre in Fernseh- und Rundfunk-Talkshows schossen sich ein auf Harrys beträchtliche Beiträge für die Siegerpartei in den Präsidentschaftswahlkämpfen von 2008 und 2012. Sie verunglimpften Harry als einen heimlichen Schwulen und schurkischen Anwalt, der darauf aus gewesen sei, Abner Brown zu vernichten, den großzügigen Förderer grundsolider konservativer Anliegen und Kandidaten, Abner Brown, den sie in den Himmel hoben, weil er ein Menschenfreund und der freigiebigste Schirmherr von Krankenhäusern und Museen seit Rockefeller sei. Die Geschichte ging weiter: Kaltgestellt und in seine Schranken verwiesen von Abner Brown, der seine niederträchtigen Erpressungsversuche indigniert ablehnte und ihm alle Aufträge entzog, habe sich Harry Dana dem Beispiel des Judas folgend, erhängt.

Die Reputation von Toten ist wie ein Fußball, den Kinder über einen leeren Platz rollen lassen. Sie wird durch keinerlei Gesetze gegen Verleumdung oder üble Nachrede geschützt.

Unterdessen rühmten die Boulevardblätter meinen Mut und meinen Kampfgeist. Die typische Schlagzeile posaunte: Amerikas führender junger Autor und Kriegsheld wehrt gefährlichen bewaffneten Angreifer ab. Lou Brennan holte mich wieder in seine Show und zeigte sich sehr besorgt, dass der Mörder womöglich Nutzen gezogen habe aus meiner im letzten Interview so arglos gegebenen Auskunft über meinen Tageslauf in Sag Harbor. Sogar eine halbe Kolumne in der *Times* befasste sich mit dem besorgniserregenden Beispiel krimineller Energie in dem friedlichen Ort Sag Harbor, das meinen vorbildlichen Mut auf die Probe gestellt habe.

Kein Problem. Ich bin ein Krieger.

Mein Versuch, Susie mit Scott zu verkuppeln, gelang. Sie verließ den Zoo in der Bronx, um mit Scott in seinem Flounder-Haus in Alexandria zu leben. Jetzt hat sie einen Job im National Zoo, und ihr neues Spezialgebiet ist die liebevolle Pflege von Pandabären. Sie und Scott wollen heiraten, ganz gegen den Trend. Er hat mich gebeten, sein Trauzeuge zu sein.

Meine Schreibblockade löste sich. Ich konnte die Porträts meiner vier Brüder bei den Marines zum Abschluss bringen. Mein Verleger hat das Buch zur Publikation angenommen.

Aber im Haus in Sag Harbor konnte ich nicht schreiben, nicht einmal Wochenenden verbringen; es fiel mir zu schwer. Meine Hoffnung, den Fluch aufzuheben, der auf ihm lastete, hat sich nicht erfüllt.

Zuflucht habe ich in einer kleinen Locanda auf Torcello gefunden, wo Harry vor vielen Jahren jeweils im September eine Woche wohnte. Meine einzige Ablenkung sind Gänge in die Basilika und die Betrachtung ihres wunderbaren Mosaiks vom Jüngsten Gericht. Auf der winzigen Insel Torcello habe ich einen guten Teil dieser Geschichte geschrieben und über die Herrschaft des Rechts in meinem Land im zweiten Jahrzehnt des einundzwanzigsten Jahrhunderts nachgedacht.

Danksagung

Großen Dank schuldet der Autor dem Freund Matthew Blumenthal, der als Infanterieoffizierr im United States Marine Corps diente, dem Freund und Anwaltskollegen Mark P. Goodman und seinen Freunden und Ärzten Jonathan L. Jacobs und Daniel I. Richman; ihr fachkundiger Rat und Kommentar war von unschätzbarem Wert für ihn.